펭귄철도
분실물센터

펭귄철도 분실물센터

나토리 사와코 소설

이윤희 옮김

현대문학

일러두기
원작자의 의도를 존중하여 원서의 곁점은 이 책의 본문에서 고딕체로 표시했다.

차례

제1장

고양이와 운명

하나, 두울, 세엣, 네엣, 다섯…… 열까지 세고 나서 교코
는 문고본에서 눈을 뗐다.

"역시, 있어."

그만 소리 내 중얼거리고 만다.

냉방이 잘된 전철은 한산했고, 교코가 앉은 녹색의 긴
좌석에도 띄엄띄엄 자리한 다른 승객 둘 이외엔 아무도 앉
아 있지 않았다. 고등학생 남자아이는 이어폰을 낀 채 휴
대용 게임기의 버튼을 연신 눌러대고, 교코와 또래로 보이
는 30대 여자는 지방 백화점 로고가 들어간 쇼핑백을 옆에
끼고 꾸벅꾸벅 졸고 있다. 둘 다 교코의 소리는 못 들은 듯

했다.

안도감과 약간의 실망이 교차한다. 다른 승객들과 이 놀라움을 함께 나누고 싶었다, 라기보다는 혼자서 감당하기 힘든 충격이었다.

교코는 문고본을 눈 아래까지 치켜들고 다시 한 번 자리에서 가장 가까운 문의 왼쪽 옆을 보았다.

펭귄이 있다. 틀림없다. 환영이 아니다. 확실히 있다.

오렌지색 주둥이를 한 펭귄이 문 쪽을 보며 철제 봉 손잡이는 잡지도 않고—애초 '잡는다'는 행위가 가능할 것 같지 않지만—무서운 얼굴로 떡 버티고 서 있다.

창밖을 보는 걸까? 펭귄의 새까만 눈은 한곳을 응시한 채, 미동도 하지 않았고 표정에도 변화가 없었다.

교코는 문고본으로 얼굴을 반쯤 가리고 전철 안을 재빠르게 둘러보았다. 아쉽게도 펭귄을 보고 있는 사람은 아무도 없었다. 아니, 잠깐만, 딱 한 사람. 우대석에 앉은 은발의 노인이 더할 나위 없이 흐뭇한 표정으로 펭귄을 지긋이 바라보고 있었다. 하지만 딱 거기까지였다. 교코처럼 당황해 허둥대지도 촌스럽게 트위터에 올리지도 사진을 찍지도 않았고, 그저 일상의 한 풍경처럼 여기는 여유가 느껴졌다.

뭐지, 이거? 펭귄 특별열차인가 뭔가 하는 전철에 탔나? 교코는 혼란스러웠다. 대학교 때부터 친구인 미치의 새집에 초대돼 가는 길에 처음 이용한 노선이라 상황이 잘 이해가 안 됐다.

그러다 혼자 흥분하는 게 부끄러워져 교코는 살며시 문고본을 도로 내려놓았다. 좌석 등받이에 기대 숨을 내쉬며 몸을 돌려 창밖을 본다. 전철은 어느새 정차해 있었고, 플랫폼 기둥에 붙어 있는 역명 간판이 눈에 들어왔다. 그곳이 자신이 환승해야 하는 역이라는 사실을 교코가 깨닫는 순간 전철에서 발차음 대신 내보내는 음악이 울리기 시작했다. 교코는 확실히 기억하고 있었다.

그래서 펭귄 때문인 거다.

그날 전철 안에서 펭귄을 발견하는 비일상적인 일이 없었다면, 내가 당황해 허둥지둥 하차하는 일도 없었을 테고, 당황하지 않았다면 소중한 가방을 전철 좌석에 깜빡하고 놔두는 따위의 볼썽사나운 큰 실수를 저지르지도 않았을 것이다. 아마도. 절대로.

교코는 책임을 펭귄에게 계속 전가하면서도 엄청 후회하고 있었다.

"진정해, 교코. 지금 찾아줄게. 음, 그러니까, 무슨 역에서 환승했다고 했지?"

전화기에서 미치의 부드러운 목소리가 울린다. 교코는

그때 간판에 적혀 있던 역명을 말하면서 번쩍 정신이 드는 게 느껴졌다.

미치와는 대학 시절부터 아는 사이다. 울기도 하고 화내기도 하고 술에 곯아떨어지기도 하면서 감정을 있는 그대로 드러내며 허둥대던 건 늘 미치 쪽이었다. 교코는 항상 자기 자신이 냉정하게 들어주는 역할이라 여겼고, 스스로도 그걸 자랑스럽게 생각한 부분이 있었다. 아무리 미치가 타이밍 좋게 전화를 해왔기로서니 설마 미치에게 "전철에서 물건을 잃어버렸어. 어쩜 좋아?" 하며 울며 매달리고, "진정해" 하고 미치가 달래주는 날이 올 줄은 몰랐다는 생각에 부끄러워졌다. 안 돼. 마음가짐을 다잡아야 해.

교코는 방 하나에 거실 겸 부엌이 있는 집 여기저기에 어수선하게 널려 있는 스타킹과 종이봉투를 빙 둘러보며 빠른 어조로 말한다.

"참, 맞다. 인터넷으로 검색하면 간단하잖아. 내가 직접 할게."

"괜찮으니까 기다려." 말을 끊은 미치는 한동안 침묵했다. 이윽고 "알아냈어" 하며 경쾌한 목소리로 교코가 이용한 노선의 '유실물 보관소'라는 딱딱한 느낌의 고객센터 전화번호를 가르쳐주었다. 교코는 옆에 굴러다니는 그저께 신문 여백에 허둥지둥 받아쓴다.

"미안해, 바쁜 저녁 시간에. 시오리 배고프겠다."

"오늘은 어린이집에서 과자를 잔뜩 먹고 온 것 같으니까 괜찮아."

미치는 여유 있게 웃는다. 이런 웃음을 지을 수 있게 됐구나, 교코는 놀란다. 대학 시절엔 귀여운 반면 미덥지 못한 구석도 있었던 미치였지만, 대학 졸업 후 간호학교에 다시 들어가 간호사 자격증을 땄다. 결혼해 아이를 낳은 후에도 시간을 조절해가며 간호사 일을 계속하고 있다고 한다. 나이에 걸맞은 성숙함과 강인함을 착착 자기 것으로 만들어가는 친구의 모습에 교코는 그저 감탄했다. 그러면서 변화가 없는 자신을 통감하며 무의식중에 한숨이 나와버린 모양이다. 전화기 너머에서 미치가 안됐다는 듯이 소리를 낮췄다.

"걱정돼서 한숨이 나온 거야? 꽤 중요한 가방이었나 봐. 지갑이나 카드도 들어 있었어?"

"아, 음. 응. 대충 그렇지 뭐."

"그렇구나. 왠지 미안하네. 우리 집에 왔다 돌아가는 길에 그런 일이 생겨서. 토요일이었으면 아기 아빠한테 차로 데려다주라고 했을 텐데."

교코의 가슴이 찌릿 아파왔다. 변칙 근무의 특성을 살려 일부러 평일 쉬는 날에 미치의 새집을 찾은 건 그 '아기 아빠'를 만나고 싶지 않았기 때문이다.

"다치바나 선배의 가족 서비스 날을 방해하면 안 될 것 같아서."

"뭐? 그 사람 딸내미 서비스는 좋은데 마누라 서비스는 영 별로거든."

전화기 너머로 미치의 샐쭉해진 기색이 느껴졌다. 행복해 보인다. "다음에 또 갈게." 교코는 웃어 보이며 빠른 어조로 마무리를 한다.

"오늘은 오랜만에 미치랑 수다를 떨 수 있어서 기뻤어. 게다가 가방을 잃어버린 건 내 개인적인 실수인데 전화해준 미치한테까지 휘말리게 해서 미안해."

"괜찮아, 그런 건. 가끔은 나도 교코한테 도움이 되고 싶어." 수줍어하는 미치 뒤로 어린 여자아이가 "엄마" 하고 부르는 소리가 들려왔다.

"아, 시오리가 부른 거 아냐? 전화 끊을게. 고객센터 전화번호 찾아줘서 고마워. 바로 문의해볼게."

좋아, 다잡았어. 교코는 만족해하며 전화를 끊었다.

전화벨 소리를 열여덟 번까지 세다 스무 번 울릴 때까지 안 받으면 포기해야지 하던 순간, 달칵 수화기를 드는 소리가 들렸다.

"기다리게 해서 죄송합니다. 야마토기타 여객철도 나미하마선 유실물 보관소, 모리야스 소헤이입니다."

젊은 남자 목소리다. 속삭이는 음성까지는 아니지만, 쓸데없이 목에 힘을 주지 않는 부드러운 목소리였다. 혀가 꼬일 정도로 긴 부서명과 이름을 술술 말한 다음, 상대의 첫말을 기다리고 있는 느낌이 전해져왔다. 교코는 기다리다 치민 짜증이 폭발할까 봐 목소리를 가다듬고는 이름을 말하고 사정을 설명했다. 소헤이라는 남자 직원은 특별히 맞장구를 쳐주지는 않지만, 열심히 귀를 기울여주었다. 교코의 짜증은 금세 가라앉았고, 전화기 너머에 있는 소헤이에게 의지하는 기분마저 생겨났다.

소헤이는 교코의 설명이 모두 끝나기를 기다리다 마침내 입을 열었다.

"사소 교코 님이 물건을 분실하신 건 오늘 오후 4시경. 히가시카와나미선 후카세 역에서 승차. 유다라이 역에서 환승하기 위해 하차. 그때 정중앙 차량 좌석 위에 검은 메신저백을 두고 내리셨습니다. 이걸로 틀림없습니까?"

"네. 아, 메신저백은 노트북 휴대용으로 나온 거라 안에 패드가 달려 있어요."

"패드? 그건 충격 흡수제 같은?"

"네, 같은, 거예요."

"알겠습니다."

쓱쓱 뭔가 받아 적는 소리가 들리고 다시 소헤이의 부드러운 목소리가 울렸다.

"그런데 사소 교코 님, 가방 안에는 뭐가 들어 있습니까?"

"예?" 교코는 말문이 막혔다. 사적인 물건이라 밝히기 곤란하다고 딱 잘라 말하고 싶지만, 어설프게 정보를 잘못 흘렸다가 못 찾으면 낭패다.

이 묘하게 친근감이 드는 역무원을 믿어보자. 교코는 마음을 정하고 작게 숨을 들이마셨다.

"유골 단지예요."

아아, 말해버렸어, 머리를 감싸 쥐고 싶다. 상대의 반응이 신경이 쓰여 스마트폰을 귀에 바짝 갖다 댄다. 소헤이는 특별히 놀라는 기색도 없이 오히려 익숙한 일이라는 듯 차분하게 물어온다.

"크기는 어느 정도인가요? 메신저백에 들어가는 거면 네 치 정도?"

"치? 몇 치인지는 모르겠지만 유골 단지 자체는 15센티미터 정도예요. 그런데 그걸 담고 있는 은색 유골 주머니 크기가 25센티미터 정도 되는 것 같아요."

"그렇군요. 그 유골 단지 안에는 사소 교코 님의……?"

"고양이가 들어 있어요."

교코는 저도 모르게 힘주어 말해버렸다. 이름은 후쿠예요, 하고 마음속으로만 덧붙인다.

소헤이는 태연한 말투로 "잠시만 기다려주세요" 하고 말하더니 전화기를 내려놓는다.

그사이에 교코는 발돋움을 해서 상체를 좌우로 비틀어 돌렸다. 잘 생각해보니 귀가해 짐을 내려놓고 스타킹을 벗어 던졌을 뿐, 아직 한 번도 자리에 앉지 않았다. 모처럼 굽이 높은 구두를 신어서인지 움푹 들어간 발바닥 주위로 약간의 통증이 느껴졌다. 레이스 커튼 너머로 보이는 하늘은 검붉은 빛이었다. 꽤 해가 길어진 여름의 태양도 드디어 지려는 모양이다.

턱 끝에서 땀이 뚝 떨어져 에어컨을 깜빡하고 안 켰다는 걸 깨닫는다. 깨달은 순간 땀이 확 쏟아졌다. 외출 중이라 하루 종일 창문을 닫아두었다. 열기가 쌓여 실내 온도는 상당히 높을 것이다. 덥다. 엄청 덥다. 에어컨을 켜고 싶다. 리모컨은 어디 있지? 찾고 있는 사이에 소헤이가 전화기로 돌아와버렸다. 리모컨 찾는 걸 일단 멈춘다.

"여보세요. 사소 교코 님의 분실물인 검은 메신저백은 에타카 역에서 찾았습니다."

저도 모르게 승리의 브이를 해 보인 교코지만 "그런데"

하고 말을 잇는 소헤이의 의아한 목소리를 듣고는 스마트폰을 고쳐 쥐었다.

"주인이 나타나 이미 가져가버렸습니다."

"어떻게 그런 일이." 상기된 목소리로 소리를 지르는 교코를 진정시키려는 듯이 소헤이가 사정을 설명한다.

히가시카와나미선의 종점인 에타카 역에서 승객 전원이 내린 후, 긴 좌석 위에 그대로 놓여 있던 메신저백을 차량 점검을 하러 왔던 차장이 주웠다. 가방 안에 은색 유골 주머니에 담긴 하얀 도자기 유골 단지가 들어 있는 것도 확인했다고 한다. 그리고 차장이 회사 유실물 취급 규정에 따라 습득물을 소헤이가 있는 유실물 보관소로 보내려고 했는데, 에타카 역 역장실로 '조금 전에 전철에서 물건을 잃어버렸어요' 하고 한 남자가 허둥대며 찾아왔다.

남자는 차장이 주운 분실물의 특징—검은 가방 안에 은색 유골 주머니에 담은 하얀 도자기 유골 단지가 들어 있는 것—을 전부 말하며 신분증으로 운전면허증을 제시한 뒤, 합당한 절차를 밟고 메신저백을 들고 돌아갔다고 한다.

"찾으러 왔을 때 주소도 전화번호도 이름도 적는 게 규칙이라 남자분의 소재는 확실합니다. 바로 연락을 취해볼 테니, 안심하세요."

소헤이의 목소리를 들으며 교코는 발밑이 어질어질 흔

들리는 기분이 들어 견딜 수가 없었다. 누군가가 자신의 가방을 들고 갔다는 얘길 듣는 순간 머리에서 싹 핏기가 가셔 빈혈에 가까운 상태인지도 모르겠다. 왠지 눈도 따끔 거렸다.

몸 상태가 안 좋아 대답도 제대로 못 하는 교코의 귓전에, 소헤이는 참을성 있게 되풀이해 말했다.

"사소 교코 님, 안심하세요. 제가 바로 남자분한테 연락을 취해보겠습니다. 무슨 일이 있으면…… 아니요, 무슨 일이 없어도 반드시 연락할 테니 전화번호를 가르쳐주시겠어요? 혹시 모르니까 제 전화번호도 알려드릴게요. 제가 사무실에 없을 때가 많아서 그러는데, 휴대전화 번호를 알려드려도 될까요?"

그 후 자신이 소헤이와 어떤 얘기를 주고받았는지, 교코는 아무것도 기억하지 못했다.

아, 기분이 안 좋아, 이러면 안 되는데. 쪼그리고 앉으려 했지만 이미 다리에 힘이 풀려버린 교코는 맥없이 털썩 옆으로 주저앉으며 마룻바닥 위에 쓰러졌다.

교코는 어두운 터널 안을 걷고 있었다. 바람은 불지 않았고 춥지도 덥지도 않았다. 발소리가 들리지 않아 아래를 보자, 발밑은 짙은 어둠에 싸여 신발을 신고 있는지 어떤

지조차 알 수 없었다. 오감이 모두 둔해졌다. 콘크리트 터널 안은 대략 5미터 간격으로 외등이 설치돼 있었지만, 어둠을 밝히기엔 충분치 않아 자신의 손끝조차 보이지 않는 뿌연 시계가 이어졌다.

얼마 뒤 한 외등 바로 밑에서 뭔가 웅크리고 있는 것이 보였다. 확실한 예감이 들자 교코의 발걸음은 빨라졌다. 물속을 헤치며 가고 있는 모양으로 움직임이 느렸다. 변함없이 발소리는 들리지 않았다. 교코가 서서히 다가가자 예상대로 오렌지색 빛이 내리비치는 지면 위에 후쿠가 나른하게 몸을 펴고 누워 있었다.

하얀 털에 검은 얼룩빼기 무늬. 얼굴도 둥글둥글, 눈도 둥글둥글, 마음도 둥글둥글, 죄다 둥글둥글한 고양이가 지면에 착 몸을 내던지고 있는 모습은 '마메다이후쿠^{콩찹쌀떡}'로밖엔 보이지 않았다. 별 모양의 파란 꽃 아래에서 아옹아옹 울고 있던 갓 태어난 후쿠는 크기까지 진짜 콩찹쌀떡과 똑같았고, '깨물어 먹고 싶을 정도로 귀엽다'는 말이 딱 어울리는 존재였다.

그래서 그다지—라기보단 전혀—알려지지 않았지만, 후쿠의 정식 이름은 '마메다이후쿠'였다. 그냥 부르기엔 너무 길었던 그 이름은 바로 이름을 지어준 부모인 교코 자신에 의해 '후쿠'로 짧게 줄여져 평생 그렇게 불렸다. ……평생?

"후쿠."

교코가 조심조심 말을 걸자, 나른하게 몸을 펴고 누워 있던 후쿠의 오른쪽 귀가 살짝 실룩거렸다. 교코는 그걸 보며 '아아, 후쿠는 죽지 않았어' 하고 마음을 놓았다.

그와 동시에 '지금 난 꿈을 꾸고 있어'라는 생각이 들었다.

후쿠가 죽고 나서 교코는 거의 매일 후쿠의 꿈을 꾸었다. 대개 어둑어둑한 곳을 교코가 계속 걸어가다, 이윽고 콩찹쌀떡 모양을 하고 자고 있는 후쿠를 발견하는 꿈이다. 이름을 부르면 후쿠는 한쪽 귀나 수염을 실룩실룩 떨었다. 교코는 '아아, 죽지 않았어' 하며 기뻐한다. 후쿠가 죽었을 리 없어. 역시 그건 뭔가 착오가 있었던 거야. 자, 이제 후쿠와 처음부터 다시 시작하는 거야.

하지만 후쿠는 결코 눈을 뜨지 않았다. 그러는 사이 말을 걸어도 반응이 둔해진다. 몇 번이나 이름을 부르고 몸을 쓰다듬고 꼭 껴안아보다, 이윽고 교코는 깨닫는다.

자신이 또 후쿠와의 이별의 순간을 경험하고 있다는 걸.

부드러웠던 것이 딱딱해지고 따뜻했던 것이 차가워지고 삶이 죽음이 되면서 눈을 뜬다. 괴로운 꿈에서 벗어났어, 하고 안심하는 것도 한순간. 바로 현실에서 후쿠의 부재가 둔탁한 아픔이 되어 명치를 쿡쿡 찌른다. 후회가 머리를 무겁게 한다. 이런 상황의 연속이 벌써 1년 가까이 계속되었다.

하지만 오늘 후쿠는, 이라고 할까 후쿠의 꿈은, 조금 모습이 달랐다.

점점 후쿠의 반응이 둔해지는 부분까지는 평소와 같았지만, 다음 순간 터널 안으로 강한 빛이 들어왔다. 그리고 동시에 굉음이 사방으로 울려 퍼졌다. 교코는 갑자기 되살아난 오감에 회색빛이던 세계에 색깔이 입혀진 것처럼 극적인 변화를 느끼며, 반사적으로 후쿠를 안아 올려 터널 벽에 찰싹 달라붙었다. 곧 달랑 차량이 세 개뿐인 오렌지색 전철이 나타났다. 전철은 교코와 후쿠 바로 옆을 쌩쌩 달려 지나갔다.

뭐지, 이 전개는? 뺨에 찰싹 달라붙은 머리를 수습할 새도 없이 멍한 눈으로 전철을 좇는 교코였지만, 당연히 아무도 안 타고 있을 거라 생각했던 전철 창문에서 이쪽을 바라보는 얼굴을 보곤 소리를 질렀다.

"펭귄!"

정말 순식간에 시야에서 사라졌지만, 분명히 오렌지색 주둥이를 한 펭귄이 떡하니 가슴을 뒤로 젖히고는 이쪽을 바라보고 있었다.

다음 날 교코는 바람이 잘 통하는 면 원피스에 리넨 숄과 하얀 운동화를 맞춰 신고, 다시 전철을 탔다. 렌터카회사 영업소에 근무하는 관계로 공사 할 것 없이 차를 쓸 기회가 많은 교코 입장에서 보면 전철 이용이 부쩍 잦아진 셈이다. 어제와 같은 역에서 전철을 갈아탔다. 단 오늘은 미치가 사는 동네로 가는 노선은 이용하지 않는다. 열사병에 걸리지 않기 위해 가지고 온 생수를 마시며 계단을 올라갔다 다시 내려와선 가장 끝에 있는 플랫폼에서 유다라이선이라는 세 개 차량으로 편성된 오렌지색 전철에 올라탔다. 꿈에서 본 것과 똑같은 전철이어서 놀랐지만, 아마어제 환승할 때 시야에 들어온 차량이 꿈에 나타난 것뿐이리라.

　열사병으로 쓰러진 교코의 의식을 되살린 건 소헤이의 전화였다. 또 다른 검은 메신저백이 유실물 보관소에 도착한 걸 가장 먼저 교코에게 전하려고 소헤이가 밤 8시부터 10시까지 전화벨이 스무 번 울릴 때까지 기다리다 끊고 다시 걸기를 15분 간격으로 참을성 있게 한 걸 나중에 듣고, 교코는 너무 고맙고 미안한 마음이 들었다. 게다가 소헤이가 전화를 하지 않았고 아침까지 의식을 잃고 있었다면…… 하는 생각이 들자, 의지할 데 없는 혼자 사는 여자라는 사실이 뼈저리게 느껴졌다.

또 다른 검은 메신저백은 소혜이가 안을 확인해보니, 역시 은색 유골 주머니와 하얀 도자기 유골 단지가 들어 있었다고 한다.

"이걸로 승객 두 분이 완전히 같은 유골 단지와 유골 주머니가 든 같은 색과 형태의 메신저백을, 같은 날 같은 시간대 같은 노선에 두고 내린 우연한 일이 발생했다는 게 판명됐어요. 남자분께 연락했더니 들고 간 유골 단지는 본인 것이 아니라고 하시더군요. 단지 저희로선 어느 쪽이 어떤 분의 유골 단지인지 판별하기 어려운지라 번거로우시겠지만 두 분이 유실물 보관소까지 한번 오셔야 될 것 같습니다."

남자는 소혜이의 급한 요청에도 불구하고 다음 날 자기가 한번 가져간 메신저백과 유골 단지를 들고 다시 유실물 보관소까지 오는 걸 흔쾌히 승낙했다고 한다. 물건이 물건인 만큼 한시라도 빨리 제대로 회수하고 싶었을 것이다. 교코도 같은 심정이었다. 회사에 사정해 억지로 유급휴가를 내기로 했다.

아침 통근 시간대가 막 지난 전철 안은 이미 텅 비어 있었다. 한산한 정도는 미치 집에서 돌아갈 때 탔던 상행선에 비할 바가 아니었다. 차량 하나에 두 쌍 있을까 말까다.

교코는 모처럼 전철을 탄 김에 맨 앞 차량으로 자리를

옮겨 긴 좌석을 독차지했다. 몸을 돌려 창밖을 보자 여름의 태양이 내리비쳐 반짝반짝 빛나는 바다와 아침부터 하얀 연기를 내뿜고 있는 임해 공업단지와 거대한 석유탱크가 눈에 확 들어왔다. 잘 정비된 넓은 사설 도로 위로 형형색색의 큰 트럭들이 오가고 있었다.

유다라이선은 본선에서 갈라진 지선 격인 노선이다. 선로 주위에 주택지가 없고, 바다도 수영 금지 구역이라 승객은 공업단지에서 일하는 사람이나 유실물 보관소에 볼일이 있는 사람뿐이라고 소혜이는 말했지만, 공장 마니아도 많은 모양이다. 같은 차량 뒤쪽에 무거워 보이는 카메라를 목과 양어깨에 세 대나 둘러메고 아이처럼 들떠 하며 사진을 찍고 있는 중년 남자 두 사람이 시야 한구석에 들어오자 교코는 그런 생각이 들었다. 마니아까지는 아니더라도 이른바 공장 사진을 좋아하는 사람은 많다고 들었다. 예전에 서점에서 사진집도 언뜻 본 적이 있다.

이런 상황이 아니었더라면 나도 좀 더 창문 너머로 보이는 경치를 즐겼을 텐데, 교코는 아쉬워하며 좌석 깊이 몸을 묻고는 생수를 꿀꺽꿀꺽 마셨다.

종점 우미하자마 역에서 내린 승객은 교코 혼자였다. 무인 개표구가 있는 작은 역이다. 역을 비롯한 부근 일대의 땅이 후지사키 전기라는 기업의 부지로, 예전엔 사원 외에는 개표구를 지나가지도 못했다고 한다. 현재도 개표구를 나오면 바로 눈앞에 공장 정문이 있다. 경비원도 서 있었다. 단 사원 이외의 사람도 정문 앞의 좁은 도로를 지나 바다에 면해 있는 공원에 가는 건 가능해졌다.

교코는 전날 밤 인터넷에서 찾아둔 우미하자마 역 정보를 떠올리며 개표구를 빠져나간다. 대합실 같은 공간이 나왔다. 바닥도 벽도 목재 패널로 돼 있어 역이라기보단 산막 휴게소 같은 분위기였다. 대합실 출구와 마주 보는 형태로 공장 정문이 보였다.

"음, 그러면…… 유실물 보관소는 어디지? 설마 공장 안에 있는 건 아니겠지?"

교코는 인기척이 없는 대합실에서 혼잣말을 하며 흘끔흘끔 주위를 둘러보았다. 인터넷상에선 이 역에 유실물 보관소가 있다는 정보는 없었다. 누군가에게 물어보고 싶었지만, 마침 역무원의 모습은 보이지 않았다. 공장 경비원한테 물어볼까? 어제 소헤이가 가르쳐준 휴대전화 번호로 전화를 해볼까? 아니, 뭐, 어쨌든 일단 밖으로 나가볼까.

교코가 대합실 출구로 가려는데, 원피스 위로 넓적다리 뒷부분을 누군가가 콕콕 찔렀다. 너무 갑작스러워 "하아", 이상한 소리를 질러버렸다.

허둥지둥 돌아봤지만 아무도 없었다. 하지만 기척이 느껴졌다. 시선을 천천히 아래로 내리자 자신을 응시하는 검고 동그란 눈이 있었다. "하아", 다시 소리를 질렀다. 오늘 두 번째.

교코를 찌른 범인은 주눅 드는 기색도 없이 새하얀 가슴을 떡하니 뒤로 젖힌 자세로—표현을 바꾸면, 새하얀 배를 앞으로 쑥 내민 자세로—서 있었다. 머리에서 눈 옆까지 들어가 있는 아치형 머리띠 같은 하얀 띠무늬와 오렌지색 주둥이가 교코의 시선을 끌었다. 배는 하얗고 등은 검은 완벽한 투톤 컬러인 깃털은 풍성하게 잘 자라 있고 배는 쓰다듬고 싶을 정도로 부드러운 곡선을 그리고 있었다.

"넌 어제 본 펭귄?"

교코는 엉겁결에 말을 걸었다. 펭귄은 플리퍼라 불리는 날개 같은 손을 사뿐히 들어 올려 고개를 갸웃하면서 교코를 올려다보았다. 크고 두툼한 발을 지그재그로 비틀어 균형을 잡고 있다. 비교적 긴 꼬리는 발딱 서 있었다. 귀, 귀여워. 어쩌지? 너무 귀여워! 바다 생물 특유의 비릿한 냄새는 났지만 그런 눈앞에 보이는 사실을 떨쳐버릴 정도로 환상적인 사랑스러움에 교코는 크게 동요했다. 한순간 왜 자신이 여기에 있는지 까먹었을 정도였다.

"혹시 사소 교코 님이세요?"

와아, 펭귄이 말을 했어! 교코가 놀라 눈을 동그랗게 뜨자, "아, 이쪽입니다" 하는 당황한 듯한 목소리가 들려왔다. 교코는 동그래진 눈으로 목소리의 주인공을 찾았다. 그러자 개표구 옆 벽이 미닫이문처럼 옆으로 열리고, 짙은 빨간색으로 염색한 머리가 인상적인 청년이 서 있었다.

"안녕하세요. 야마토기타 여객철도 나미하마선 유실물 보관소의 모리야스 소헤이입니다."

투명한 목소리로 막힘없이 자기소개를 하는 소헤이의 소리에 교코는 가까스로 본래의 목적을 떠올렸다.

"안녕하세요. 사소 교코입니다." 인사를 하고 나서 다시 소헤이를 마주 보았다.

이런 사람이었구나, 하고 마음속으로만 중얼거린다. 전화 목소리도 젊었지만 실물은 훨씬 젊어 보였다. 빨간 머리가 주는 인상도 있어서인지 밴드 활동을 하는 대학생으로밖엔 안 보였다. 모스그린색 바지에 하얀 노타이셔츠 형태의 철도회사 제복을 제대로 입고 있는데도, 몸만 어른이지 마음은 어려 주류 사회에 편입하지 못하고 빈둥빈둥 놀고먹는 젊은이 분위기가 왠지 모르게 났다. 입술이 툭 나오고 입꼬리가 척 올라간 오리 주둥이 같은 입은 어설픈 소녀보다 애교가 있었고, 긴 앞머리 때문에 보일락 말락 하는 동그란 눈은 펭귄을 닮은 것도 같았다.

"자, 어서 들어오세요. 이와미 님도 벌써 와 계세요."

또 다른 분실물 주인인 남자 이름은 이와미인 모양이다. 소혜이의 말투는 전화와 마찬가지로 정중했다. 단지 눈앞에서 말하는 걸 듣고 있으니 겉모습과 차이가 나서 그런지 훨씬 정중하고 성실하게 느껴졌다.

사무실 입구에 서 있던 소혜이가 몸을 비켜서자, 교코보다 먼저 펭귄이 안으로 들어갔다. 자박자박 애니메이션 효과음 같은 발소리가 귀여웠다.

할 말이 있는 듯한 교코의 눈빛을 알아차렸는지 소혜이가 해맑게 벌쭉 웃었다.

"아, 괜찮아요. 펭귄도 저희 소속입니다."

"저희 소속? 직원인가요?"

교코의 심각한 물음에 소혜이는 "아니요" 하며 당황한 듯이 눈을 깜빡이다 빨간 머리를 벅벅 긁는다.

"펭귄은 일을 할 수 없죠."

"……그렇지요."

교코는 고개를 숙였다. 너무 부끄러워 애당초 왜 펭귄이 역에 있는지 물을 기회를 놓쳤다. 힘없이 고개를 떨군 채 입구를 지나간다.

벽과 분간되지 않는 미닫이문은 아주 특이해 보였지만 안에 들어가보니 지극히 평범하고 좁은 사무실이었다.

사무실 옆면 가득히 접수대가 설치돼 있고, 접수대 안쪽엔 컴퓨터가 놓인 책상 두 개가 나란히 있었다. 책상 뒤쪽 벽에 커다란 은색 문이 보였다. 색이며 재질이며 손잡이 형태며 모든 게 엄청나게 큰 냉장고 문이라는 느낌이었다. 나머지 공간은 크고 작고 높고 낮은 가지각색의 로커로 빈 틈없이 채워져 있어서인지 특히 더 좁고 답답하게 느껴졌다. 사무실에 창문이 없는 것도 아쉬웠다. 일껏 바다 가까이에 있는 역인데도.

교코가 무의식적으로 생수를 들이켜자 소헤이가 "더워요?" 하며 미안한 듯이 말하며 리모컨 버튼을 눌렀다. 삐하는 전자음이 들리더니 은색의 큰 문 위에 설치된 에어컨이 위잉 소리를 내기 시작했다. 설정 온도를 내린 모양이다. 교코는 이미 충분히 시원했지만 일껏 베푸는 친절이라 그대로 놔두었다. 접수대 안과 밖에 한 대씩 있는 선풍기도 전부 가동해 에어컨의 시원한 바람을 사무실에 고루 퍼지게 했다. 천장에 달린 〈분실물센터〉라고 적힌 녹색 표찰이 달달달 흔들렸다.

"분실물센터." 교코가 무심코 소리 내 읽자, 접수대 안으로 돌아 들어가 열쇠 꾸러미를 만지작거리고 있던 소헤이가 뒤돌아보았다.

"'유실물 보관소'라고 하면 왠지 느낌이 딱딱하고 발음하기 어렵지만 이쪽은 알기 쉽지 않나요?"

"아하."

"앞으로 정식 명칭으로 삼고 싶어요."

소혜이는 진지한 얼굴로 의외로 아무래도 좋은 꿈에 대해 얘기한다. 한가한 직장인가 보다. 그러고 보니 책상은 두 개인데, 직원은 소혜이 한 명밖에 보이지 않는다. 혼자서도 충분히 돌아가는 업무량밖에 없는 거겠지, 하고 교코는 제멋대로 단정했다.

이 좁은 사무실 안으로 분명히 들어왔던 펭귄의 모습이 사라진 걸 이상하게 여기면서도, 교코는 굳이 언급하지 않았다. 펭귄이 있으면 왠지 기분이 들떠 진정이 안 된다. 녀석이 모습을 감춘 지금 처리해야 할 일을 끝내버리자.

"저기, 이와미…… 씨는?"

"지금 공원에서 담배 피우고 계세요. 금방 돌아오실 거예요."

교코보다 하나 빠른 전철로 온 거면 벌써 30분 이상 이 작은 역에서 기다렸다는 거다. 그럼 담배 생각이 나기도 하겠구나 싶어 교코는 미안한 마음이 들었다.

소혜이는 열쇠 꾸러미 속에서 드디어 찾는 열쇠를 발견한 모양이다. 뒤쪽에 있는 로커들 중 하나를 열더니 검은 메신저백을 꺼내 접수대에 살며시 올려놓았다.

"나중에 도착한 메신저백이에요."

교코는 바로 집어 안을 확인하고 싶은 마음을 있는 힘을 다해 참았다. 눈앞에 두고 보니 자신의 가방 같기도 하고 아닌 것 같기도 했다. 요컨대 잘 분간이 되지 않았다. 다른 사람 물건일 경우를 생각해 한 발 뒤로 물러났다.

이렇게 될 줄 알았으면 표식으로 액세서리 줄이나 키홀더를 달아뒀을 텐데, 교코가 후회 섞인 한숨을 쉬고 있는 참에 뒤쪽 벽—처럼 보이는 미닫이문—에서 똑똑 노크 소리가 들려왔다.

"열려 있어요. 옆으로 밀어주세요."

소헤이가 부드럽게 말하자, "실례하겠습니다" 하는 굵직한 목소리가 들려왔다.

미닫이문을 열고 들어온 남자의 모습에 교코는 눈을 빼앗겼다. 다부진 목 위로 이목구비가 뚜렷하게 생긴 얼굴이 보였다. 피부는 건강하게 잘 그을린 구릿빛이고 검은 폴로셔츠 너머로도 멋진 근육이 불거져 있는 게 보였다. 양팔에 알통을 드러내며 커다란 보스턴백을 가뿐히 어깨에 걸치고 있었다. 키는 훤칠했다.

다치바나 선배와 닮았다. 교코는 가장 먼저 그런 생각이 들었다. 대학 시절 등산부 선배였고, 지금은 미치의 남편이 된 다치바나와 풍기는 분위기가 똑같았다.

"곤란한데."

"네?" 남자가 고개를 갸웃하자 교코는 당황했다. 무의식 중에 소리 내 말해버린 모양이다. 안 돼. 안 돼. 교코가 부들부들 몸을 떨자 남자는 수긍한 듯이 "아아" 하고 고개를 끄덕였다.

"이 방, 확실히 곤란할 정도로 춥네요."

"죄송합니다. 펭귄에게 맞춘 거라."

소헤이가 오리 주둥이처럼 입을 툭 내민다. 아무래도 조금 전의 온도 설정도 교코를 위해서가 아니라 펭귄을 배려한 거였던 모양이다.

진실을 안 순간 시원한 게 아니라 춥게 느껴지는 건 왜일까? 교코는 몸을 떨며 다치바나를 쏙 빼닮은 이와미라는 남자의 얼굴을 올려다보았다.

"음, 이쪽이 이와미 님, 그리고 이쪽이 사소 교코 님입니다."

양쪽을 소개해주는 소헤이의 목소리가 물속에 있는 것처럼 잘 들리지 않았다. "안녕하세요." 이와미는 붙임성 있게 고개를 숙였다. 그런 모습도 다치바나와 닮았다. 선배이면서도 선배처럼 굴지 않는, 여자답지 못한 존재감 없는 후배에게도 똑같이 신경을 써주는 사람이었다. 교코는 어색하게 살짝 고개를 숙였다. 눈이 정신없이 돌아갔다. 네가 뭐 소심한 중학생이라도 되니? 스스로 자신을 추궁해보지만 웃어넘길 여유가 없었다.

궁지에 몰린 교코를 구해준 건 소헤이였다.

"우선 사과드립니다. 이번에 저희 회사의 유실물 확인 작업에 실수가 있어 죄송합니다."

소헤이는 그리 말하며 접수대에 나란히 서 있는 교코와 이와미에게 머리를 숙였다. 예쁘게 염색된 빨간 머리가 살랑살랑 흔들렸다. 소헤이 입장에선 그저 업무를 수행한 것뿐일 테지만, 교코는 마음가짐을 다잡을 시간을 벌 수 있어 마음이 놓였다. 마음속으로 감사한 기분마저 들었다.

"그 건은 이제 됐습니다. 같은 날 같은 가방에 든 같은 유골 단지가 두 개나 도착하는 우연 같은 건, 보통은 있을 수 없는 일이니까요. 나도 설마 내가 돌려받은 유골 단지 안에 남의 물건이 들어 있을 줄은 생각지도 못했어요."

옆에서 명랑한 목소리가 들려왔다. 올려다보자, 이와미가 늠름한 눈썹을 움직이며 쾌활하게 말하고 있었다. 교코의 시선을 알아차리자 이와미는 "맞다" 하면서 커다란 보스턴백을 접수대에 내려놓고는 안에서 눈에 익은 검은 메신저백을 꺼냈다.

접수대에 나란히 놓인 두 개의 메신저백은 같은 회사 제품이었다. 사용한 흔적도 아주 비슷해 거울에 비친 것 같왔다.

"이건…… 확실히." 교코가 신음 소리를 내자, "분간이 안 되는군요" 하며 소헤이가 말을 이어받았다.

"아, 하지만 내가 들고 간 게 교코 씨 가방이에요."

이와미가 대수롭지 않게 말한다. 마침 교코가 얼굴을 드는 순간 소헤이가 물었다.

"어떻게 아세요?"

"네? 확인했더니 내 게 아니라서."

"유골 단지 안을?"

"네, 역시 어쨌거나 싶어서."

교코는 저도 모르게 "대단한데" 하며 작게 중얼거렸다. 이와미가 "네에?" 하고 되묻자 우물거리며 말한다.

"뼈만 보고 내 **아이**가 아니라는 걸 안 거잖아요? 대단해요."

"아! 개와 고양이는 뼈 모양이 다르다던가 하는?"

소헤이가 퀴즈 정답을 맞히기라도 하듯 가볍게 묻자, 교코가 고개를 갸웃했다.

"이와미 씨의 **아이**는 강아지였나요?"

이와미는 시원하게 쳐올린 짧은 머리를 긁적이며 한순간 망설인 끝에 어깨를 움츠렸다.

"아니요, 내 **아이**도 고양이예요. 하지만 알아요."

"분간이 되는 거군요."

소헤이가 감탄한 듯이 신음 소리를 내자, 이와미는 교코를 보며 머리를 숙였다.

"죄송합니다. 결과적으로 교코 씨의 유골 단지를 제멋대로 들여다본 게 됐어요."

"당연히 자기 가방일 거라 생각했으니까 어쩔 수 없는 일이지요. 있을 수 없는 우연이었으니까요."

교코는 '있을 수 없는 우연'이란 말을 무의식중에 강조했다. 있을 수 없는 우연은 운명이라 바꿔 말해도 되는 거 잖아, 하는 생각이 든 순간 귀가 뜨거워졌다.

"그럼, 이쪽을." 이와미는 자신이 들고 온 메신저백을 교코 앞에 내밀려고 했지만 소헤이가 몸에 비해 큰 손으로 제지했다.

"잠시만 기다려주세요."

소헤이는 들쑥날쑥한 긴 앞머리 사이로 보이는 눈을 치켜뜬 채 교코와 이와미를 번갈아 보더니 입꼬리가 척 올라간 입을 툭 내민다. 말투는 지금까지 했던 것처럼 정중했지만, 소헤이는 딱 잘라 말했다.

"이번에야말로 두 분 모두 제대로 확인한 뒤에 가져가주시길 바랍니다."

"확인이라면…… 설마?"

"네, 이와미 님이 하신 것처럼 교코 님도 유골 단지 안을 확인해주시면 안 될까요? 분실물 두 개의 차이는 이제 그것밖에 없으니까요."

교코는 입술을 깨물고 똑같은 두 개의 메신저백을 번갈아 본다. 툭툭 돋아나는 감정은 한마디로 말하면 공포였다.

후쿠가 죽은 지 1년이 지났어도, 거의 매일처럼 꿈속에서 마지막 이별의 순간을 반복해서 보아도 교코는 아직 마음 어딘가에 그 사실을 받아들이지 못하고 있었다. 그게 아니라면 유골 단지 같은 걸 들고 다닐 리 없다. 유골 단지의 무게 그 자체를 후쿠라 생각했고, 유골 단지 안에 든 것이 사후의 모습인 후쿠의 뼈라는 사실에 대해서는 줄곧 생각하기를 꺼려왔다.

교코는 머리를 가로저으며 우물우물 말했다.

"무리예요."

"다시 한 번 부탁드립니다." 소헤이가 끈덕지게 말한다.

"그러니까 무리라니까요! 유골 단지 안을 본다손 치더라도 이와미 씨랑 달리 전 분명 뼈만 보고는 후쿠라 단정하지 못해요."

어깨를 떨며 감정이 격해진 교코에게 이와미가 진하게 쌍꺼풀 진 눈을 크게 뜨며 가세했다.

"역무원님, 유골 단지 두 개를 모두 보라고 강요하는 건 좀 그렇지 않나요? 교코 씨한테는 잔인한 일이 아닐까요?"

"잔인하다고요?" 소헤이는 진심으로 놀랐다는 듯이 빨간 머리를 흔들며 고개를 갸웃했다.

"이와미 님도 교코 님도 빨리 키우던 애완동물의 뼈를 무덤 같은 데에 안치해서 제대로 애도하고 싶지 않나요? 그렇다면 남의 뼈를 들고 가는 쪽이 더 잔인할 것 같은데요."

뭐야, 무덤 같은 데라니? 교코는 발끈 화가 났지만 아무 말도 하지 않았다. 후쿠의 뼈를 무덤에 안치할 생각 같은 건 전혀 없었다. 그런 행위는 스스로 '이미 죽었다' '이제 이 세상에 없다'라고 인정하는 꼴이지 않은가.

난 후쿠와 항상 같이 있어. 같이 있어야 해.

이 사람도 그리 생각하는 게 아닐까? 교코는 이와미를 본다. 어떤 사정으로 키우던 고양이가 죽었는지는 모르겠지만, 가방도 유골 주머니도 유골 단지도 전부 나와 같은 물건을 선택한 이 사람이라면, 지금 나와 같은 심정이라 해도 이상할 것 같지 않은 기분이 든다.

그런 교코의 몽상이 전해지기라도 한 것처럼 이와미가 교코의 눈을 되받아 본다. 그리고 살짝 고개를 끄덕이더니 소헤이에게로 돌아섰다.

"잠시 둘만 있을 수 있을까요?"

"뭐, 뭐, 뭐라고요?"

연기하듯 과장되게 놀라는 소혜이를 무시하며 이와미는 계속 말했다.

"우리들의 분실물은 물건이 아닙니다. 유골 단지를 열고 확인하는 건 정신적으로 힘든 일이라 생각해요. 그러니까 당사자끼리 할 수 있을까요? 원하시면 나중에 철도회사에는 일절 클레임을 걸지 않는다는 각서를 먼저 쓰겠습니다. 그렇게 할 거죠, 교코 씨?"

이와미의 높은 코와 크고 힘찬 눈이 돌연 교코에게로 향한다. 교코는 상기된 목소리로 "네" 하고 대답했다. 다짐하듯이 꾸벅 꾸벅 꾸벅 세 번이나 고개를 끄덕였다.

소혜이는 그런 두 사람을 물끄러미 번갈아 쳐다보다 곧 포기한 듯이 로커에서 꺼낸 메신저백을 교코에게 내밀었다.

"그럼, 가져가세요. 전 여기에 있을 테니 확인 작업이 끝나면 돌아오세요. 각자 수령증에 날인을 하시면 절차는 끝납니다."

이와미는 소혜이에게 가볍게 고개를 숙여 인사한 뒤 자신이 들고 왔던 메신저백을 다시 보스턴백에 집어넣고는 분실물센터의 미닫이문을 열었다. 교코도 소혜이가 건넨 가방을 들고 이와미의 넓은 등을 따라갔다. '둘만 있을 수 있을까요?' 당당하게 소혜이에게 부탁해준 이와미의 낮은 목소리가 귓속에서 계속 메아리쳤다.

대합실이면 소헤이에게 말소리가 들릴 것 같아 둘이 같이 플랫폼으로 올라갔다. 어느샌가 태양이 머리 바로 위까지 다가와 그림자가 짧아졌다.

"덥네요……"

교코는 신음하듯 말하며 생수를 단숨에 들이켰다. 이와미가 보는 앞에서 열사병으로 쓰러지고 싶지는 않았다.

"그렇네요. 공원으로 갈까요? 어쨌든 나무 그늘 같은 게 있었던 것 같으니까."

이와미가 앞장서 안내하려고 몸을 획 돌리는 순간 플랫폼으로 올라오는 계단을 뒤뚱거리며 다가오는 물체가 보였다.

"펭귄이다!"

둘이 동시에 말한다. 이와미에게도 검고 흰 투톤 컬러의 생물이 보인다는 걸 알고 교코는 안심했다. 환영이 아니라 다행이다.

"여기서 키우는 모양이더라고요."

"역에서요? 정말이에요?"

"네, 내가 왔을 때 사무실 안을 자박자박 걷고 있었어요. 저 역무원한테 전갱이 같은 작은 물고기를 받아먹고 있더라고요."

이와미가 말하는 광경을 상상하는 것만으로도 교코는

절로 미소가 나왔다. 얼빠진 얼굴로 펭귄에게 넋이 빠져 있자, 이와미가 가볍게 헛기침을 했다.

"유골 단지 확인 건 말인데요."

"아, 네에……"

현실로 되돌아온 교코는 이와미 쪽으로 돌아선다. 지금부터 유골 단지를 내려다보며 후쿠의 뼈를 봐야 한다고 생각하자 공포와 긴장으로 어깨가 딱딱하게 굳어졌다. 수영하기 전처럼 몇 번이고 어깨를 돌리는 교코에게 이와미는 뜻밖의 말을 해왔다.

"어떻게 하실 건가요? 진짜로 하실 건가요?"

"네?"

"그러니까 우린 키우던 고양이를 이제 막 잃은 터라 안 그래도 마음 정리가 어려운 시기잖아요. 뼈 같은 걸 보면 이별의 슬픔이 되살아나지 않겠어요?"

"아…… 전 '이제 막'이 아니에요."

교코의 목소리가 작아진다. "네?" 큰 눈을 더 크게 뜨는 이와미에게 교코는 기어들어가는 목소리로 설명했다.

"유골 단지를 들고 다닌 지 벌써 1년 됐어요."

"……그랬군요."

이와미는 훤칠한 이마에 어렴풋이 불안의 그림자를 드리우며 깊숙이 고개를 끄덕여주었다.

"알겠습니다. 아직 멀리 보내고 싶지 않은 마음. 헤어지기 힘든 기분. 사랑하기 때문에, 그런 거죠."

"아니, 뭐…… 죽었다는 걸 인정하고 싶지 않은 마음은 확실히……"

교코가 어쩐지 겸연쩍어 머리를 긁고 있자, 이와미는 한참 할 말을 찾으며 시선을 이리저리 굴렸지만 이윽고 멋진 눈썹을 힘차게 치켜세우며 딱 잘라 말했다.

"그 정도로 강한 유대감을 가졌던 애완묘라면 더욱더 뼈를 보는 건 싫지 않겠어요? 힘들지 않을까요?"

"강한…… 유대감……"

말문이 막힌 교코의 머리 위로 오르골풍으로 편곡된 〈스위트 메모리스〉가 흘러나왔다. 전철 도착을 알리는 방송 대신 나오는 음악인 듯했다. 곧 전철이 강한 바람과 함께 끼이익 요란하게 소리를 울리며 다가왔다.

이와미는 대화를 나눌 수 있는 조용한 장소를 찾아 계단을 내려가려던 모양이었지만 교코는 플랫폼의 하얀 선에 닿을락 말락 하게 서 있는 펭귄이 걱정돼 떠나지 못했다. 펭귄은 바람에 흔들려 살짝 뒤로 물러났지만 플리퍼를 사뿐히 들어 올려 완벽하게 균형을 잡아 보였다. 처음으로 펭귄의 손이 날개로 보여 교코는 저도 모르게 박수를 쳤다.

전철 문이 열렸지만 아무도 내리는 사람이 없었다. 정차

하지 못하는 구간이 생겨 종착역까지 왔다 다시 돌아간다는 방송이 흘러나오는 가운데, 펭귄은 발을 가지런히 맞추더니 능숙하게 점프해 전철에 폴짝 뛰어올랐다.

"와, 전철에 탔어. 어디 가는 거지? 괜찮을까?"

교코는 참을 수가 없어 소리를 높였다. 어제도 펭귄은 이런 식으로 전철을 타고 어딘가로 외출하는 중이었을까? 교코 이외의 승객이 그다지 동요하지 않은 건, 이 펭귄의 외출이 그리 신기한 일이 아니라서 그런지도 모르겠다.

교코는 문득 어제 꾼 꿈을 떠올렸다. 어깨에 메지 않고 두 손으로 안고 있던 검은 메신저백을 내려다보다 이와미에게 말했다.

"우리도 타지 않을래요, 전철?"

"아니, 왜? 지금? 이 전철에?"

이와미의 의문은 지극히 당연했고, 소헤이에게 양해도 구하지 않고 역에서 벗어나는 걸 난처해하는 모습이 역력해 보였다. 하지만 전철의 발차 멜로디로 좀 전과 같은 〈스위트 메모리스〉가 흘러나오는 걸 계기로, 교코는 펭귄처럼 발을 나란히 맞춰서는 점프해 전철로 폴짝 뛰어올랐다. 그러자 이와미도 "이러면 안 되는 거잖아요?" 하며 뒤따라와주었다.

두 사람이 올라탄 순간 전철 문이 닫혔다.

펭귄이 있는 차량으로 이동하는 교코의 등 뒤로 이와미의 어쩔 줄 몰라 하는 목소리가 들려왔다.

"교코 씨, 왜 탔어요?"

교코는 세 개 차량으로 편성된 전철의 정중앙 차량에서 펭귄을 발견하자, 충분히 거리를 두고 발을 멈췄다. 그리고 그제야 겨우 이와미를 돌아보며 푹 고개를 숙였다.

"죄송해요. 하지만 왠지 동기가 필요해서."

"그건 유골 단지를 열 동기인가요, 아니면 열지 않고 들고 갈 동기인가요?"

이와미가 얼굴을 잔뜩 찌푸린 채, 교코가 안고 있는 메신저백을 보며 물어왔지만, 교코는 제대로 대답하지 못했다. 적어도 저 더운 플랫폼에 그대로 있는 것보단 뭔가가 꿈틀대기 시작했다는 기분이 들었을 뿐, 그 '뭔가'가 뭐인지는 전혀 짐작이 가지 않았다.

처음부터 자신의 기분이 어떤 건지 몰랐다. 그건 후쿠에 대한 기분이 어떤 건지 모르는 거와 같을지도 모르겠다.

교코는 이와미의 옆자리에 앉아 한참 동안 말없이 흔들리는 전철에 몸을 맡기고 있다, 큰맘 먹고 입을 열었다.

"이와미 씨 고양이 이름은?"

"네? 아……, 미…… 코, 입니다만."

"미코? 그럼, 여자애?"

"맞아요."

"그렇군요. ……힘들어요, 지금?"

교코는 물으며 이와미의 표정을 훔쳐본다. 이와미는 한순간 멍하니 허공을 보며 이리저리 시선을 돌리다가 눈을 감았다. 긴 속눈썹 그림자가 볼에 드리워진다.

"네, 힘들어요. 미코가 없는 생활은 멍해져서 안 돼요. 결국 이렇게 물건을 잃어버리기까지 하고."

이와미가 힘없이 쓴웃음을 지으며 키우던 고양이에 대한 깊은 애정을 드러내 보이자 교코는 살며시 어깨를 늘어뜨렸다.

공업단지를 지나자 유다라이선은 지선에서 그대로 본선 나미하마선에 합류했고, 미치 집이 있는 뉴타운 방면에서 이용하는 승객들이 교코 일행의 차량에 올라탔다. 어제와 똑같이 문 바로 옆에 서 있던 펭귄의 모습도 늘어난 승객들 사이에 끼여 보이지 않게 되었다. 왠지 시선을 피할 장소였던 펭귄을 놓쳐버린 교코는 화제를 찾아 몇 번이고 몸을 돌려 창문을 보았다. 그러자 이번엔 이와미가 "전철 좋아해요?"하고 물어왔다.

"좋아한다고 해야 할까, 참신한 느낌. 늘 차만 타서요."

교코는 렌터카회사에 근무하고 있는 걸 털어놓았다.

"출근도 차로 하고 일할 때도 렌트용 차를 다른 영업소로 가져가는 업무가 있어서 전철 탈 기회는 거의 없어요."

"하아" 하고 말하는 이와미의 얼굴에 친근함이 담긴 미소가 번진다.

"나도 출근도 사적인 볼일도 전부 차를 애용해요. 그런데 어제만은 어쩔 수 없이 거래처 일로 전철로 이동하게 돼서⋯⋯"

"아, 나도 그래요! 저번 주말에 제 차가 고장 나서 마침 수리하러 보냈거든요. 차가 있었다면 전철 같은 건 안 탔을 테고, 전철 안에서 물건을 잃어버리지도 않았을 텐데."

교코 말에 이와미도 교코 자신도 저도 모르게 그만 한숨을 쉬었다.

"우리 왠지 닮았네."

이와미가 불쑥 말했다. 말투는 완전히 허물없어져 있었다.

"응." 교코도 수긍하며 "엄청난 우연이야" 하고 깊이 되새기듯 말했다.

후쿠와 미코가 우리를 만나게 해준 건지도 몰라, 라는 얘기는 도저히 할 수 없었지만, 마음속으론 그 가능성에 대해 계속 생각하고 있었다. 이거야말로 교코가 13년 전부터 줄곧 동경해온 '운명적인 만남'이라는 녀석인지도 모르겠다.

무의식중에 메신저백의 어깨끈을 꽉 쥐고 있던 교코에게 이와미가 말한다.

"이런 말 어떻게 들릴지 모르겠지만, 교코 씨, 날 믿어주면 안 될까?"

교코가 꿈을 꾸는 듯한 기분으로 옆을 보자, 이와미는 발밑에 놓아둔 보스턴백의 지퍼를 열어 메신저백을 들여다보았다.

"이쪽이 교코 씨 고양이 유골이야. 내가 이 눈으로 확인했어. 만약 교코 씨가 유골 단지를 여는 게 참기 힘들면 그냥 날 믿고 가방을 교환하면 어때?"

교코는 자신의 무릎에 올려둔 메신저백을 내려다보며 귀가 뜨거워지는 걸 느낀다. 한순간 "날 믿고 따라와줘" 같은, 프러포즈의 말인가 하고 진심으로 생각해버린 자신의 뛰어난 망상력이 원망스러웠다.

교코는 자신의 감정을 얼버무리려고 자세를 고쳐 앉으며 메신저백을 쓰다듬었다.

"후쿠랑 같이 돌아가려면 이와미 씨랑 가방을 교환하면 되는 거네. 알겠어."

"고마워! 까먹기 전에 가방 바꿔둘까?"

이와미가 급하게 보스턴백에서 메신저백을 꺼내는 사이, 교코는 무심코 앞을 본다. 그러자 손잡이를 잡고 서 있는 승객들 사이로 건너편 창밖 풍경이 눈에 들어왔고, 언덕 위에 있는 작은 관람차가 보였다. 보였다, 고 생각한 순간 교코는 "여기다!" 하고 크게 소리 지르며 일어섰다.

갑자기 이상한 소리를 지르는 여자로 인해 차내가 술렁였고, 놀라 메신저백을 떨어뜨릴 뻔한 이와미는 당황해 가방을 끌어안았다.

"교코 씨, 왜 그래? '여기'라니?"

전철이 속도를 줄이고 정차 준비에 들어간 걸 깨닫자, 교코는 메신저백을 어깨에 걸쳐 멨다. 문 쪽으로 걸어가다 이와미를 돌아보며 고개를 숙였다.

"미안해! 나, 다음 역에서 내릴 거야."

"뭐? 다음 역이라면 '하나미오카'? 왜? 가방은? 안 바꿔?"

이와미가 혼란스러워하면서도 보스턴백과 메신저백을 양손에 들고 따라온다. 교코는 전철 문에서도 보이는 관람차를 손으로 가리키며 빠른 어조로 말했다.

"저 관람차가 있는 언덕 아래가 13년 전 내가 후쿠랑 만난 장소야. 그때는 차로 가서 하나미오카라는 역이 저곳으로 가는 가장 가까운 역이라는 걸 지금까지 몰랐어."

이와미는 "허어" 하는 말을 끝으로 입을 다물었다. 어떻게 반응해야 할지 모르는 것이다. 교코는 호흡이 빨라지는 걸 필사적으로 억누르며, 이와미의 새까만 눈썹을 보았다.

"이런 날 우연히 또다시 거길 지나가다니…… '운명'을 느껴."

말했다. 결국 말하고 말았다, 운명이라고. 교코는 왠지 부끄러워 고개를 숙였다.

이와미는 "운명" 하고 더듬더듬 중얼거리더니 "모처럼 여기까지 왔으니까 후쿠와의 추억을 더듬어가고 싶은 거지?" 하며 참을성 많은 치과 의사 같은 말투로 물어왔다.

"알겠어. 나도 같이 갈게. 하지만 분명 빨간 머리 역무원이 걱정할 테니 관람차까지 가면 이번에야말로 진짜로 우미하자마 역으로 돌아가자. 그런 다음 역무원 앞에서 가방을 교환하고 귀가하자고. 약속하는 거야."

이와미의 늠름한 눈썹이 한쪽만 올라간다. 교코는 이와미가 자신의 운명의 장소에 따라와준다는 사실에 날아오를 것 같은 기분이 들어 약속 내용을 제대로 이해하지도 못한 채, 꾸벅 꾸벅 꾸벅 또다시 세 번 고개를 끄덕였다.

하나미오카 역 앞에서 렌터카를 빌렸다. 교코가 근무하는 회사 영업소여서 사원 할인으로 싸게 빌렸다. 역 앞 안내판을 보면 목적지인 자연공원까지는 걸어도 30분 정도면 갈 수 있었지만, 교코의 기억으론 끝없이 이어지는 좁은 비탈길을 올라갔던 것 같다. 시간도 정오에 가깝다. 이 불볕더위 아래에서 도보로 이동하는 건 피하고 싶었다.

도중에 편의점에 들러 삼각김밥과 샌드위치를 샀다. 그날과 똑같은 행동을 하고 있잖아, 하는 생각에 교코는 감개무량해졌다. 단지 그날은 저녁이었고 차 조수석엔 미치가 타고 있었다. 그리고 교코는 아직 스무 살 대학생으로 아무것도 몰랐다. 운명도, 실연도.

거리 풍경은 조금 변해 있지만 렌터카 내비게이션은 교코의 기억대로 좁은 비탈길을 올라가는 경로를 선택했다. 저 멀리 높은 곳에 보이는 작은 관람차를 향해 익숙한 손놀림으로 핸들을 잡고 있는 교코를 이와미는 흥미롭게 바라보며, "운전 정말 잘하는데" 하고 칭찬해주었다.

"고마워. 근데, 익숙한 것뿐이야."

"아니, 이건 차를 좋아하는 사람만이 할 수 있는 운전이야. 발진도 정지도 매끄러워."

"정지라고 했지만 조금 전부터 계속 그린벨트 위여서 거의 감속하지 않고 달리고 있어."

"그린벨트?"

"파란불이 이어지는 걸 그렇게 말하지 않아? 대학 선배가 자주 쓰던 말인데."

선배라는 건 다치바나를 말했다. 이와미는 대답 대신 어깨를 으쓱했다. 아무래도 일반적인 말은 아닌 모양이다.

"어쨌든 조금 전부터 계속 파란불이야. 운전을 잘하는 것처럼 보이는 건 분명 그것 때문이야."

교코는 그리 말하며 액셀을 가볍게 밟았다. 운명의 힘에 이끌려 움직일 때는 뭐든 술술 풀린다는 말을 들은 적이 있다. 다치바나와 미치도 사귀기 시작한 뒤 결혼해 아이가 태어날 때까지 정말로 순식간이었다. 실제로 걸린 햇수가 짧았던 건 아니지만 교코에게는 그리 느껴졌다. 그건 분명 그 둘이 지금까지, 그리고 앞으로도 계속 그린벨트 위에 있기 때문이리라. 왜냐면 그들은 운명적인 만남으로 시작된 커플이니까.

서른이 넘었는데도 아직도 운명적인 만남을 기다리고 있다니. 교코는 자조 섞인 한숨을 쉰다. 남자와 인연이 없는 이유는 여럿 있겠지만 가장 큰 원인은 이것 때문이라는 걸 잘 알고 있다.

운명 증후군.

운명적인 만남이라든지, 운명의 상대라든지, 그런 것에 교코는 약했다. 무시하고 싶지만 안 된다. 부정하고 싶지만 안 된다. 왜냐면 가까운 곳에 그런 커플이 있으니까. 동경하는 게 당연하잖아, 하며 확 정색을 하게 된다.

교코는 몇 번째인가 되는 파란 신호등을 지나며 조수석

의 이와미를 훔쳐보았다. 눈이 마주칠 뻔해 허둥지둥 백미러로 시선을 옮겼다. 뒷좌석에 나란히 놓아둔 메신저백 두 개가 보인다. 교코는 벌써 자신이 1년이나 되는 시간 동안 후쿠의 유골 단지를 소중히 몸에 지니고 다녔던 것도, 모두 오늘 만남을 위해서였던 것 같은 기분이 들었다.

차 안에 가득한 다소 부자연스러운 침묵을 깬 건 이와미였다. 조수석에서 가볍게 기지개를 켜면서 물어왔다.

"교코 씨, 대학 나왔지?"

"응? 아, 응. 이와미 씨는?"

찻길을 달리는 자전거에 온 정신을 쏟으며 되묻는 교코의 질문에, 이와미는 살짝 웃었다.

"난 중졸."

"그래?"

"응, 믿기지 않을 정도로 집이 가난해서 말이야. '진학 못 해' '급식비 못 내' '전기와 가스가 끊겨' '부모 빚을 아이가 대신 갚아' '배가 너무 고파 지우개를 씹어 먹었어' ……그런 웃지 못할 극빈 체험이라면 엄청 많아."

우스갯소리처럼 말하는 이와미의 말투로는 어디까지가 농담인지 알 수 없었다. 교코가 애매하게 웃으며 핸들을 잡고 있자, 이와미는 눈썹을 긁으며 단정한 미소를 지어 보였다.

"근데 왠지 나, 부잣집 도련님으로 보이나 봐."

"그건…… 얼굴이나 분위기 보고…… 그런 거 아냐?"

"아마도. 어쨌든 부모 돈으로 대학 들어가 껄렁껄렁 놀러 다녔잖아, 하며 단정 지어버려."

"요트부 출신이지, 여름엔 가루이자와 별장에서 테니스 치지, 같은?"

"맞아, 맞아."

교코의 말에 손뼉을 치며 웃은 뒤 이와미는 "하아" 숨을 내쉬었다.

"뭐, 어쩌라는 건지."

그 묘하게 분위기를 깨는 한 마디에 교코는 자세를 고쳐 브레이크를 밟는다. 검은 폴로셔츠에 면바지를 맞춰 입은 이와미의 복장이나 이미지가 다치바나와 겹치는 바람에, 실은 교코도 제멋대로 이와미를 좋은 집안 출신의 대기업 비즈니스맨이라고만 생각했다.

"그럼, 검게 탄 것도 테니스나 골프 때문이 아니었구나?"

"운송업과 도로 공사 일을 같이 뛰면 누구든 이 정도는 타지."

그럼, 분명 그 아름다운 근육도 고귀한 육체노동에 의해 만들어진 거네. 교코는 자신이 상상한 곳과 정반대에 있는 듯한 이와미를 곁눈으로 계속 보며, 살짝 아쉽게 여긴 자신을 부끄럽게 생각했다.

크게 굽어진 비탈길을 다 오르자 자연공원의 야외 주차장 입구가 나왔다. 주차 관리원의 모습은 보이지 않았다. 자동 발권기에서 주차증을 뽑자 노란 차단기가 올라간다. 13년 전엔 사람 좋아 보이는 아저씨가 차량 정리를 해줬던 것 같은데 완전히 변했다.

하지만 차를 대고 자연공원 안으로 들어가버리면 예전과 다름없는 풍경이 펼쳐졌다. 계절도 마침 같은 여름이어서 그런지, 피어 있는 꽃이나 초록으로 물든 녹음의 채도마저 기억 속에 있는 풍경 그대로였다.

"우와, 진짜 오랜만이야."

교코는 검은 메신저백을 어깨에 걸치고 리넨 숄과 면 원피스를 펄럭이며, 언덕에 조성된 꽃밭 안까지 척척 올라갔다. 뒤따라오는 이와미의 헐떡대는 소리가 등 뒤로 전해져왔다.

꽃밭 언덕 꼭대기에 있는 관람차 앞까지 간 교코는 메신저백을 살며시 내려놓았다. 따갑게 내리쬐는 햇볕은 눈앞이 아찔할 정도로 강했다. 희미하게 불어오는 바람 정도로는 온몸에서 솟아나는 땀을 다 씻어낼 순 없지만 그래도 기분은 좋았다. 형형색색의 꽃밭 너머로 주택가, 조금 전 교코와 이와미가 탔던 나미하마선의 선로, 그리고 그곳에서 한참 더 가면 은빛 바다와 하얀 연기를 내뿜고 있는 공업단지가 보였다.

그날 여기에 도착했을 땐 이미 해가 저물기 시작했고, 게다가 많은 인파로 혼잡했던 터라 마음이 진정되지 않았다. 그래서 이렇게 여유롭게 마을을 내려다보는 건 처음이다.

정상에 도착하고 나서 이와미는 한참 동안 무릎을 잡고 어깨를 들썩이며 숨을 몰아쉬고 있었지만, 가까스로 호흡을 가다듬고 교코 옆에 나란히 서자 얼굴을 들어 관람차를 올려다보았다.

"사람이 타는 관람차가 아니었구나."

"응, 좀 놀랍지."

13년 전의 자신과 같은 감상을 말한 이와미에게 미소를 지어 보이며, 교코도 관람차를 올려다본다. 멀리서 봐도 작았지만 바로 앞에서 보면 정말로 작은 관람차인 걸 알 수 있다. 그리고 꽃이 실린 관람차를 보고 나서야 관람차가 작은 이유를 알게 된다. 곤돌라가 화분처럼 제철 꽃들을 싣고 빙글빙글 회전하고 있다.

이 관람차가 막 운행하기 시작했을 때, 교코의 대학에서도 화제가 됐던 기억이 난다. 가족 단위나 노인 등 지역 주민의 휴식처였던 자연공원이 도심의 젊은이들이 일부러 찾아오는 데이트 코스로 일약 각광을 받게 되는 계기가 됐던 것 같다.

하지만 10년 이상 지난 지금, 데이트 중인 젊은이는 보이지 않았고, 주위에 있는 건 엄청 큰 파라솔 아래에서 휴대용 돗자리를 깔고 도시락을 먹고 있는 엄마와 아이들 무리 정도였다.

녹과 벗겨진 페인트가 눈에 띄는 관람차 차체를 올라다보며, 교코는 13년분의 시간을 떠올린다. 스무 살 여자아이가 운명적인 사랑에 빠져, 결혼하고, 엄마가 되는 시간. 고양이의 일생이 끝나버리는 시간.

"교코 씨, 우리도 점심 안 먹을래?"

소리를 듣고 제정신으로 돌아왔다. 이와미는 한참 전에 관람차 앞에서 벗어나 비탈길에 아슬아슬하게 나 있는 느티나무 아래로 들어가 있었다. 손을 모자 차양처럼 이마에 얹어 얼굴을 가린 채 진하게 생긴 얼굴을 눈이 부신 듯 잔뜩 찡그리고 있다.

교코도 느티나무 아래로 이동해 쉬기로 마음먹었다. 휴대용 돗자리도 신문지도 들고 오지 않은 터라 잔디 위에 바로 앉았다. 그날은 어떻게 했지? 유카타가 구겨지거나 더러워질까 봐 미치도 자신도 줄곧 서 있었던 것 같다. 젊었었네. 교코는 남 일처럼 감탄한다.

"여기, 숨은 명당자리야. 바다 불꽃축제가 잘 보여."

달걀 샌드위치를 먹으며 교코가 말하자 이와미는 삼각 김밥을 손에 든 채 마침 바로 뒤로 보이는 바다를 돌아보았다.

"어허, 몰랐는데."

침묵이 흐른다. '다음에 나도 여기서 볼까. 괜찮으면 같이 올래?' 같은 교코가 기대한 데이트 신청은 없었다. 어라? 교코는 눈을 깜빡이며 이럴 수가, 하며 몰래 실망한다. 달걀 샌드위치 맛이 뚝 떨어졌다.

이와미는 그런 교코의 모습을 알아차리지 못하고, 바다를 향해 있던 시선을 돌려 언덕을 빙 둘러본다.

"교코 씨 고양이는 어디에 있었어?"

이와미가 후쿠를 화제 삼아 준 걸로 교코는 다시 생기를 찾았다.

"음, 그러니까…… 파란 꽃이 무더기로 피어 있는 곳이지, 아마."

"으흠, 예쁜 꽃이네."

"맞아. 별 모양을 하고 있어 이름도 블루스타라고 해. 아옹아옹했던가, 가냘픈 울음소리가 들려와서 꽃밭을 헤집고 들어가 찾았더니…… 손바닥에 놓을 정도로 작은 새끼

고양이가 찰싹 땅에 달라붙어 떨고 있었어. 처음엔 콩찹쌀
떡이 땅에 떨어졌나 싶었어."

13년 전 바다 불꽃축제 당일, 이른 아침에 미치가 전화
를 걸어와 "숨은 명당자리를 알아냈으니까 보러 가자"며
불러냈다. 대학 근처에 있던 교코의 하숙집까지 미치가 일
부러 데리러 왔다. 그리고 둘이서 렌터카를 빌려 이제 막
면허를 딴 교코가 운전해 여기까지 달려왔다.

숨은 명당자리치고 관람차 아래는 혼잡했고, 불꽃축제
가 시작되고 바로 미치가 옆에 있던 남자의 발을 유카타와
맞춰 신은 일본 나막신으로 세게 밟아버렸다.

맨발에 비치샌들을 신고 있던 남자는 아주 아파했고, 교
코는 미치와 함께 손이 발이 되도록 사과했다. 그런 와중
에 "무슨 일이야?" 하며 느긋한 목소리로 다가온 남자의
일행이 대학 등산부 선배였던 다치바나였다.

"아, 다치바나 선배!"

"교코잖아?"

그 우연이 미치와 다치바나에게는 운명의 만남이 되었
다. 다치바나를 보던 미치의 얼굴이 엷게 붉어진 일이나,
그런 미치를 눈여겨보던 다치바나의 날쌔고 다부진 얼굴
이 갑자기 온화해진 일을, 교코는 스톱모션처럼 기억하고

있었다. 찰칵 찰칵 찰칵, 셔터 소리의 환청이 들릴 정도로 한순간에 둘이 서로 사랑에 빠져드는 걸 알았다. 겉모습만 보고 쉽게 빠질 순 없지, 하며 애써 버티는 미치의 몸부림이나 이제 막 만난 미치의 존재가 수많은 여자 친구를 제쳐버린 사실에 대한 다치바나의 당혹감까지, 방관자가 될 수밖에 없었던 교코의 눈에 선명하게 아로새겨졌다.

왜냐면 당시 교코는 다치바나를 혼자 몰래 좋아하고 있었기 때문이다. 좋아하는 사람의 일거수일투족을 눈에 새겨 넣던 습관이, 그가 자신의 단짝 친구와 사랑에 빠지는 순간을 오롯이 포착하고 말았다는 얄궂은 상황을 만들었다.

교코는 초조했다. 어처구니없을 정도로 슬펐고 마음도 지쳐갔지만, 다치바나와 미치가 자타가 공인하는 연인 사이가 돼버리기 전에 적어도 다치바나에게 자기 마음을 전하는 일 정도는 하고 싶었다. 그래서 뭔가 달라지는 게 있는지 없는지 제대로 확인하고 싶었다.

불꽃이 모두 발사되자 인파에 떠밀려 막연하게 남녀 네 명이 다 함께 출구를 향해 갔다. 교코가 새끼 고양이의 울음소리를 들은 건 그때였다.

"고양이가 울고 있어. 아직 어린 것 같아."

그런 교코의 말이 계기가 되어 "찾아보자, 필요하면 보호해주자고" 하고 얘기가 모아졌다. 어디에 있지? 모두 제각기 다른 방향으로 흩어져 걷기 시작했을 때, 무슨 연유인지 교코에게는 유달리 선명하게 고양이 울음소리가 들려왔다. 저 꽃밭에 있는 푸른 꽃 근처에 있어, 하고 구체적인 장소를 알 정도로.

바로 달려가려던 교코가 발을 멈춘다. 돌아보자 미치에게 발을 밟힌 남자는 이미 혼자서 어디 먼 데까지 찾으러 나섰고, 미치와 다치바나는 서로 다른 방향에서 찾고 있었지만 아직 근처에 있었다.

여기서 사라지면 안 돼, 하고 교코는 생각했다. 만약 교코마저 여기서 사라진다면 다치바나와 미치는 둘만 있게 된다. 그럼, 분명 가속도가 붙어 본격적으로 사랑이 시작되고 만다. 교코가 다치바나에게 마음을 고백할 기회도 빼앗기고 만다. 그런 예상이 쉽게 되었다. 하지만 교코를 시험이라도 하는 것처럼 고양이 울음소리는 점점 더 커졌다.

"다치바나 선배!"

교코는 품고 있던 모든 마음을 담아 다치바나를 불렀다. 하지만 축제의 흥이 확 깨질 정도로 시끌벅적한 가운데, 교코의 목소리는 다치바나에게 전해지지 않았다.

교코는 귀를 막고 고양이 울음소리를 무시하고 싶은 기분에 사로잡히면서도 결국 혼자서 발길을 돌렸다. 꽃밭을 향해 달리면서 스무 살의 교코는 처음으로 '운명'에 대해 생각했다.

만약 오늘 밤 다치바나와 미치가 사랑에 빠진다면 그건 운명일 것이다. 운명적인 사랑은 누구도 방해할 수 없다. 나도 포기할 수밖에 없다. 실연이 내 운명인 걸로.

결과는 본 대로다. 미치가 그린벨트 위에서 척척 쌓아 올린 행복을 볼 때마다 교코는 조연일 수밖에 없었던 자신의 운명을 뼈저리게 느꼈다. 이후 사랑에서든 일에서든 운수가 안 좋은 건 재빨리 포기하는 습관이 생겼다. 운명에는 이길 수 없다.

물론 다치바나도 일찌감치 포기했다. 하지만 파란 꽃 아래에서 발견한 후쿠를 키우고, 죽은 뒤에도 함께 살아온 13년간, 여러 번 후회를 한 것도 역시 사실이다.

만약 내가 후쿠의 울음소리를 알아차리지 못하고 다치바나 선배 옆을 떠나지 않았다면, 어쩌면, 하고.

"괜찮아?" 하는 소리에 당황해 자세를 바로잡는다. 먹고 있던 달걀 샌드위치를 든 채 교코는 몸이 딱딱하게 굳어 있었던 모양이다. 안 돼. 안 돼. 이곳은 후쿠와 만난 장소이기도 하지만 동시에 실연의 장소이기도 했다. 까먹고 있었다. 교코는 눈가에 눈물이 고인 걸 이와미에게 들키지 않으려고 재빨리 닦아내며, 남은 샌드위치를 마구 입에 쑤셔 넣었다.

이와미는 교코의 감정이 격해진 걸 보고도 못 본 척해주었다. 일부러 뒤를 돌아 타월 손수건을 내밀며 바다를 향해 큰 소리로 말했다.

"분명 교코 씨의 고양이도 기뻐하고 있을 거야. 죽은 지 1년이나 지났는데도 아직 이만큼이나 교코 씨가 사랑해줘서…… 행복한 고양이야."

이와미의 따뜻한 격려에 되레 자신의 천박한 마음을 똑똑히 깨닫게 된 것 같아, 교코는 체면 불고하고 타월 손수건에 얼굴을 묻었다.

"아아이야."

"뭐?"

교코는 입 안에 남아 있던 달걀 샌드위치를 필사적으로 씹으며 다시 한 번 말했다.

"아니야."

"음, 뭐가?"

늠름한 눈썹을 늘어뜨리며 안타까운 표정으로 돌아보는 이와미에게 미안해서, 후쿠에게는 더욱 미안해서 교코는 고개를 숙였다. 아니야. 후쿠의 죽음을 슬퍼하며 울었던 게 아니야. 난 항상 불쌍한 나 자신을 위해서만 울어.

"이와미 씨가 말한 '유대감'은 우리한테 없었어. 내가 후쿠를 소중하게 대하지 않았거든."

이와미와 눈이 마주친다. 다치바나와 정말 닮은 눈빛이다. 이 사람 앞에서 거짓말은 하고 싶지 않다. 교코는 이와미가 빌려준 타월 손수건을 꽉 쥐고 단숨에 말했다.

"난 후쿠를 죽게 내버려뒀어."

후쿠는 어느 날 아침 갑자기 죽었다. 울음소리 한 번 내지 않고 될 수 있는 한 눈에 띄지 않기를 바랐던 것처럼, 방구석 자리 커튼 뒤에서 숨이 끊어져 있었다.

유해를 안고 달려간 동물병원에서는 "모든 장기가 제 기능을 못 했어요. 일상생활이 가능했다니 믿기지 않군요. 상당히 괴로웠을 텐데 말이죠" 하며 고개를 갸우뚱했다.

"정말 전혀 눈치채지 못했나요?" 의사가 묻자 교코는 기억을 떠올리려 했다. 요즘 후쿠 상태는 어땠지? 식욕은? 배변은? 울음소리는? 털의 윤기는? 하지만 슬플 정도로 아무것도 떠오르지 않았다.

"죽지 않을 만큼만 대충 챙겨주고 보살피고 싶을 때만 보살폈어. 결국 난 전혀 후쿠를 돌보지 않았던 거야."

이와미는 교코의 얘기를 가로막으려 하지 않고, 그저 가엾다는 듯이 귀를 기울였다.

애완동물이라는 압도적으로 약한 입장에 있는, 살아 있는 생명체와 살고 있었다. 좀 더 신경을 썼어야 했다. 적어도 사랑을 베풀어야 했다. 사랑했다면 당연히 했을 관찰을 소홀히 했고, 키우는 주인에게 의지할 수밖에 없는 후쿠의 고통을 알아차리지 못했다. 그 결과가 죽음이라면 역시 난 후쿠를 죽게 내버려둔 거나 다름없다. 아니, 죽인 거나 다름없다.

교코는 콩찹쌀떡 같은 모양을 하고 자던 후쿠를 떠올렸다. 항상 자기를 드러내지 않는 고양이였다. 교코가 쓰다듬어주면 기분 좋아하면서도, 왠지 미안한 듯이 수염을 떨었다. 교코가 먹이나 물을 깜빡하고 채워주지 않았어도 울지도 않고 참을성 있게 언제까지고 앉아서 기다렸다. 추운 밤 교코가 이불 속으로 들어오라고 해도 좀처럼 들어오지 않았고, 겨우 이불 속으로 들어와도 구석 자리에서 몸을 동그랗게 말아 누웠다. 일이 잘 안 풀려 교코가 울고 있으면 조금 떨어진 곳에서 언제까지고 지켜보고 있었다. 손을 내밀면 머뭇대다 핥아주었다.

후쿠와 함께 살고 있을 때는 원래 그런 기질의 고양이라고 멋대로 단정했지만, 교코의 마음속에 다치바나와 함께할 미래를 망가뜨리고 너를 '거뒀어' '키워줬어'라는 거만한 감정이 있다는 걸 후쿠는 알고 있었던 게 아닐까? 지금은 그런 생각이 들어 견딜 수가 없었다.

그래서 후쿠는 참았던 거다. 몸 여기저기가 만신창이가

되어도 아무렇지도 않은 얼굴을 할 수밖에 없었던 거다, 분명. 늘 하던 대로 자고, 늘 하던 대로 일어나, 늘 하던 대로 화장실에 가고, 밥을 먹어야지, 하고 생각했던 거다. 결국 죽음을 목전에 둔 그 순간까지.

"후쿠가 그 정도로 무리한 건 나 때문이야."

교코는 목멘 소리로 계속 말했다.

"그런 죄책감을 조금이라도 덜어내려고 난 1년이나 유골 단지를 들고 다녔다고 생각해. 후쿠의 죽음을 인정하고 싶지 않았던 건, 죽은 후쿠한테는 두 번 다시 사과할 기회가 없기 때문이야. 그렇게 되면 내가 괴로우니까. 결국 나 자신을 위한 거였어."

교코가 입을 다물자 주위는 쥐 죽은 듯이 조용해졌다. 멀리서 소풍 나온 엄마와 아이들 무리가 떠드는 소리가 공허하게 울렸다.

이윽고 이와미가 크게 숨을 내쉬었다. 무슨 말을 할까? 저도 모르게 몸이 굳어진 교코의 마음속에 이와미의 말이 천천히 와닿았다.

"유골 단지는 꽤 무겁잖아."

"뭐? ……응."

"난, 무겁고 짐스러운 걸 죄책감만으론 도저히 1년이나 들고 다닐 수 없다고 생각해."

눈을 깜빡이는 교코에게 이와미는 고개를 끄덕여 보였다.

"괜찮아. 교코 씨는 제대로 후쿠를 사랑했고, 지금도 사랑하고 있어. 후쿠도 분명 알 거야."

긴 침묵이 생겼다. 교코는 제대로 숨을 쉴 수가 없어 어깨를 들썩이며 헐떡였다. 지금 자신의 기분이나 이와미를 향한 감사의 마음 등, 하고 싶은 말이 물밀 듯 밀려와 말이 제대로 나오지 않았다.

그래서 교코는 아이스 카페오레의 마지막 한 모금을 다 마신 뒤, 천천히 옆에 있는 메신저백을 열어 유골 주머니 속의 유골 단지를 꺼냈다.

"교코 씨? 그쪽은 내……"

이와미가 흠칫 놀라 눈이 크게 벌어진다. 교코는 꾸벅 고개를 끄덕였다.

"고마워, 이와미 씨. 지금이라면 나, 할 수 있을 것 같아. 후쿠를 위해서라도 제대로 유골을 확인해주려고 해."

"아니, 잠, 잠시만 기다려. 내 유골 단지부터 확인하는 거야?"

"응, 어쨌거나 두 개 다 확인하려고."

교코가 유골 단지를 꺼내려고 하자, 이와미가 당황해하며 교코의 손에서 유골 주머니를 통째로 빼앗아 갔다.

"이와미 씨?"

"아, 음, 그러니까, 내가 확인하면 안 될까? 안 되는 거지? 음, 알고 있어. 알고 있지만 그……"

"무슨 말을 하는 거야?"

"그게, 그러니까……"

유골 단지를 감싸 쥔 이와미가 말을 머뭇거리고 있는데, 위쪽에서 '야옹'처럼도 '아웅'처럼도 들리는 묘한 소리가 들려왔다. 다음 순간 바람을 가르는 희미한 소리와 사각 사각 사각 나뭇잎을 스치는 소리가 점점 가깝게 들려왔다. 소리가 나는 곳을 찾아 교코가 얼굴을 들기도 전에 그게 이와미 위로 떨어졌다.

"으악."

"아아웅."

비명 소리가 겹쳤다. 하나는 이와미, 또 다른 하나는 고양이 소리였다. 느티나무에서 발이 미끄러진 듯한 고양이가 이와미 어깨에 발톱을 세우고 매달려 있었다.

하얀 털에 검은 얼룩빼기 무늬가 있는, 얼굴도 둥글둥글하고 눈도 둥글둥글한 고양이였다.

"후쿠!"

교코가 엉겁결에 이름을 부르다 당황해 입을 다물었다. 후쿠가 살아나다니, 그럴 리 없다. 하지만 그런 것치고는 정말 닮은 고양이다. 빼다 박았다.

"아이고 아파!"

어깨를 파고드는 고양이 발톱에 아픔을 참지 못하고 이와미가 뒤로 벌러덩 넘어졌다. 땅에 내동댕이쳐진 고양이는 그대로 총총 사라졌고, 이와미 손에서 쑥 빠져나간 유골 주머니는 상당한 속도로 언덕을 굴러 내려갔다.

"아앗."

이번엔 이와미와 교코의 비명 소리가 겹치면서 둘이서 굴러가는 유골 단지를 쫓기 시작했다.

비탈진 언덕은 부드러운 잔디로 덮여 있었지만 유골 주머니가 육각형인 탓에 작은 돌멩이나 울퉁불퉁한 지면 때문에 생긴 약간의 높이 차이로 인해 여러 차례 퉁퉁 튀어올랐다. 언덕 한가운데쯤에서 돌인가 바위인가에 부딪혀 한층 더 세게 튀어 오르더니, 결국 공중에서 유골 주머니 안에 있던 유골 단지가 튀어나와버렸다.

유골 단지의 뚜껑은 완전히 벗겨져 나갔고, 안에 들어 있던 물건은 사방팔방으로 팔랑대며 흩어져갔다.

"앗!"

이와미와 교코의 목소리가 다시 겹친다. 교코의 발은 저도 모르게 멈춰 서버렸지만, 이와미는 그대로 언덕을 달려 내려갔다. 언덕 위에서 도시락을 먹고 있던 엄마와 아이들 무리도 눈길을 떼지 않고 지켜보고 있었다. 비탈길 위쪽에서 소리가 들려왔다. 하지만 무슨 말을 하는지까지는 알아듣지 못했다.

가던 도중에 유골 주머니를 주운 교코가 한발 늦게 도착하자, 이와미는 이미 죽을 둥 살 둥 사방으로 흩어져 있는 물건을 긁어모으고 있었다.

"그거…… 이와미 씨의 유골 단지…… 맞지?"

교코의 물음엔 대답도 하지 않고 이와미는 이마에서 땀을 뚝뚝 흘리며 계속 주워나갔다.

강한 바람이 관람차 쪽에서 불어와 잔디 여기저기에 흩어져 있던 남은 물건이 다시 팔랑팔랑 날아올랐다.

"아얏."

이와미가 뻘겋게 핏발이 선 눈으로 그것들을 좇아갔다. 그 얼굴은 여전히 날쌔고 다부져 교코 마음에 쏙 드는 타입이었지만, 다치바나와 닮았는지 어떤지는 더 이상 판단이 서지 않았다. 애초부터 결혼식 이후로 본 적이 없는 다치바나의 30대 얼굴 같은 건 상상할 수 없다는 사실을 지금 깨닫는다. 그럼, 난 이 사람한테서 뭘 보고 있었던 걸까? 우연이 저만치나 겹쳤으니까 틀림없이 운명적인 만남일 거라며 들떠 있던 조금 전까지의 자신이 엄청 우스꽝스럽게 느껴졌다.

우두커니 서 있는 교코의 귓전에 아이들의 새된 목소리가 바람에 실려 들려왔다.

"돈이야! 엄마! 종이돈이 엄청 날아다녀."

이와미가 어깨를 떨구고 뻘겋게 핏발이 선 눈으로 교코를 보았다.

"미코 유골은?"

"미안해."

"고양이는? 안 키웠던 거야?"

"미안해."

"전부 거짓말이었어?"

"미안해."

"전부? 차를 좋아한다는 것도? 운전 잘한다고 칭찬해준 것도? 후쿠를 행복한 고양이라 말해준 것도? 교코 씨는 제대로 후쿠를 사랑했다고 격려해준 것도? 우리 닮았네, 하고 말한 것도? 전부, 전부 거짓말이야? 유골 단지 안에 있던 돈을 찾으려고 한 입에 발린 말이었어?"

이와미는 아무것도 대답하지 않았다. 교코는 잔디 위에 떨어진 만 엔짜리 지폐를 주워 불쑥 내밀었다.

"이 돈은 뭐야?"

"내 돈이야."

"그것도 거짓말이지?"

교코가 마음의 문을 쾅 닫아버리듯이 마구 쏘아붙이자, 이와미는 후우 하고 숨을 내쉬고는 반듯한 얼굴을 일그러뜨리며 지친 듯한 미소를 지었다.

"아아, 맞아. 거짓말이야. 이 돈은 장례식장에서 훔친 돈이야. 난 거짓말쟁이 절도범이야."

이와미는 천천히 허리를 굽혀 텅 빈 하얀 유골 단지를 주워 들었다. 교코를 바라보는 눈빛은 어두웠고 말투는 될 대로 되라는 식이었다.

"야, 이거 두 손 두 발 다 들었는데. 장례식장에서 훔친 부의금을 유골 단지에 넣어 나르면 의심받지 않고 현장에서 도망칠 수 있을 거라 생각했고, 그 예상대로 착착 일도 진행됐는데 말이야. 설마 전철 안에서 물건을 잃어버리고 게다가 똑같은 가방과 유골 단지가 두 개나 발견되다니. 이거 너무 심하게 꼬였잖아."

"정말로. 심하게 꼬인 우연이긴 해."

교코는 낮은 목소리로 동의하고는 경찰에 전화하려고 스마트폰을 꺼낸다.

이와미는 한순간 언뜻 몸이 굳어졌지만 훤히 내려다보이는 언덕 맨 꼭대기에서 자초지종을 전부 목격했을 것으로 추정되는 엄마와 아이들 무리를 보고는, 도망치는 걸 포기했는지 유골 단지를 든 채 멍하니 서 있었다.

그리고 스마트폰에 손가락을 대고는 있지만 전혀 누를 기색이 없는 교코를 감정이 사라진 얼굴로 본다.

"경찰 안 불러?"

"그 전에 듣고 싶은 말이 있어."

교코는 그리 말하며 스마트폰을 든 손을 일단 내리면서 똑바로 이와미를 응시했다.

"이와미 씨, 왜 부의금을 훔친 거야?"

그 질문은 이와미를 아주 당황스럽게 한 듯했다. 한번 사라졌던 감정이 다시 그의 얼굴에 나타났다.

"왜, 라니. 이유 같은 게 필요해? 말다툼할 것 없이 경찰에 넘기면 되잖아?"

"나도 그러고 싶어! 하지만 그걸로는 수긍이 안 돼. 이와미 씨 얘기가 전부 거짓말이었다고 해도 내가 구원받은 기분이 든 건 사실이니까. 듣고 싶어. 절도범이 아닌 다른 이와미 씨의 모습에 대해 알고 싶어."

이와미는 또렷하게 쌍꺼풀 진 눈을 깜박이며 교코를 내려다본다.

"교코 씨는 좀 특이하네."

"자주 들어. 그런 것보다 빨리 가르쳐줘, 부의금 도둑이 된 이유."

부의금 도둑이라는 호칭이 재미있었는지, 이와미는 날

쎄고 다부진 얼굴을 온화하게 누그러뜨리며 엷은 미소를
지었다.

"그거야…… 돈이 없으면 살 수가 없으니까."

"일을 해야겠다고는 생각 안 했어?"

"생각했지. 실제로 지금도 죽을 만큼 일하고 있어. 하지
만 어쩔 수 없어. 어릴 때부터 몇천만 엔이나 되는 빚을 부
모한테 물려받았는데, 갚아도 갚아도 이자로 다시 빚이 불
어나는 바람에…… 이제 정당하게 갚을 방법이 떠오르지
않게 됐어. 난 그런 운명인가 싶어 포기했어."

교코는 참을 수가 없어 끼어들며 한마디 한다.

"운명에 자기 인생을 맡기면 편하겠지만 인생이 아까
워."

이와미에게 한 말은 그대로 자신을 타이르는 말이 됐다.

"인생이 아까워." 교코는 마음 깊이 새기듯 되뇌며, 다시
경찰서로 연결되는 110번으로 전화를 건다.

경찰의 도착을 기다리는 사이, 이와미는 넓은 등을 구부
린 채 바다를 물끄러미 바라보며 교코 쪽으론 한 번도 돌
아보지 않았다.

"신상 얘기는 진짜인 거지?"

교코는 무시당할 걸 각오하고 말을 걸었다. 이와미의 탄
탄한 등과 목 뒤까지 새까맣게 탄 피부가 '죽을 만큼 일하

고 있어'라는 그의 말이 거짓이 아니라는 걸 증명하고 있다고 교코는 믿고 싶었다.

"후쿠의 일로 격려해줘서 고마워."

"……그냥 한 입에 발린 말에 고맙다고 인사하는 거야?"

낮은 목소리가 들려왔다. 교코는 이와미에게 보이지 않는 걸 알면서도 꾸벅 꾸벅 꾸벅 세 번 고개를 끄덕였다.

"입에 발린 말이 아니라고 믿기로 했으니까. 그러니까 고마워."

이와미의 등이 들썩였다. 비웃는 건지 우는 건지, 교코는 제대로 알 수가 없었다. 그저 후쿠의 유골 단지가 몹시 무겁게 느껴졌다.

어디선가 고양이가 울고 있었다. 느티나무에서 떨어졌던 후쿠와 꼭 닮은 고양이인가? 교코는 온 언덕을 열심히 살펴봤지만 콩찹쌀떡같이 생긴 고양이 모습은 찾을 수가 없었다.

여름의 긴 해가 완전히 저문 시간이 되어서야 교코는 겨우 우미하자마 역에 돌아올 수 있었다. 공교롭게도 유골 단지 안을 보지 않고도 자신의 물건이라 확신할 수 있는 메신저백을 안고서, 벽과 구분이 안 되는 미닫이문을 노크했다. 하지만 대답이 없었다.

한참 동안 그대로 서 있었지만 덥기도 했고 기다리다 꽤 지친 터라 큰맘 먹고 미닫이문을 열었다. 그러자 마침 안쪽에서 미닫이문에 손을 갖다 대던 소헤이가 눈을 동그랗게 뜨고 이쪽을 보고 있었다. 놀란 건 교코도 마찬가지였다. 소헤이는 생선 가게에서 일하는 사람처럼 고무로 된 앞치마와 고무장갑을 끼고 있어 순간 누군지 알아보지 못했다.

"……아, 죄송합니다."

"아니요, 저야말로 죄송해요."

그리 말하며 소헤이는 고무장갑을 벗고 앞치마도 벗어서 접수대에 아무렇게나 올려놓았다. 비릿한 생선 냄새가 확 코를 찔렀다. 저도 모르게 몸을 뒤로 젖히는 교코를 보고, 소헤이는 난처한 듯이 빨간 머리를 긁적였다.

"정말 죄송합니다. 펭귄한테 먹이 주는 시간이어서. 바로 응대를 못 했네요."

아무래도 이 직장에선 직원 업무에 펭귄 사육이 들어가 있는 모양이다. 교코는 처음 분실물센터에 전화했을 때 좀처럼 전화가 연결되지 않았던 사정을 짐작했지만, 어떻게 생각해, 그런 태도? 하는 생각이 들기도 했다. 좀 성가신 승객한테 걸려 클레임이 안 들어오길 빌 뿐이다.

"펭귄, 전철 타고 돌아온 거예요? 용케도 찾아왔네요."

교코가 감탄하자 접수대 안쪽에서 유달리 눈에 띄는 초대형 냉장고 같은 은색 문이 열리고 펭귄이 나왔다. 마치 교코 목소리가 들리기라도 한 것 같은 타이밍이다.

펭귄은 소헤이 옆으로 오자, 그 주위를 자박자박 걸으면서 관심받기를 원하는 것처럼 올려다보며 오렌지색 주둥이로 가볍게 바지를 콕콕 쩔렀다.

소헤이는 그런 펭귄의 머리를 쓱쓱 쓰다듬으며 말한다.

"이 녀석은 전철을 타고 외출하는 게 좋은가 봐요. 전철을 갈아타고 멀리 가도 어김없이 돌아와요."

'이 녀석'이라 했으니까 수컷인가, 필요도 없는 펭귄 정보를 들으며 교코는 양팔을 가볍게 쓰다듬었다. 왠지 춥다. 열려 있는 은색 문 쪽을 본다. 거기에서 여름의 찌는 듯한 공기를 한순간에 얼려버릴 만큼의 냉기가 나오고 있었다. 교코가 발끝으로 서서 목을 길게 빼고 들여다보자, 틀림없이 냉장고일 거라 생각했던 그곳은 얼음으로 덮인 2.5평짜리 방이었다.

"펭귄…… 집인가요?"

"네. 아, 냉장고로 쓰이기도 해요. 이러니저러니 해도 업무용 냉장고를 개조해 만든 집이니까요."

소헤이가 오리 주둥이 같은 입을 하고 씨익 웃었다. 그러고는 갑자기 진지한 표정을 지으며 "하셨습니까?" 하고 교코에게 물었다.

"네, 기계로 하는 곳이라서 한 시간도 안 기다렸어요."

교코는 홀가분하게 대답하며 검은 메신저백에서 아주 조심스레 하얀 종이 주머니를 꺼낸다. 수용성이라고 업자가 설명한 그 주머니에 든 건 보슬보슬한 가루눈처럼 잘게 부서진 후쿠의 유골이었다.

이와미를 경찰에 넘겨주고 난 뒤, 교코는 우선 전화로 소헤이에게 사정을 설명했다.

"그래서 이와미 씨의 분실물은 그 사람이랑 같이 경찰서로 보내졌어요. 전 지금부터 남은 절차 때문에 그쪽 역으로 가려고요."

빠른 어조로 그렇게 마무리 짓는 교코에게 소헤이는 느긋하게 물어왔다.

"교코 님, 분실물은 돌려드릴까요? 아니면 맡아둘까요?"

네? 이 사람, 뭐라는 거야? 전화기 너머로 말문이 막혀 아무 말도 못 하고 있는 교코의 귓전에 소헤이의 투명한 목소리가 울린다.

"가끔 사람에 따라 잃어버린 채로 놔두는 게 좋은 물건도 있어서요."

"잃어버린 채라니…… 무슨 말이죠? 원하면 분실물센터

에서 보관해주나요?"

"네. 여기서 맡아두기도 하고, 회사 본사에서 보관하는 경우도 있고, 물건에 따라 가장 좋은 장소로 옮기는 경우도 있어요. 아주 드물게 폐기하는 경우도…… 상황에 따라 다릅니다."

소헤이가 너무도 당당하게 대답하는지라 교코는 "그렇군요"라는 말밖에는 할 수가 없었다. 그리고 당연히 돌려받을 작정이었던 후쿠의 유골에 대해 생각하기 시작했다.

이제 두 번 다시 유골 단지를 들고 다니지는 않을 거라 생각한다. 이와미 덕분에 후쿠의 죽음을 받아들일 각오가 된 이상, 죽은 자에겐 죽은 자가 있을 곳을 마련해주고 싶다. 그곳은 어디일까? 유골 단지에 넣은 채로 집에 놔둘까? 아니면 추모공원에 매장할까? 몇 개 안이 떠올랐지만 교코는 이도 저도 확 마음에 와닿지 않았다.

"여보세요?" 소헤이의 조심스러운 목소리가 들려왔다.

아, 까먹고 있었다. 전화 중이었지. 교코는 "죄송해요. 그럼, 이따 봬요" 하고 전화를 끊으려다 문득 손을 멈춘다. 스마트폰을 귀에 바싹 갖다 대자, 전화기 너머로 가만히 귀 기울이고 있는 소헤이의 기척이 느껴져 지금 생각하고 있던 고민이 술술 입 밖으로 나왔다.

"저기…… 실은 솔직히 말하면, 모르겠어요. 후쿠의 유골을 어디에 안치하면 좋을지, 전 잘 모르겠어요. 그렇다고 분실물센터에 맡기는 건 이상할 것 같고."

"허어."

당황한 듯한 소헤이의 목소리에 교코는 얼굴이 뜨거워졌다. 나, 뭘 상담하고 있는 거야? 마음가짐을 다잡아야 해. 교코가 허둥대며 얼렁뚱땅 전화를 끊으려던 찰나에, "저기" 하는 소헤이의 느긋한 목소리가 들려왔다.

"제안 하나 할까요?"

"제안요?"

"네. 유골을 뿌리는 건 어때요? 잘게 부순 뼈를 야외에 뿌리는 장송 방식입니다만."

"아아, 그거 예전에 외국 영화에서 그런 장면을 본 것 같아요. 하지만 일본에서 그런 걸 해도 되나요?"

"살아 있는 사람의 생활권을 위협하지 않는 적절한 범위 내에서 뿌리면 문제없어요. 예를 들면 개인 소유지가 아닌 바다에 뿌린다거나 하는."

"자세히 알고 계시네요."

"전부터 내가 죽으면 뼈를 어딘가 뿌려주면 좋겠다고 생각해서 찾아뒀어요."

네? 하고 되묻고 싶은 걸 꾹 참았다. 내 참, 교코는 얼굴을 찡그렸다. 소헤이가 진심으로 말한 건 어디까지일까?

소혜이의 말은 차치하고 뼈를 뿌린다는 말은 매력적으로 들렸다. 교코는 "바다라고" 하며 중얼거렸다. 마음이 기우는 게 느껴졌다. 바다는 넓다. 바다는 확 트였다. 그게 마음에 든다. 교코의 이기심으로 1년간이나 후쿠를 삶에서도 죽음에서도 비켜난, 어정쩡하고 좁고 갑갑한 세계에 가둬두었다. 깊이 반성하는 마음으로 지금 후쿠를 자유롭게 해주고 싶다. 보내주고 싶다. 그런 의미에서 넓은 바다가 마음에 들었다. 후쿠가 기뻐해줄 것 같았다.

교코의 심적 변화를 읽기라도 한 것 같은 타이밍으로 소혜이가 말을 했다.

"우리 사무실 근처에 있는 바다에서도 가끔 합니다."

"우미하자마에서 뼈를 뿌린다고요?"

"네, 수영 가능 구역도 어업 구역도 아니라서 하기 좋은가 봐요."

"할게요. 뼈를 뿌릴게요."

교코는 바로 대답했다.

소혜이는 손에 들고 확인한 후쿠의 가루 상태가 된 유골을 교코에게 돌려주고는, "이쪽으로" 하고 방향을 가리키듯이 턱을 치켜들며 방을 나섰다. 펭귄이 자박자박 뒤따르고 그 뒤를 교코가 따라갔다.

일을 마친 후지사키 전기 직원 몇몇이 모여 있는 대합실을 곧장 가로질러 역을 나온다. "어디 가는 거예요?" 불안한 듯한 교코는 신경도 쓰지 않고 소헤이와 펭귄은 더위를 식혀주는 시원한 저녁 바람을 쐬며 산책을 하는 듯한 가벼운 느낌으로 후지사키 전기의 정문을 향해 어슬렁어슬렁 걸어갔다.

"저기, 역 일은 괜찮아요?"

"네, 우미하자마 역은 원래 무인역이고, 분실물센터엔 교대할 사람이 오니까 걱정하지 마세요."

공장 정문 앞에는 키가 큰 무서운 얼굴의 경비원이 열중쉬어 자세를 하고 떡 버티고 서 있었다. 형사나 깡패로 오인할 정도로 눈매가 날카롭고, 복고풍의 사자머리 파마가 머리를 실제보다 세 배는 커 보이게 했다. 어머, 무서워라, 절대로 혼날 거야, 교코는 주춤했지만 소헤이가 눈인사를 하자 경비원은 바로 물러서며 문을 열어주었다.

"어, 들어가도 되는구나?"

교코가 당황하고 있자 소헤이는 입꼬리가 척 올라간 입을 오리 주둥이처럼 툭 내밀며 웃었다.

"안 잡아 가니까 안심하세요. 우리가 후지사키 전기의 전용 포구에서 후지사키 전기 소유의 배를 빌려 바다로 나가는 건 이미 얘기가 다 돼 있으니까요."

교코가 전화로 뼈를 뿌리기를 원한다고 하자, 소혜이는 후쿠의 뼈를 가루 상태로 만들어줄 업자 이름을 대며, 우미하자마 역으로 돌아오기 전에 뼈를 빻아서 오라고 교코에게 전했다. 그리고 "뒷일은 저한테 맡겨주세요" 하며 약속해주었다. 교코는 영락없이 장례 절차를 맡아줄 업자라도 소개해주는 줄 알았지만 아무래도 소혜이 자신이 주도할 모양이다.

업무용 주방 관련 기기 업계에서 최고의 시장 점유율을 자랑하는 후지사키 전기의 부지는 좌우지간 넓었다. 이 기업 전용 역이 생겨난 것도 수긍이 될 정도의 넓이다.

민트그린색의 평평한 지붕이 몇 동이나 줄지어 늘어서 있다. 이 공장에서 일하는 사원만으로도 아마 저 세 개 차량으로 편성된 작은 전철은 가득 찰 것이다.

그런 광대한 부지 안은 일부러 구불구불하게 만든 길에 화단이나 정원수를 효과적으로 배치해 마치 궁전처럼 보였다. 그곳을 일을 마친 파란 작업복 차림의 사원들이 오가고 있었다. 그들과 가볍게 인사를 주고받으며 소혜이는 자기 안방처럼 익숙한 발걸음으로 안으로 들어갔다. 명백히 외부인으로 보이는 철도회사 직원과 명백히 외부인으로 보이는 원피스 차림의 여자와 명백히 외부인, 이라고 할까, 별종, 으로 보이는 펭귄이라는 신기한 조합의 세 사람(두 사람과 한 마리)이 걷고 있는데도, 사원 누구도 특별히 수상쩍게 여기며 캐묻거나 하지 않았다. 소헤이가 한 말은 사실인 듯했다.

"야마토기타 여객철도와 후지사키 전기는 업무 제휴 같은 뭐 그런 걸 하고 있나요?"

"아뇨, 그냥 제 개인적인 일로 상부상조하는 관계랄까요……"

소헤이는 해맑게 벌쭉 웃었다. 잘 모르겠다. 그 이상 캐물어도 되는지 어떤지도 모르겠다. 교코는 조용히 따라가기로 결정했다.

그리고 걷기를 넉넉잡아 15분. 공장 정문 맞은편에 있는 부지 끝까지 와서야 겨우 소헤이는 걸음을 멈추었다. 포구 바로 옆에는 마치 안내표지처럼, 지면보다 낮은 지대에 몇 개나 되는 가지를 좌우로 넓게 펼친 나무 한 그루가 심어져 있었다. '쿠릴 벚꽃'이라 적힌 식수비를 보고 교코는 지금이 봄이라면 좋았을 텐데, 하고 생각했다. 후쿠는 벚꽃잎을 무척 좋아했다.

바다에서 파도 소리가 들려온다. 교코가 울타리를 잡고 몸을 앞으로 내밀자 검은 바다 위에 새하얀 요트가 떠 있는 게 보였다.

"그럼, 갈까요?"

소혜이가 선뜻 말을 건넸다. 교코는 저도 모르게 메신저 백의 어깨끈을 꼭 쥐었다.

"네. 근데 요트 조종은 누가?"

"아, 제가 할 수 있어요. 선박 면허를 가지고 있어요."

소혜이가 조심스레 가슴팍 앞에서 손을 들어 보였다. 교코는 넉넉잡아 5초간 그를 응시한 뒤 조용히 물었다.

"……당신 정체가 뭐야?"

"네? 저 말인가요? 분실물센터 직원 모리야스 소혜이입니다만."

눈을 동그랗게 뜨고 멍한 표정으로 빨간 머리를 흔드는 소혜이는 점점 더 앳돼 보였다. 저도 모르게 눈을 돌리는 교코의 시선을 좇아가다 펭귄을 본 소혜이는 "아아" 하고 미소를 지었다.

"이쪽은 펭귄. 이름은 아직 없어요."

"그래요?"

"네, 제가 멋대로 정하는 것도 좀 그래서…… 보류 중이에요."

이유는 잘 모르겠지만 애초부터 모르는 일투성이라 이제 와서 이것만 질문할 마음도 안 생겼다. 교코는 "그렇구나" 하고 고개를 끄덕여두었다.

돌연 "까악아아아, 까악, 까악아아, 까악" 하는 가래 낀 까마귀 울음소리 같은 소리가 들려왔다. 교코가 놀라서 보자, 펭귄이 날지도 못하는 날개를 펼치며 오렌지색 주둥이를 하늘을 향해 벌리고 있었다. 하품을 하고 있는 것 같았다.

"펭귄 졸린 모양인데요?"

"아니요, 이건 펭귄이 체온조절 하는 겁니다. 오늘도 무척 더웠으니까요."

그리 말하며 소헤이는 펭귄을 일단 안아 올려 울타리 바깥쪽에 내려놓았다. 그러자 펭귄은 그대로 풍덩 바다로 뛰어들었다.

놀라 "와아!" 소리를 지른 교코를 재미있다는 듯이 보더니 소헤이는 요트가 매여 있는 작은 포구로 이어지는 계단을 내려갔다. 교코는 허둥지둥 뒤따라가며 물었다. 더 이상 참을 수가 없었다.

"괜찮나요? 펭귄, 괜찮나요? 바다에 놓아줘도?"

"아, 이 바다, 사람은 수영 금지지만 펭귄은 헤엄쳐도 괜찮대요. 전문가한테 들었어요. 이 계절은 살짝 수온이 높은 편이라 장시간은 안 되지만, 푹푹 찌는 지상에 있는 것보단 기분이 좋은가 보더라고요."

"아니, 그럴지도 모르겠지만 펭귄이 길을 잃고 못 찾아오거나 그러지 않나요?"

"저 녀석은 꽤 똑똑해요. 생존력이 강하니까 괜찮아요."

그 '괜찮다'라는 말은 길을 잃어도 괜찮다는 거야, 잘 찾아오니까 괜찮다는 거야, 어느 쪽이야? 교코는 뭔가 자꾸 어긋나는 대화에 화가 났지만, 꽉 이를 악물고 참으며 요트에 올라탔다.

펭귄 걱정도 되고 해서 교코는 갑판에 나온 뒤로 줄곧 그 자리에서 요트가 바다로 출항하는 걸 지켜보았다. 해안에서 멀어지면서 바닷바람도 점점 강해졌다. 금방 머리와 피부가 끈적끈적해졌다.

때때로 해안 근처 바닷속에서 로켓처럼 튀어 오르는 형체가 보였다. 펭귄이다. 요트를 쫓아 앞바다로 나오지 않는 걸 보고 교코는 마음이 놓였다.

완전히 앞바다까지 나온 뒤에 요트는 멈춰 섰다. 육지에는 후지사키 전기 공장을 필두로 임해 공업단지의 공장 설비나 크레인, 석유탱크가 불빛 속에 모습을 드러내며 환상적인 조망을 연출했다. 이건 마니아가 아니더라도 사진으로 남기고 싶은 풍경이다. 시선을 옮기자, 늘어선 공장들 너머로 반짝이는 선로가 보였다. 선로를 따라가면 장난감처럼 조그마한 우미하자마 역 플랫폼에 다다랐다.

교코가 선실과 갑판 중간 지점에 설치된 조타실을 향해 갑판 쪽에서 다가가자, 유리창을 사이에 둔 조타실 안에서 소헤이 역시 넋을 잃고 바다에서 보이는 공업단지의 야경을 감상하고 있었다.

교코가 온 걸 알고, 소헤이는 꾸벅 조는 듯한 몸짓으로 고개를 숙이며 웃었다. 상냥한 얼굴이었다. 소헤이가 바지 주머니를 뒤적여 스마트폰을 꺼내 들어 귀에 갖다 댄다. 잠시 뒤 교코의 스마트폰이 울렸다. 전화를 받자 두툼한 유리창 너머에선 들리지 않았던 소헤이의 목소리가 울렸다.

"교코 님의 마음이 내킬 때 떠나보내주세요."

전화 목소리와 유리창을 사이에 두고 바로 눈앞에 보이는 소헤이의 입 모양은 약간의 시차가 있어, 한발 늦게 들려온 소헤이의 말에 교코는 갑자기 가슴이 옥죄여왔다.

당황해 뒤돌아서며 조타실에서 안 보이는 갑판 뒤쪽으로 돌아갔다.

깊이 심호흡을 하고 메신저백 안에서 하얀 종이 주머니를 꺼냈다. 그 안에 후쿠 뼈가 있었다. 교코는 밤하늘을 올려다본다. 별이 평소보다 밝게 빛나고 있는 것 같았다. 기분 탓이라도 좋다. 그리 믿고 싶었다.

"후쿠." 교코는 이름을 불렀다. 저절로 소리가 나왔다.

"12…… 아니, 13년간, 옆에 있어줘서 고마워. 신세 많이 졌어."

한순간 가슴이 메었지만, 펭귄이 바다 위로 튀어 오르는 형체가 시야 한구석에 들어오는 바람에 웃고 말았다. 정말,

뭐야, 저 생명체는? 어쩜 저리도 유쾌한 모습일 수 있지.

교코는 천천히, 하지만 힘을 모아 바다에 하얀 종이 주머니를 던졌다. 수용성인 종이 주머니는 검은 바다에 빨려 들어가 곧바로 자취를 감추었다. 후쿠의 뼈가 가라앉고 말았다. 교코는 크게 숨을 내뱉으며 계속해서 꽃집을 세 곳이나 돌아 손에 넣은 작은 블루스타 다발을 가방에서 꺼냈다. 아직 눈도 못 뜬 새끼 고양이 후쿠를 에워싸듯이 피어 있던 이 꽃으로 떠나보내고 싶었다. 파란 꽃잎만 떼어내 바다에 뿌린다.

"괜찮아. 교코 씨는 제대로 후쿠를 사랑했고, 지금도 사랑하고 있어. 후쿠도 분명 알 거야."

돌연 이와미의 목소리가 귓전에서 되살아나 교코의 가슴이 따뜻해진다. 그 격려의 말을, 그 격려의 말을 해준 이와미를, 믿고 싶다.

"영원히 사랑할 거야, 후쿠."

교코는 후쿠가 떠난 바다를 향해 그리 말할 수 있었다. 실연한 날, 집에 찾아온 새끼 고양이, 콩찹쌀떡 같은 그 고양이와 보낸 나날이 이제야 겨우 추억이 되었다. 약간 씁쓸한 맛은 있어도 몇 번이고 음미할 수 있는 추억이 되었다. 이제야 겨우.

교코는 소헤이에게 전화하기 위해 스마트폰을 찾으려

주머니를 뒤적이다 갑자기 손을 멈추고는 갑판에서 내려온다. 그리고 이번엔 선실에서 조타실로 향해 갔다.

소헤이는 선실에 면한 문을 열어 교코를 조타실로 들여보내주었다. 교코가 주머니에서 꺼낸 타월 손수건을 보고 고개를 갸웃했다.

"이건?"

"이와미 씨의 분실물이에요, 라고 해야 하나, 제가 빌렸다가 돌려주는 걸 깜빡한 거지만."

소헤이는 정중하게 타월 손수건을 받아 들고 교코를 보았다. 그 표정이 따뜻해서 교코는 가슴에 담아뒀던 말을 털어놓을 수 있었다.

"그 사람이 죗값을 다 치를 때까지 그걸 맡아주셨으면 해요. 전철이나 역에서 잃어버린 물건은 아니지만 가능할까요?"

"네, 물론입니다. 전 분실물센터 직원이니까요."

힘차게 고개를 끄덕여주는 소헤이에게 힘을 얻어 교코는 목에 걸치고 있던 리넨 숄을 벗는다.

"그리고 이건 저의 분실물. 지금 잃어버릴 예정이에요."

교코가 소헤이에게 리넨 숄을 건네며 "네, 잃어버렸습니다" 하고 중얼거리자, 소헤이는 잠시 생각에 잠겼다. 이윽고

"무슨 얘기인 줄 알겠습니다" 하며 크게 고개를 끄덕였다.

"잘 알겠습니다. 맡아둘게요. 그리고 이와미 님한테 연락할 때, 교코 님한테도 연락을 하면 되는 거죠?"

긴 앞머리 너머로 소헤이의 눈이 웃고 있었다. 대화는 죄다 어긋나는 거에 비해 눈치는 빨랐다.

"네, 부탁해요. 분실물을 찾으러 왔다 다시 이와미 씨와 딱 마주치면 좋겠는데."

"그런 운명 같은 우연이 다시 있으면 좋겠네요."

"없으면 만들 거예요, 제가."

교코는 선언했다. 운명의 상대든 아니든 이와미와 다시 한 번 만나 이런저런 얘기를 나누고 싶다. 사회에 복귀하기를 간절히 바란다.

소헤이는 입꼬리를 척 올린 오리 주둥이 같은 입으로 헤실헤실 웃으며 이와미의 타월 손수건과 교코의 숄을 정성스레 접어 조타석 옆에 있는 받침대에 나란히 놓았다.

"그럼, 돌아갑니다."

요트가 부웅 떨리면서 방향을 돌렸다. 소헤이에게 조종을 맡기고, 교코는 선실 창으로 밤바다를 바라보았다. 움직이기 시작한 요트가 검은 바다에 물보라를 일으키며 나아간다. 어두웠지만 물보라는 눈부실 정도로 하얗다. 길을 밝히는 든든한 등불 같았다.

이리저리 부닥치며 이 세상을 살아간다—살아가야 한
다—. 자신과 이와미의 얼굴이 떠오른다. 저세상으로 가버
린 후쿠의 얼굴도 떠오른다. 저마다의 길을 밝혀주는 등불
은 꺼지지 않고 앞으로도 계속 우리 옆에 있어줄까?

물보라가 만들어낸 등불을 따라가는 것처럼 앞을 가만
히 바라보고 있자 검은 바다에서 펭귄이 로켓처럼 튀어 오
르는 것이 보였다.

제2장

팡파르가 들린다

검객 겐터스는 길드를 나와 구시가지 상점가를 정처 없이 걷고 있었다.

무기상과 노점상을 모두 가봤지만, 찾고 있는 마검 언데드 버스트는 없었다.

"빨리 찾지 않으면……"

컴퓨터 앞에서 후쿠모리 겐은 나무젓가락으로 감자칩을 먹으며 조급하게 마우스를 움직였다. 컴퓨터 화면 속에서 그가 조작하는 게임 캐릭터 검객 겐터스가 달리기 시작한다.

겐이 놀고 있는 곳은 '바벨니아 오디세이'라는 온라인

게임 속이다. 인터넷상에 만들어진 가상의 세계에 수많은 게이머들이 들어와 모험을 하거나 물건을 팔거나 낚시를 하거나 농사를 지으며 각자 내키는 대로 시간을 보내고 있다. 게임 안에서 마을이나 평원을 오가는 거의 모든 캐릭터는 집이나 피시방 컴퓨터를 통해 조작하는 사람들이 있다고 보면 된다.

그리고 젠이 지금 찾는 마검 언데드 버스트는 '바벨니아 오디세이' 운영 3주년을 기념해 7년 전에 기간 한정으로 배포되었던 희귀한 무기다. 이른바 레어 아이템이라는 것이다. 폭발적인 인기를 누렸던 건 8년 전으로, 최근엔 게임 시스템도 그래픽도 운영 방법도 모두 '진부하다'는 말을 듣고 있는 원조 온라인 게임을 7년이나 계속하고 있을 사람의 수는 그다지 많지 않을 것이다. 젠도 입수하기 어렵다는 건 각오하고 있다.

이렇게 되면 숲을 빠져나와 이웃 나라로 검색 범위를 넓혀보자는 생각에 국경지대까지 와봤지만, 거의 사람의 왕래가 없는 길 한복판에 노점상이 서 있었다.

왜 이런 곳에 노점상이 있지? 젠은 수상쩍게 생각했다.

바벨니아 오디세이에선 조작하는 캐릭터 레벨이 어느 일정 수준까지 도달하면 게이머는 자신이 들고 있는 아이템을 다른 게이머에게 팔 수도 있고, 반대로 자신이 원하는 상대 아이템을 사들일 수도 있다. 이걸로 게임머니가 쌓이게 되고, 게이머는 보다 강력한 무기나 방어용 도구를 손에 넣거나 유료 이벤트에 참가할 수 있다는 이점이 생긴다. 단 거래를 하고 있을 땐, 게임 캐릭터는 검객이나 법사 등의 본래 직업에서 노점상으로 전직했다고 간주돼, 공격이나 수비를 할 수 있는 힘을 일시적으로 빼앗기는 단점도 있다.

이 단점을 피하려고 대부분의 게이머는 적의 몬스터에 공격당할 염려가 없는 마을 안에서 노점상을 연다. 거대한 적이 숨어 있는 던전에 가깝고, 언제 몬스터에게 습격당할지 모르는 국경지대에서 무방비 상태로 노점상을 계속 열고 있는 게이머는 게임 목적을 돈벌이로 한정한, 소위 말하는 '온라인 사기꾼'이라 생각해도 무방했다.

사기 상술의 봉만은 될 수 없지, 마음을 다잡으며 젠은 마우스 커서를 노점상에 맞춰 엔터 키를 눌렀다. 그러자 노점상 위로 창이 열리면서 판매 또는 구매를 희망하는 아이템 일람이 나타났다.

대충 훑어보니 언데드 버스트는 없는 듯했다. 이제 볼일 없다는 듯이 검객 겐터스가 지나가려는데 노점상이 '위스퍼 채팅'을 걸어왔다.

위스퍼 채팅이란 대화창 명칭이다. 게임 화면에 만화 말풍선 같은 형태로 표시되는데, 대화를 나누고 있는 사람들 뿐만 아니라 지나가는 다른 사람들도 읽을 수 있는 평범한 대화가 '채팅'이라면, 특정 상대와 은밀하게 얘기하고 싶은, 즉 다른 사람들에겐 보여주기 싫은 경우에 이 '위스퍼 채팅'을 선택한다.

겐은 바벨니아 오디세이에 빠진 지 3년 됐지만, 잘 모르는 상대와 위스퍼 채팅을 한 건 손에 꼽을 정도였다. 보라색 로브를 두른 법사가 운영하는 노점상을 꼼꼼히 관찰하다 마지못해 위스퍼 채팅에 응했다.

곧바로 다른 게이머에겐 보이지 않는 대화창이 열리고 게이머 이름과 함께 질문이 돌직구로 날아왔다.

히사메　찾고 있는 건 언데드 버스트?

키보드 위에 손을 얹은 채 정직하게 대답할지 말지 겐이 망설이고 있는데, 행이 바뀌고 다시 글이 쭉 이어진다.

히사메　미안, 조금 전 마을에서 겐터스 님이 마검을 찾고 있는 걸 보고 말을 걸어봤어.
겐터스　네, 맞아요. 전 언데드 버스트를 찾고 있어요.

겐이 채팅창에 할 말을 다 치기도 전에 게임 화면 속에서 노점상 히사메가 지면에 굵직한 검을 내려놓았다. 상품 리스트엔 올리지 않는 아이템이었던 모양이다. 커서를 맞춰 확인해볼 필요도 없이 겐은 그게 찾고 있던 마검 언데드 버스트라는 걸 알았다. 본래 히사메의 직업인 법사에겐 필요 없는 검을 가지고 있는 걸 보면 아무리 봐도 프로 노점상이다.

겐은 점점 더 경계심을 높이며 히사메의 다음 행동을 기다렸다.

히사메 왜 이게 필요해?

겐터스 자주 팀을 꾸렸던 동료 하나가 은퇴하게 돼서.

히사메 혹 eike.h 님?

겐터스 ! eike.h 님을 알아요?

히사메 예전에 여러 번 팀을 같이 꾸려서 모험에 나섰어. 도움 많이 받았지. 친절한 최고참 게이머잖아?

겐은 콧구멍을 벌렁대며 컴퓨터 앞에서 크게 고개를 끄덕였다. 역시 대단해, eike.h 님은. 유명인이야.

겐터스 네, 나도 엄청 도움을 많이 받았어요. 그래서 eike.h 님의 마지막 로그인 날 모두 송별회 겸 돌 정원 던전에 도전하기로 했어요.

히사메 돌 정원은 언데드계의 몬스터가 많아.

겐터스 네, 그래서 난 어떤 일이 있어도 언데드 버스트를 손에 꼭꼭 넣어서 정말 힘이 엄청 센 팀 멤버가 되어서 eike.h 님한테 승리를 안겨주고 싶어요.

하고 싶은 말을 급하게 키보드에 치다 보니 어설픈 번역문 같은 문장이 돼버렸지만 신경 쓸 여유가 없었다.

히사메 그럼, 꼭 써줘.

겐터스 고맙습니다! 얼마예요?

겐의 질문이 있은 뒤 히사메의 다음 문장이 나올 때까지 한순간 틈이 생겼다.

히사메 게임머니는 필요 없어.

겐의 온몸이 단숨에 굳어졌다. 정신없이 코를 비비며 조심조심 글자를 쳐 넣었다.

겐터스　진짜 돈으로 거래하자는 건가요?

　　그런 거래는 말썽의 소지가 많아 운영 측에서 금지하는 행위로 알고 있다. 그래서 히사메는 일부러 이런 국경지대에서 기다리다 '위스퍼 채팅'으로 거래를 걸어온 건가? 우와, 성가신 일에 걸려들었어. 겐은 한숨을 쉬며 옆에 있는 마시다 만 콜라를 단숨에 들이켠다. 탄산이 빠진 밍밍한 콜라가 벌컥벌컥 목구멍을 넘어간다.

히사메　아니, 모험을 부탁하고 싶을 뿐이야.
겐터스　모험? 어디에 있는 던전인가요?
히사메　던전이라기보단 리얼 세계에서 하는 모험, 이라는 이름의 심부름을 해주지 않을래?
겐터스　1fg케y2q
히사메　? 왜 그래?

　　겐은 부랴부랴 컴퓨터 키보드를 두드렸다.

겐터스　죄송해요! 지금 우리 집 고양이가 키보드 위를 걸어갔어요.
히사메　고양이 키워?

겐터스 네.

겐은 컴퓨터 옆에 눌러앉은 애완묘 이비키와 벽에 걸린 고등학교 교복을 번갈아 본다.

교복은 완전 새 옷처럼 보였다. 입학해서 고등학교 2학년도 반이나 지난 지금까지 거의 학교에 가지 않았기 때문에 당연했다. 제1지망 고등학교에 떨어지고 어쩔 수 없이 진학한 학교여서인지 처음부터 학교 가기가 싫었다. 만사 귀찮아져서 학교 분위기나 반 친구들 특징을 알기도 전에 집에 은둔해버린 뒤로는 현실 세계에서 행해지는 모든 대화가 어려워져 지금은 근처 편의점에 가는 것만으로도 비지땀을 흘렸다.

"아니 아니 아니 아니, 난 현실 세계에서 하는 모험 같은 건 무리예요. 아무리 생각해도."

겐의 혼잣말에 이비키는 하품으로 대답한다.

"아니, 잠깐만. 근데 말이야, 언데드 버스트…… 갖고 싶어."

겐은 몇 번이고 코를 비비며 팔짱을 낀다. 일본 속담에 바쁠 때 아무짝에도 쓸모없는 고양이 손이라도 빌리고 싶다는 말이 있는데, 지금은 손이 아니라 머리를 빌리고 싶은 심정이다. 이비키를 향해 물어본다.

"어떻게 할까, 이 거래?"

하얀 털에 군데군데 검은 얼룩빼기 무늬가 들어간 이비키는 몸도 얼굴도 눈도 찹쌀떡처럼 동글동글해 겐의 가족들은 '다이후쿠 고양이'라 부른다. 몽실몽실하게 옆으로 퍼진 이비키의 유머러스한 얼굴은 보고만 있어도 마음이 편안해진다.

겐이 마우스에서 손을 떼고 이비키의 눈 사이를 쓰다듬어주자, 크릉크릉 목을 울리며 웃는다.

그사이에도 히사메의 위스퍼 채팅은 계속된다.

히사메 좋은데, 고양이. 나도 조만간 키우고 싶어.

겐은 컴퓨터 화면에 뜬 히사메의 말에 시선을 돌리며, 화면 안의 수상한 노점상을 말똥말똥 쳐다봤다. 이 캐릭터를 움직이는 어딘가에 사는 누군가의 얼굴을 열심히 상상해봤지만, 아무것도 떠오르지 않았다. 그냥 고양이 좋아하는 사람치고 그렇게 나쁜 사람은 없는…… 것 같은 기분이 들었다.

"맞지? 어떻게든 되겠지?"

겐은 이비키를 향해 자신 없는 목소리로 동의를 구하지만, 대답을 듣지 못한 채 키보드를 두드린다.

겐터스 좋아요. 아, 고양이가 아니라 심부름 건. 뭘 하면 돼요?

히사메 고마워!

그 후 거래 내용이나 방법을 설명하는 위스퍼 채팅이 장황하게 이어졌고, 얘기를 모두 마쳤을 무렵엔 이비키는 컴퓨터 옆에서 찹쌀떡처럼 동그랗게 몸을 만 채 곤히 잠이 들었고, 창문에 쳐져 있는 커튼 틈 사이로 희뿌연 아침 햇살이 들어오고 있었다.

종점 우미하자마 역에서 전철을 내린 사람은 겐 혼자였다. 커다란 배낭을 멘 겐은 후유 숨을 내쉬며 이어폰을 뺀다.

파도 소리가 들린다. 그 소리 사이로 높아지다 낮아지다 하는 금속음이 겹쳐 들려온다.

"죽이는데." 겐은 들뜬 목소리로 중얼거렸다.

집에서 가장 가까운 하나미오카 역에서 직통 전철을 타면 30분 정도 하행하는 거리밖에 안 되는데도 우미하자마 역에서 본 풍경은 별세계─겐의 표현을 빌리자면 '게임 속 세계'─같았다. 은빛이 도는 회색 빛깔의 바다가 코앞에 펼쳐지고, 인공미 넘치는 멋진 조형의 공업단지가 뿜어대는 하얀 연기는 흐린 가을 하늘에 잔뜩 내려앉은 구름과 한데 뒤섞였다. 그 비일상적인 풍경은 잔뜩 흐린 날씨에 침울해질 뻔한 겐의 기분을 얼마간 밝게 해주었다.

운행 편수가 극단적으로 적은 직통을 타지 않는 바람에 지선 환승역에서 40분이나 기다려야 했지만, 이 풍경을 감상할 수만 있다면 기다릴 만한 가치가 있었다. 겐은 몇 번이나 코를 문질렀다. 긴장했을 때 나오는 버릇이 나온 데는 이유가 있었다.

겐이 1년 만에 집 밖에 나온 건 바로 어제 일이다. 혼잡한 길을 걷거나 공공 교통시설을 이용해 멀리 나가는 건 아직 전혀 익숙하지 않았다. 그런데도 지금부터 겐은 자신이 가장 어려워하는, 삼차원에 살고 있는 인간과 현실 속에서 나누는 대화라는 일에 도전해야 한다.

역시 무리야. 이제 도망치고 싶어……

플랫폼 난간을 잡고 바다를 보면서 겐은 스르르 주저앉는다.

어제 히사메가 부탁한 '모험' 준비를 하기 위해 탔던 전철에서 물건을 잃어버린 걸 깨닫자, 겐은 바로 인터넷에서 유실물 보관소 연락처를 찾아 계속 전화를 했다. 정말로 집요하게 여러 차례 걸었는데도 무슨 일인지 전혀 연결이 되지 않았다.

"도대체 말이야, 요즘 같은 세상에 인터넷에 메일 주소를 올려놓지 않은 고객센터가 있다니, 있을 수 없는 일이야."

겐은 투덜거렸다. 사실은 직접 말을 해야 하는 전화조차 힘들고 귀찮았다. 하지만 '모험' 시간이 코앞으로 다가온 탓에 약속도 안 하고 직접 쳐들어간다는 난이도 높은 수단을 선택할 수밖에 없었던 상황에 겐은 과장이 아니라 정말로 절망했다.

그것만 떨어뜨리지 않았다면 이렇게 안 해도 되는 '심부름'까지 추가되는 일은 없었다. 히사메가 부탁한 '모험'만으로도 엄청 힘에 부쳤는데, 제기랄, 정말 재수 없는 날이다.

겐은 멍청한 자신에게 화를 내며, 스마트폰을 꺼내 끝까지 단념하지 못하고 이 역에 있는 유실물 보관소에 전화를 걸어본다. 하지만 역시 연결음이 연이어 울릴 뿐이다.

"아—, 정말!"

불안과 초조로 터질 듯한 겐의 머릿속에 이비키의 찹쌀떡 같은 얼굴이 문득 떠오른다.

겐의 방 창문으로 집 안팎을 자유롭게 넘나드는 이비키의 행동 범위는 넓은 듯했다. 가족의 목격 증언에 따르면 역을 끼고 반대편 언덕 위에 있는 자연공원까지 갈 때도 있다고 했다. 자연공원의 명물인 '꽃 관람차'라도 구경하는 걸까?

이비키는 나 같은 인간보다 훨씬 세상을 잘 알고 세상과

106

잘 지내고 있을 거야.

겐이 마음속으로 부러워하고 있던 그 순간, 시야 한구석에 휙 움직이는 형체가 잡혔다.

"뭐지?"

겐이 놀라 일어서자 플랫폼 끄트머리에 있는 계단에서 얼굴을 내밀고 있는 동물과 눈이 마주쳤다.

고양이, 가 아닌데. 개도 아니야. 검고 흰 투톤 컬러에 둥근 머리와 오렌지색 주둥이, 날지도 못하는 날개를 파닥파닥거리며 새까만 눈으로 이쪽을 보는 저건······?

"펭귄?"

겐의 목소리가 들렸는지, 펭귄은 빙 몸을 돌렸다. 그리고 뒤뚱뒤뚱 계단을 내려가버렸다.

남겨진 겐은 망설인 끝에 다시 이어폰을 꼈다. 스마트폰에 든 음악 중에 망설임 없이 선택한 곡은 '바벨니아 오디세이'의 사운드트랙이다. 금방 이어폰에서 힘찬 호른 소리가 울리면서 드럼 파트와 함께 방방 뛰어오를 듯한 선율이 흘러나왔다. 게임 속에선 마을을 나와 모험을 향해 떠날 때 항상 나오는 곡이다.

"좋아, 가볼까."

겐은 자신을 격려하듯 중얼거리고는 펭귄이 내려갔던 계단을 향해 힘차게 팔을 저으며 걸어가기 시작했다.

계단을 내려와서는 펭귄을 따라붙었다. 펭귄은 몸을 이리저리 흔들며 뒤돌아서서 젠을 바라봤지만 특별히 당황하는 기색도 없이 다시 같은 상태로 계속 걸어갔다. 진짜 펭귄…… 이네? 헛것 본 거 아니지? 젠은 자신의 눈을 여전히 믿을 수 없어, 펭귄 옆을 돌아서 나와 스마트폰으로 사진을 찍었다. 찰칵하는 카메라 셔터 소리에 놀랐는지, 펭귄은 플리퍼라 불리는 날개 같은 손을 파닥대며 한쪽 눈을 찡긋 감았다. 젠은 왠지 미안한 일을 한 것 같은 기분이 들었다.

펭귄 뒤를 따라 무인 개표구를 빠져나가자, 바닥도 천장도 벽도 온통 목재 패널로 된 숲속 같은 분위기의 대합실이 나왔다. 출구 너머로 커다란 공장 정문이 보였다. 키가 장대처럼 크고 머리가 사자머리처럼 텁수룩한 남자 경비원이 젠을 수상쩍게 쳐다보고 있었다. 펭귄이 왼쪽으로 방향을 틀자 젠도 같이 몸의 방향을 바꾸는 바람에 경비원의 시선에서 벗어났다. 펭귄이 오렌지색 주둥이로 목재 패널로 된 벽을 콕콕 찌르자 벽이 갑자기 옆으로 스르르 열렸다. 젠은 "우와" 소리를 지르며 이어폰을 뺀다. 당연히 벽이라고 생각했던 곳이 미닫이문이었다. 자세히 보니 손가락을 걸치는 작은 손잡이도 달려 있었다.

"어서 와라."

부드러운 목소리가 들리는가 싶더니 미닫이문 틈새로 빨간 머리가 보였다.

날라리 같은 녀석이 있어! 방어 자세를 취하는 겐의 존재를 알아차렸는지, 빨간 머리 청년은 헤실헤실 부드러운 미소를 지어 보였다. 입술을 툭 내밀고 입꼬리를 척 올린 오리 주둥이 같은 입으로 애교와 풋풋함을 더한 그 얼굴을 보며, 아, 왠지 인기 있을 것 같아, 하고 겐은 어렴풋이 생각했다. 현실 세계에서 연애나 학교생활이나 일을 평범하게 잘하는 인종임이 틀림없다고 단정하며, 리얼충! 하고 마음속으로 욕설을 퍼부었다.

"무슨 용건으로 오셨어요?"

그 격식을 차린 말투에서 조금 전의 '어서 와라'는 펭귄에게 한 말이라는 걸 알 수 있었다.

"네, 용건…… 이라 해야 하나, 여긴?"

빨간 머리 청년은 생글생글 웃는 얼굴로 겐을 바라보며 천장에 달려 있는 녹색 표찰을 손가락으로 가리켰다.

"〈분실물센터〉? 여기가?"

"네, 정식 명칭은 야마토기타 여객철도 나미하마선 유실물 보관소, 입니다만. 분실물센터 쪽이 알기 쉽고 친근감이 있지 않나 싶어서요."

"아."

겐은 배낭 어깨끈을 꽉 쥔 채 흘금흘금 사무실 안을 둘러보았다. 확실히 사무실 옆면 가득히 설치된 접수대 하며, 그 뒤로 컴퓨터가 놓여 있는 책상 하며, 벽을 꽉 메울 기세로 쭉 널려 있는, 크기가 다른 여러 종류의 로커 하며, 정말로 분실물이 보관돼 있을 것 같은 곳이다.

"분실물이 있으신 게 아닌가요?"

분실물센터 청년이 고개를 갸웃하며 물어오자, 겐은 입을 다물고 만다. 고개를 숙인 채 자기보다 키가 큰 청년의 야윈 몸을 훔쳐본다. 철도회사 제복으로 보이는 모스그린색 바지와 회색 재킷을 입고, 재킷 가슴팍에 '모리야스 소혜이'라는 이름표까지 달려 있는데도 왠지 전체적으로 어딘지 모르게 수상쩍은…… 느낌이 든다. 리얼충의 화신이라 할 수 있는 뮤지션 같은 머리 색깔 때문인가? 아니면 인기 없는 남자의 아니꼬움 같은 건가?

겐은 일단 질문을 질문으로 돌려주기로 했다. 당황스러운 일이 너무 많아서인지, 소혜이라는 이름의 청년이 자아내는 세상에 초연한 듯한 분위기 탓인지, 어렵게 여기던 삼차원에 사는 인간과의 대화도 그런대로 해낼 수 있을 것 같았다.

"저기…… 왜 역 분실물센터에 펭귄이 있어요?"

펭귄은 소혜이라는 이름의 청년 옆을 재빨리 지나 접수

대를 빠져나간 뒤, 안쪽 벽에 있는 초대형 냉장고로 보이는 은색 문 앞에서 등을 돌리고 섰다. 머리 위에 한 줄의 하얀 무늬가 들어가 있어 마치 아치형 머리띠를 하고 있는 듯했다.

젠의 시선을 따라 소헤이도 몸을 돌려 펭귄을 보자, "후후후" 하고 웃었다.

"키우는 거예요?"

"라고 할까, 보살피고 있어요."

뭐가 '라고 할까'인지 잘 이해가 안 됐지만 펭귄이 갑자기 주둥이를 천장을 향해 쩍 벌리고 "까악아아아" 큰 소리로 우는 바람에 젠과 소헤이의 대화는 거기서 중단되었다.

소헤이는 "잠시 실례 좀 할게요" 하며 젠에게 양해를 구한 뒤 접수대를 지나 펭귄에게로 성큼성큼 다가갔다. 은색 문을 열자 얼음으로 가득 채워진 2.5평짜리 방이 보였다.

펭귄이 크고 두툼한 발을 가지런히 놓으며 점프해 얼음방에 들어가자, 소헤이는 "편히 쉬어" 하고 말을 건넨 뒤 문을 닫고는 아무 일 없었다는 듯이 돌아왔다. 그리고 접수대를 사이에 두고 젠과 마주 보았다.

젠은 참을 수가 없어 물었다.

"여기 분실물센터 맞죠?"

수족관이나 서커스단 같은 거 아니죠? 진짜 확인하고

싶었다.

"네, 그러니까 묻잖아요. 뭘 잃어버리신 건가요?"

소헤이는 느긋하게 고개를 갸웃한다. 다람쥐 쳇바퀴 돌고 있다. 겐은 단념하고 솔직하게 말하기로 했다.

"음, 그러니까…… 편지…… 저기, 오래된 편지로…… 키티가 그려진 봉투에 들어 있고, 아, 봉투째로 반으로 접어 부피를 작게 만들어서 들고 다녔는데……"

소헤이는 묻지 않았고 겐도 일부러 설명하지 않았지만 왜 봉투를 반으로 접었냐 하면 작은 부적 주머니에 넣기 위해서다. 부적 주머니라는 건 겐이 아직 유치원생이었을 무렵 엄마가 만들어준 하늘색 복주머니를 말한다. 어릴 때부터 낯가림이 심하고 곧잘 긴장해서 꼼짝도 못 하는 겐을 조금이라도 안심시키려고, 엄마는 손수 만든 복주머니에 당시 겐이 좋아했던 캐릭터 스티커나 할머니가 준 편지, 근처 신사에게 받은 진짜 부적 따위를 넣으며, "이 부적이 있으면 힘이 백배는 세질 거야" 하며 쥐여주었다.

엄마 입장에선 어린 자식의 성장을 도와줄, 한때 쓰고 말 작은 물건이었을 것이다. 설마 아들이 넌지시 심어준 그 말을 마음의 안식처 삼아, 이후에도 자라면서 계속 부적 주머니에 넣을 물건을 바꿔가며 고등학교 2학년이 된 지금까지 들고 다닐 줄은 꿈에도 생각지 못했을 것이다.

그런 연유로 복주머니는 꽤 색이 바랬고 실도 여기저기 풀려 있었다. 그렇다고는 하나 하필이면 겐이 1년 만에 집 밖으로 나온 어제, 후드 재킷 주머니 안에서 결국 솔기가 터져 자신도 모르는 사이에 복주머니에 든 물건을 떨어뜨릴 줄은, 액운을 막아줘야 할 부적 주머니에 재수가 옴 붙었다고밖에 달리 할 말이 없었다.

접수대 앞에서 어깨를 축 늘어뜨리고 서 있는 겐에게 소헤이가 격려하듯 상냥하게 말을 건넸다.

"그 편지에 수취인 이름은 적혀 있나요?"

"……아, 네. 내가 받은 편지라 내 이름이…… 연필로 적힌."

"가르쳐주시겠어요?"

"이름을요? 아, 네. 후쿠모리 겐이에요. 이름 중 '후쿠'와 '겐'은 한자가 아니라 히라가나로 적혀 있어요."

"후쿠모리 겐……"

마치 아오모리 현을 발음하는 것 같은 악센트로 중얼거리면서 소헤이는 긴 앞머리를 손가락으로 만지작거렸다. 손놀림이 딱 멈춘 순간, 어딘지 모르게 펭귄과 닮은 동그란 눈이 반짝 빛났다.

"다행이에요. 겐 님의 분실물이 방금 막 도착했어요."

"정말이에요?"

젠은 엉겁결에 접수대에 손을 짚고 몸을 앞으로 쑥 내밀었다. 역시 부적이야. 죽으라는 법은 없다. "네." 소헤이는 느긋하게 고개를 끄덕이며 미닫이문 쪽을 쳐다보았다.

"편지를 가지고 온 사람이 정말 지금 막 저길 나갔는데. 플랫폼이나 계단에서 못 만났나요?"

젠이 고개를 가로젓자 소헤이는 혼잣말인 양 "임해 공원에라도 갔나?" 하고 중얼거리고는 헤실헤실 웃으며 젠을 보았다.

소헤이가 로커에 젠의 분실물을 가지러 간 사이 누군가 미닫이문을 노크했다.

열쇠 꾸러미를 짤랑짤랑 흔들며 로커 열쇠를 찾던 소헤이는 노크 소리를 못 들은 듯했다. 젠은 소헤이에게 말할까 말까 고민하다 결국 잠자코 미닫이문을 열었다.

"죄송해요— 이 역에 화장실 있어요?"

구김살 없는 목소리와 함께 나타난 사람은 커다란 검은 눈이 인상적인 교복 차림의 여고생이었다. 올이 성긴 브이넥 스웨터 위로 세일러복 형태의 하늘색 교복 칼라가 엿보였다. 타탄체크의 주름 스커트는 짧게 올려 입었고, 감색 무릎양말에 감싸진 다리는 가늘고 길었다.

너무나 아름다운 소녀의 모습에 전율한 나머지, 반사적으로 휙 뒤로 물러서던 젠은 배낭을 멘 채로 허리를 접수대에 세게 부딪히며 그대로 쪼그리고 앉았다. 여고생도 눈을 동그랗게 뜨며 웅크리고 앉는다.

"괜찮아?"

어깨에 늘어뜨린 검은 생머리에서 좋은 향기가 났다. 길게 기른 앞머리를 큰 별 모양이 달린 고무 밴드로 한 가닥으로 묶었고, 훤히 드러난 이마는 매끈했다.

겐의 얼굴을 들여다보는 여고생의 유달리 검은 눈동자가 큰 눈에 외줄기 가는 빛이 스쳤다.

"겐?"

"네에? 그런…… 데, 요."

미소녀가 아주 호의적으로 접근해오다니, 여긴 연애 게임 속 세계인가? 겐은 혼란스러워하면서 허리를 짚으며 일어섰다.

마침 그때 접수대 너머에서 "아아, 찾았어. 찾았어" 하는 소리가 들려왔다.

소헤이는 접은 흔적이 남아 있는 봉투를 손에 들고 돌아와 접수대에 살며시 놓으며 겐과 여고생을 번갈아 보았다.

"만났군요. 마침 잘됐어요. 겐 님, 이쪽이 분실물을 가져다준 분이세요."

"정말 고맙습니다."

우물우물 말하며 머리를 숙이는 겐의 눈을 응시하며 여

고생은 친근한 미소를 지었다.

"겐, 오랜만이야. 마히로야. 나 기억해?"

"하아? 야, 음…… 마히로…… 설, 마, 이토 마히로……?"

너무 놀라 말문이 턱 막혔다. 겐의 기억 속에 있는 이토 마히로는 초등학교 4학년으로, 커다란 둥근 안경과 버섯머리라 놀림받던 바가지머리가 트레이드 마크였던 고지식한 반장이었던 터라.

겐이 뻣뻣하게 굳은 채 꼼짝도 못 하고 서 있는 사이, 세일러복 스타일의 교복을 입은 미소녀는 접수대에서 봉투를 집어 익숙한 손놀림으로 안에 든 편지지를 쓱 끄집어냈다. 키티 모양을 한 편지지다. 겐이 7년간 몇 번이나 읽고 또 읽은 그 편지 맨 아래에 적힌 이름을 여고생은 손가락으로 짚어나가며 소리 내 읽었다.

"이토 마히로. 응, 틀림없이 내가 이 편지를 보낸 장본인이에요."

수줍은 얼굴이나 고개를 숙이는 모습 하나하나가 귀여워 겐은 어지러울 지경이었다. 부적 삼아 들고 있던 편지를 그 편지를 쓴 장본인이 줍다니, 너무했다. 어떤 얼굴로 얘기를 해야 하나? 라고 할까, 저, 똑바로 눈을 못 쳐다보겠거든요!

패닉 상태가 된 겐은 허리를 짚으며 어색하게 발길을 돌

116

린다. 열려 있는 미닫이문을 지나 분실물센터 사무실에서 뛰쳐나왔다.

"앗."

소헤이와 마히로의 목소리가 겹쳐 울린다.

"겐 님? 분실물 수령 절차가 아직 안 끝났는데요."

등 뒤로 들려오는 소헤이의 말에 겐은 중요한 편지를 안 들고 나온 걸 깨닫고는 너무 허둥댔잖아, 하며 혀를 찼다.

부적을 되찾지 않고 '모험'을 강행하다니, 내가 할 수 있을까?

"할 수 없어도 하는 수밖에 없어." 스스로 타이르며 겐은 이어폰을 끼고 개표구를 빠져나와 플랫폼 계단을 뛰어올라갔다.

공업단지와 바다가 이어지는 창밖 풍경을 바라보며, 겐은 '왜 이렇게 된 거지?' 하고 마음속으로 외쳤다. 귀에 꽂은 이어폰에서 힘찬 행진곡이 연속 재생으로 흘러나왔지만 음악을 들으며 마음을 다잡을 여유조차 없었다.

전철의 긴 좌석 옆자리에 마히로가 앉아 있었다. 둘은 우미하자마 역을 출발한 이후 벌써 5분이 넘게 서로 시선을 마주치지도 대화를 나누지도 않은 채 흔들리는 전철에 몸을 맡기고 있었다. '왜 이렇게 된 거지?' 줄곧 울고 싶은 심정이었지만 이 어색한 분위기를 겐이 어떻게든 참을 수 있었던 건 자신과 마히로 앞에 펭귄이 서 있었기 때문이다.

발차음 대신 아름다운 멜로디가—나중에 찾아봤더니 〈스위트 메모리스〉라는 오래된 가요라는 걸 알고 바로 내려받았다—한창 흘러나오고 있는 전철 안으로 펭귄이 아장아장 걸으며 올라탔을 때는 깜짝 놀라고 말았다.

펭귄이 전철로 외출하다니 현실도 게임도 뛰어넘어 이제 그림책 속의 세계가 아닌가, 어이없어하는 겐을 주시하며 펭귄은 아주 진지한 얼굴로 자박자박 다가와 하얀 털이 풍성하게 뒤덮인 가슴을 딱 편 채 꼿꼿이 섰다.

전철이 달리기 시작하자 바로 옆 차량에서 이동해 온 마히로가 말없이 겐 옆에 앉아도 펭귄은 표정 하나 바꾸지 않고 계속 서 있었다. 차량은 한산했고 좌석도 공간도 텅텅 비어 있었지만 끝까지 겐과 마히로 앞에서 움직이려 들지 않았다.

펭귄은 신장이 채 70센티미터가 안 되는지라 손잡이에 닿지 않았고, 혹 닿는다손 치더라도 저런 손 모양으로는 못 잡았을 것이다. 전철이 흔들리거나 브레이크를 밟을 때마다 플리퍼를 사뿐히 들어 올리고 두툼한 발을 지그재그로 비틀며 균형을 잡는 기특한 모습은 계속 보고 있어도 싫증 나지 않았고, 휘청대며 정말로 위태로워 보일 때는 겐과 마히로가 양옆에서 손을 쑥 내밀어 도와주었다. 그렇게 해서 그럭저럭 어색한 시간을 넘길 수 있었다.

하지만 그것도 지선의 종점이자 도쿄 방면으로 연결되는 노선의 환승역인 유다라이 역까지였다.

세 개 차량으로 편성된 오렌지색 전철이 유다라이 역 플랫폼으로 미끄러지듯 들어가자, 펭귄은 전철 안 누구보다도 빨리 두 발을 가지런히 맞춰 전철에서 폴짝 뛰어내렸다. 그러고는 환승용 계단을 뒤뚱뒤뚱 올라가더니 하교 러시의 밀려드는 학생들 사이에 섞여 그대로 모습을 감추고 말았다.

지선의 플랫폼에 남겨진 겐은 배낭 어깨끈을 꽉 쥐며 걸어가기 시작했다. 볼륨을 한껏 낮춘 음악 소리 사이로 뒤에서 따라오는 마히로의 로퍼 소리가 또각또각 들려왔다.

"……어디까지 쫓아올 거야?"

겐은 자신도 모르게 그만 돌아보며 물었다. 긴장한 나머지 무의식중에 실례되는 소리를 지껄이는 건 오래된 나쁜 버릇이다. 예상한 대로 마히로의 얼굴이 순식간에 빨개졌다.

"우리 집은 이쪽 방향이야. 잘 알지 않아? 겐 너도 4학년 때까지 살았던 동네니까."

마히로가 말한 역은 도쿄에서 고급 주택지로 불리는 곳

으로 확실히 같은 노선을 타지 않으면 돌아갈 방법이 없다. 겐은 당황해 이어폰을 빼고 머리를 숙였다.

"미안. 계속 그 동네에 살고 있었구나?"

"응, 같은 집에."

"미안. 그럼, 내가 다음 전철을 탈게."

"왜?"

힐끗 노려본다. 얼굴 생김새 하나하나에 존재감이 있는 예쁜 소녀가 화를 내니까 박력이 있다.

"음, 왜냐면……"

같이 있으면 어색하니까, 라고는 아무리 그렇지만 겐도 말할 수는 없었다.

나란히 계단을 올라 도쿄로 가는 노선의 플랫폼으로 내려온다. 지선 플랫폼과 달리 이쪽은 귀가하는 학생이나 주부들로 북적였다. 눈여겨 찾아보았지만 펭귄은 보이지 않았다. 다른 플랫폼에 내렸는지도 모르겠다.

겐은 어쩌다 보니 마히로 옆에 나란히 서서 수많은 낯선 사람들과 전철을 기다리는 대열을 만들고 있었다. 압박감이 느껴져 코를 문지르자 마히로가 시선을 앞에 둔 채 낮은 목소리로 물었다.

"왜 편지를 돌려받지 않은 거야? 저기, 겐이 떨어뜨린 거지? 소헤이 아저씨가 난처해했어."

"그러니까, 전철 시간이 다 돼서."

"거짓말쟁이. 그 후로 우미하자마 역 플랫폼에서 30분이나 전철을 기다린 주제에."

네, 거짓말입니다, 하고 인정할 수도 없어 겐은 옆에 선 마히로를 곁눈질한다. 훤칠하게 키가 크다. 170센티미터에 살짝 못 미치는 겐과 눈높이가 거의 같다.

겐은 크게 숨을 들이마시자 앞을 보며 큰맘 먹고 정직하게 말했다.

"미안해. 마히로 본인이 갑자기 나타나는 바람에 깜짝 놀라 어쩌면 좋을지 몰랐어."

옆에서 마히로가 얼굴을 돌리는 기색이 느껴졌다. 어깨에 내려온 검은 머리를 뒤로 넘겼는지, 좋은 향기가 훅 겐의 코끝을 간질였다. 뭐지, 이 냄새? 샴푸 냄새인가? 헤어코롱 같은 건가? 아니면 여자라는 생물이 원래 가지고 있는 냄새인가?

순식간에 번뇌에 휩싸인 겐은 마히로가 한 말을 보기 좋게 무시하다 "저기, 듣고 있어?" 하고 힐책을 당한다.

"아, 미안, 뭐라고 했는데?"

당황해 겐이 마히로 쪽으로 돌아서자 이번엔 마히로가 시선을 돌린다.

"그러니까, 어쩌면 좋을지 몰랐던 건 나도 마찬가지야.

왜냐면 자신이 열 살 때 쓴 **러브레터**를 당시 좋아했던 사람한테 돌려주러 온 거잖아? 엄청 부끄러운 상황이잖아, 그거."

편지 내용이 쓴 장본인에 의해 폭로당하자, 둘이 같이 잠시 고개를 숙였다. 이윽고 겐이 귀가 빨개진 채로 중얼거렸다.

"미안."

"됐어. 미안, 미안, 하면서 변명도 안 하고 그냥 사과만 하면 어떡해."

"미안…… 아, 미안이 아니야."

겐은 당황해 자신의 뺨을 탁 쳤다. 그런 겐의 말과 행동을 보고 마히로가 웃음을 터뜨린다. 한바탕 웃고 나서 겨우 겐과 눈을 마주쳐준 마히로의 표정은 온화하게 누그러져 있었다.

도쿄로 향하는 전철에 탄다. 전철 안은 붐볐다. 어색함에서 해방된 두 사람은 나란히 손잡이를 잡고 서서 계속 얘기를 나누었다.

"떨어뜨렸다는 건 들고 다녔다는 거잖아, 그 편지?"

"응…… 재수 없지?"

겐은 힘없이 고개를 떨구며, 어차피 '재수 없다'는 소리를 들을 바엔 그냥 다 말해버리자 싶어 어릴 때부터 몸에 지니고 다녔던 부적 주머니 얘기까지 죄다 털어놓았다.

"내 편지를 부적 주머니에 넣었다니…… 왠지 놀라워."

"실제로 부적 대신이었어. 러브레터 같은 건 처음 받아봤고 앞으로도 받을 것 같지 않으니까."

그렇지 않아, 라는 말이라도 할 생각이었는지 마히로의 입이 한순간 열렸지만, 체형도 복장도 완전 엉망인 겐의 온몸을 쭉 훑어보고는 아무 말도 하지 않은 채 입을 닫았다. 위로 삼아 하는 말은 안 하는 주의인가 보다.

시시한 남자로 성장해버려 미안.

열 살 때보다 훨씬 예쁜 소녀가 된 마히로를 곁눈질하면서 겐은 어깨를 축 늘어뜨린 채 마음속으로만 사과했다. 열 살 때 자신이 반짝반짝 빛났다고는 생각하지 않지만, 적어도 다른 아이들과 똑같은 일을 할 수는 있었다. 매일 학교에 가고, 나란히 책상에 앉아 공부하고, 쉬는 시간이나 방과 후 거기다 휴일엔 친구와 함께 놀았다. 가끔은 싸우기도 하고 화해도 했다. 그런 당연한 일을 당연하게 할 수 있었던 열 살 때의 자신을 겐은 눈부시게 떠올릴 수밖에 없었다.

그 시절을 같은 교실에서 보낸 반장이 준 러브레터는 그런 추억이 환상이 아니라고 가리키는 증거며 용기를 북돋아주는 부적이었다. 현실 세계의 모험에 있어 없어서는 안 될 부적이었던 것이다.

　침울한 기분을 떨쳐내고 겐은 재회했을 때부터 신경이 쓰였던 얘기를 물어본다.

　"편지, 어디서 주웠어?"

　우미하자마 역 분실물센터에 신고했다는 건 그 근처 지선 아니면 본선에서 주운 것 같은데, 도쿄에 살고 도쿄에 있는 고등학교에 다니는 마히로가 왜 외딴 시골이라 해도 무방할 동네의 전철을 탔는지 살짝 의문이 들었다.

　"아, 내가 주운 거 아니야."

　손잡이를 잡고 서서 창밖을 바라보던 마히로는 대수롭지 않은 일이라는 듯이 말했다. 긴 속눈썹이 촘촘하게 나 있는 눈을 깜빡이며 겐에게 시선을 옮기자 미소를 지어 보인다.

　"반 친구가 '학교 오는 전철 안에서 이런 걸 주웠어' 하며 들고 왔어. 분명 편지 속 내용까지 읽은 거지. 거기, 마지막에 내 성하고 이름이 다 적혀 있잖아?"

　"아아."

　"'마히로 러브레터가 떨어져 있던데~' 하며, 반 친구들한테 다 들릴 만큼 큰 소리로 말했어."

　"우와……"

　"어쩔 수 없지." 마히로는 겐이 사과하는 걸 막으려는 양

피식 웃었다.

"실은 나, 고등학교에서도 반장을 하고 있는데 교칙 검사에서 깐깐하게 굴어서 다들 싫어해, 의외로."

아랫입술을 가볍게 깨물며 창밖을 바라보는 마히로의 옆얼굴은 의연하고 아름다웠다. 반 친구들에게 살짝 미움받는 일 따위로 마히로의 본성 자체가 흔들리지는 않을 것이다. 눈이 부신다. 너무 눈부신데, 반장. 젠은 문득 초등학교 4학년 때 반에서 마히로에게 '버섯 반장'이라는 별명이 붙여진 일을 떠올린다. 웃음이 터져 나오는 걸 헛기침으로 어물쩍 넘기며 허둥지둥 창밖을 본다.

새로운 역에 정차할 때마다 전철 안 분위기와 전철 밖 풍경이 점점 세련되어져간다. 도쿄에 가까워지고 있다는 게 느껴졌다. 이 정도로 인터넷 쇼핑이 생활의 일부가 되고, 집 안에서 뭐든 손에 넣을 수 있는 시대가 되었어도 마을이 가지는 분위기만은 어쩔 수 없다고 젠은 생각했다. 매일 집구석에 틀어박혀 인터넷 게임 속에서만 살고 있기 때문에 가지는 감각일지도 모르겠지만, 도시는 역시 도시이고, 지방은 지방이고, 시골은 시골이다. 어디가 좋은지하는 문제가 아니라, 그 다름이 역력히 분위기에 묻어 있다. 그래서 전학한 이래 찾지 않았던 도쿄로 향하는 젠의 긴장감은 점점 심해지기만 했다.

마히로가 손잡이를 오른손에서 왼손으로 바꿔 쥐며 창밖에 시선을 둔 채 물어온다.

"이제 어디로 가?"

"아키하바라."

겐은 망설였지만 제대로 속일 자신도 없었던 터라, 인터넷 게임 속 희귀 아이템을 손에 넣기 위해 아이템을 가진 사람에게 부탁받은 일을 처리해야 한다고 솔직하게 설명했다.

"인터넷상에서 알게 된 사람한테 현실 세계에서 해야 하는 일을 부탁받은 거야?"

마히로의 유달리 검은 눈동자가 큰 눈이 커다래진다. 어이가 없어 놀라고 있는 거라고만 생각했는데, 마히로 입에서 나온 건 뜻밖의 말이었다.

"괜찮은 거야, 그거? 사기 아냐?"

나는 인터넷은 잘 모르지만 하며 계속 양해를 구하면서도, 마히로는 얼굴이 안 보이는 인터넷상에서 거래하다 생긴 분쟁 사례들을 꽤 자세히 가르쳐주었다.

"사실은 위험한 거래에 이용된 거 아냐?"

예쁜 소녀가 심각한 얼굴로 걱정해주자, 겐은 허둥지둥 배낭을 벗는다. 지퍼를 열어 히사메가 보낸 메일에 적혔던 비밀번호를 이용해, 신주쿠 역의 번호식 코인로커에서 어제 가져온 물건을 확인했다.

　로커에는 가전용품점 로고가 찍혀 있는 비닐봉지가 들어 있었다. 그리고 비닐봉지를 열자 하얀 야광봉, 마시멜로, 공장의 야경 사진집, A4용지에 출력된 편지, 가 아니라, 지시서가 나왔다.

　이 물건들을 들고 아래 지도에 표시된 장소(가게입니다!)로 가주세요. 확실히 갔다 왔다는 걸 증명할 수 있는 물건(사진 데이터 등)을 제 메일로 보내주시면, 마검 언데드 버스트를 양도하겠습니다.

히사메

　글 아래에 빨간 깃발 마크로 표시해둔 아키하바라 주변 지도가 첨부돼 있었다.

　마히로는 겐에게서 뺏은 종이를 훑어보며 가전용품점 비닐봉지에 들어 있는 여러 종류의 물건들을 몇 번이고 확인하더니 예쁜 눈썹을 찡그렸다.

　겐은 머뭇거리며 물었다.

　"가게 이름이 안 적혀 있어서 검색을 못 했는데, 그렇게 위험할…… 까?"

　"지시를 내린 사람의 본명도 얼굴도 모르잖아. 지금 가

는 가게가 어떤 가게인지는 물론이거니와 가게 이름조차
몰라. 오히려 난 왜 겐이 이걸로 괜찮다고 생각했는지 묻
고 싶어. 오히려, 오히려, 오히려 말이야."

마히로가 강한 어조로 숨도 쉬지 않고 쏘아붙이자 버섯
반장이었던 때의 얼굴이 살짝 겹쳐 보였다.

아키하바라행 환승역이 겐의 시야에 확 들어왔다. 속도
를 늦추는 전철 안에서 겐은 배낭에 비닐봉지를 집어넣고
는 어깨끈을 꽉 쥐며, "자, 그럼" 하며 손을 들었다.

마히로가 놀란 듯이 묻는다.

"그런데도 가는 거야, 아키하바라?"

"응, 그 검이 없으면 동료를 전송할 수 없으니까."

"동료?"

"아, 음, 그러니까, 인터넷 게임 동료야. '바벨니아 오디세
이'라는 인터넷 게임을 3년 정도 같이 어울려 했어. eike.h
라고 적고 에이케 에이치라고 부르는 사람인데, 아직 내가
시작한 지 얼마 안 돼 게임에 완전 젬병인 초짜였을 때부
터 몇 번이나 나랑 팀을 꾸려 여러 이벤트에 같이 참가했
어. 아, 이벤트라는 건 인터넷 게임 속 얘기야. 하지만 이번
에 졸업한다고 해서…… eike.h 님한테 신세를 진 사람들
끼리 기획했어. 마지막 이벤트로 한 던전을 공략하자고. 오
늘 밤 7시에 길드에서 만나기로 했어. eike.h 님의 오른팔

이 되어 활약할 마지막 기회야. 그래서 난, 언데드계 몬스터에 강한 검을 어떻게든 7시까지는 손에 넣고 싶어서."

갑자기 열을 올리며 덩달아 목소리도 커진 겐을 진정시키려고 마히로는 워워 하는 손짓을 해 보인다.

"잠, 잠시만 기다려. 이해 안 되는 얘기가 너무 많아서 뭐라고 말해야 할지…… 그러니까, 우선 '졸업'이란 게 뭐야?"

"게임 계정을 지워서 두 번 다시 로그인 못 하게 되는 걸 말해."

"……즉 두 번 다시 게임 속 세계에서는 못 만난다는 거네. 하지만 그…… 에이…… 에스 님?"

"에이케 에이치!"

"아, 미안. 그 에이케 에이치 님과 겐이 실제로 만난 적은 아직 한 번도 없지? 라고 할까, 그 사람이 몇 살인지도 뭐 하는 사람인지도 심지어 남자인지 여자인지조차도 모르는 거지?"

"응. 하지만 동료야. 난 에이케 에이치 님이 없었다면 인터넷상에서도 내 자리가 없었을 것 같아."

"'인터넷상에서도'라니? 겐은 현실 세계에 자신의 자리가 없다고 생각하는 거야?"

마히로의 예리한 질문에 겐은 "응"하고 솔직하게 고개

를 끄덕였다. 지금까지 '재수 없다'고 생각해도 어쩔 수 없는 얘기만 했다. 이제 와서 숨길 생각은 없었다.

"나, 등교 거부 중인 은둔형 외톨이거든."

마히로는 숨을 삼키며 젠을 올려다보았다. "내 자리" 하고 작은 소리로 중얼거리며 커다란 검은 눈을 반짝였다.

전철이 멈추고 문이 열린다. 꽤 많은 승객이 내리는 듯했다. 젠이 인파에 떠밀린 채로 환승역에 내려서자 뒤따라 마히로도 내렸다.

"아니? 마히로 집은……?"

마히로는 장난꾸러기 같은 표정으로 하얀 치아를 드러내며 생긋 웃었다.

"나도 따라가려고. 괜찮지?"

아아, 난 지금, 사람들이 말하는 아름다운 청춘의 한가운데 서 있는지도. 젠은 현기증이 나는 머리를 진정시키며 정신없이 고개를 끄덕였다.

"딱히 상관은 없지만."

딱히, 가 아니지. 제발 따라와주세요, 라고 해야지. 마음속에서 격렬하게 날뛰는 번뇌를 계속 억누르며, 젠은 머리를 긁적인다. 그런 젠의 팔을 마히로가 잡아당겼다.

"아키하바라로 가는 전철은 저쪽이야."

빙 몸을 돌려 걷기 시작하는 마히로의 뒤를 따라가는 젠의 귓전에 팡파르가 울려 퍼졌다. 땅거미가 내려앉은 혼잡한 역 사이로 화면이 뜨면서 흘러가는 자막이 겐에게는 보이는 것만 같았다.

이토 마히로와 친구가 되었다. 새로운 모험의 시작이다.

겐에게는 다른 동네와 마찬가지로 아키하바라도 낯설었다. 아직 어렸을 때 딱 한 번, 컴퓨터 조립이 취미인 아버지가 데리고 와준 것도 같지만, 아쉽게도 기억에 남아 있지 않았다.

겐은 우선 하늘 높이 솟아 있는 형형색색의 간판에 압도당했고, 여기저기서 손님을 부르는 여자들의 달콤한 소리와 남자들의 탁한 쉰 소리에 더해 길을 따라 쭉 늘어선 가지각색의 가게에서 흘러나오는 BGM이 뒤섞인 소리의 홍수에 다리가 얼어붙었다.

그런 겐 옆에서 마히로가 지시서에 첨부된 지도를 보면서 척척 스마트폰 내비게이션 창을 띄웠다.

마히로는 "이쪽", 자신 있게 단언하며 스마트폰을 보면서 걷기 시작했다.

일요일에는 보행자 우선도로가 된다고 마히로가 가르쳐준 중앙도로의 인도를 따라 걸어가다, 간판에 애니메이션풍의 소녀 일러스트가 그려진 커피숍에서 오른쪽으로 꺾은 다음 좁은 골목길을 따라 구불구불한 길을 계속 걸어가자, 흔히 보이는 잡다한 업소가 입주해 있는 빌딩 앞에서 내비게이션이 멈췄다.

"여기?"

젠은 기어들어가는 목소리로 가는 비명 같은 소리를 내질렀다. 빌딩 출입문은 열려 있지만 안쪽의 계단이나 복도에 불이 켜져 있지 않아 어둑어둑했다. 주위를 빙 둘러봤지만 간판처럼 보이는 물건은 눈에 띄지 않았다. 큰맘 먹고 빌딩 안으로 성큼 들어가자, 도안된 글자와 일러스트를 형형색색의 래커로 마구 휘갈겨놓은 자극적인 벽이 눈에 확 들어왔다.

"위험해, 위험해, 위험해, 위험해."

그대로 뒤로 물러나 다시 밖으로 나온 젠을 마히로가 고개를 갸웃하며 맞이한다.

"왜 그래? 뭐가 위험한데?"

"이 빌딩 완전 황폐해서 사람 있을 데가 못 돼. 저기, 미국의, 그 있잖아, 슬럼가 같아."

"일본이야, 여기."

"그치만 분위기는 폐허 된 빌딩 같다니까."

젠은 배낭을 잡고 흔들며 힘주어 말했다. 솔직히 말하

면 무섭다. 안에 들어가기가 꺼려진다. 마히로가 얘기해준 '인터넷상의 분쟁' 사례들이 잇달아 머릿속을 무서운 속도로 스치고 지나갔다. 주마등이란 이런 느낌인가? 나, 죽는 거야?

"폐허 말이지" 하고 중얼거리며 마히로는 느긋하게 빌딩 안으로 들어간다.

"마히로, 돌아와. 위험하다니까."

"쉿."

긴 검지를 도톰한 입술에 갖다 대더니 마히로는 그대로 검지로 발밑을 가리켰다.

"안 들려?"

마히로가 손짓하며 불렀다. 겐도 주뼛주뼛 빌딩 안으로 들어간다. 마히로 옆에 서자, 확실히 발밑에서 땅이 울리는 듯한 낮은 소리와 전자음 같은 새된 소리가 희미하게 울리는 게 느껴졌다. 소리에 맞춰 바닥까지 흔들리고 있는 듯했다.

"뭐지, 이거? 위험한 조직의 아지트가 지하에 있다든가 하는 뭐 그런 건가?"

"이렇게 알기 쉬운 아지트를 만든 시점에서 그 조직은 삼류 아닐까."

마히로는 그리 말을 내뱉자 주눅 드는 기색도 없이 지하로 이어지는 계단을 내려가기 시작했다.

"잠깐 기다려." 젠은 작은 소리로 불러 세우고는 허둥지둥 계단을 뛰어 내려가 마히로 앞에 선다.

"내가 먼저 걸어갈게."

내심 울고 싶었지만 젠은 일단 가슴을 쫙 펴 보였다. 마히로는 눈을 동그랗게 뜨더니 이윽고 겸연쩍은 듯이 어깨를 으쓱했다.

"괜찮아, 젠. 사실 나, 이 가게 알아. 전에 텔레비전에서 봤어."

사실 나라느니, 가게라느니, 텔레비전이라느니, 하며 갑자기 날아온 정보를 다 처리하지 못해 멍해져 있는 젠의 어깨를 움켜쥐자 마히로는 살며시 앞으로 떠밀었다.

"현재의 아키하바라가 농밀하게 담겨 있는 가게라고 텔레비전에서 소개했어. 가보자."

젠은 마히로 뒤를 따라 지하까지 계단을 다 내려갔다. 더 어두워진 계단 앞에서 손을 내밀어 빌딩 벽과 마찬가지로 일러스트나 로고 따위로 온통 휘갈겨져 있는 철문을 밀어 열었다.

지진? 젠은 발밑이 흔들려 자신도 모르게 방어 자세를 취했지만, 한발 늦게 밀려드는 바람이 느껴질 정도로 엄청난 환성에 둘러싸이자 뭐가 뭔지 도통 알 수가 없었다. 시간이 꽤 지났는데도 시야도 자리도 여전히 불편한 건 거의 대부분이 남자인 수많은 사람들이 이 좁은 장소에 다 들어오지도 못할 만큼 빽빽이 들어찼기 때문이라는 걸 깨닫는다.

"뭐야, 이거?" 분명히 외쳤는데도 자신의 소리가 들리지 않는다. 톡톡 누군가 어깨를 쳐서 옆을 보자 마히로가 빨갛게 상기된 얼굴로 앞을 가리킨다. 허둥지둥 앞쪽을 본 겐은 직접 만든 느낌이 물씬 나는 무대에서 아주 눈부시고 뜨거운 조명을 받으며 서 있는 한 소녀를 발견한다.

두 갈래로 묶은 머리 꼭대기에 극단적으로 큰 리본을 달고, 퍼프소매의 검은 원피스를 입은 그 소녀는 마이크를 쥐고 오로지 춤과 노래에만 열중하고 있었다. 그녀가 점프를 할 때마다, 샤우팅을 지를 때마다, 포즈를 취할 때마다 산소 결핍이 일어날 것처럼 주위 공기가 '워어어' 하는 소리와 함께 요동쳤다.

음향 기기로 내보내는 반주는 환성에 묻히지 않게끔 음량을 엄청 올렸는지, 소리가 갈라지고 마구 윙윙 울렸다.

그래도 소녀는 전혀 신경 쓰지 않고 퍼포먼스를 계속 이어나갔다. 작은 몸이 점점 커 보였다.

빠른 템포의 곡이 끝나자 박수와 환성이 터져 나왔고, 그 뒤 갈라진 음량의 전주가 느긋하게 흘러나왔다. 어안이 벙벙해 멍해 있는 겐의 어깨를 마히로가 쳤다. 주위에서 하얀 야광봉이 하나둘씩 켜지기 시작했다.

마히로의 얼굴이 쓰윽 다가온 느낌이 드는가 싶더니 좋은 향기가 코끝을 스치고 귓전에서 소리가 났다.

"가지고 있지?"

"뭐?"

"하얀 야광봉. 저런 거 겐도 가지고 있었잖아?"

마히로가 가볍게 등을 치자, 겐은 "아아" 하며 서둘러 배낭을 내린다. 가전용품점 로고가 찍힌 비닐봉지를 꺼내 야광봉을 손에 든다. 양쪽 손가락과 손가락 사이에 네 개씩 끼워 흔들고 있는 남자 관객 옆에서 눈동냥으로 배운 대로, 봉 끝을 두 손으로 잡고 딱 소리 나게 구부리자 봉 전체에서 희미한 하얀 빛이 나오기 시작했다.

소녀가 무대 위에서 빙빙 원을 그리듯 돌다 털썩 주저앉는다. 댄스 안무인지 체력이 다한 건지, 겐은 알 수가 없었다. 그러는 사이 간주가 흘러나왔다. 모여 있던 남자 관객들은 일제히 야광봉을 소녀에게 비추며, 입을 맞춰 독특하게 가락을 붙여 외치기 시작했다.

"데일리, 러블리, 미라클 루루탄! 샐러리, 칼로리, 트러블 루루탄! 그래도 마법소녀를 그만둘 수 없다!"

눈을 감고 무대에 주저앉은 채 몸을 이리저리 흔들고 있던 소녀가 딱 눈을 뜬다. 그 눈동자엔 묘한 박력과 흡입력이 있었다. 소녀는 용수철 인형처럼 탁 튕겨지듯 일어서며 귀가 얼얼할 정도로 달달하고 새된 소리로 외친다.

"빗자루가 없어도 날 수 있어! 마법소녀 아이돌 루루탄, 웃음을 찾아 오늘도 떠난다! 러브러브, 두근두근, 루루루루…… 모두 건강해져라."

가수와 관객이 주고받는 퍼포먼스가 성공리에 끝나고 '와아아' 하고 모두 흥분이 고조되자 마히로도 박수를 쳤다.

"마히로, 저 애 아는 거야?"

"루루탄? 몰라. 하지만 즐거워. 이거 텔레비전이나 라디오 말고 라이브 무대에서 활동하는 '인디 아이돌'이라는 거잖아?"

뺨에 홍조를 띠며 마히로는 쾌활하게 웃었다. 수많은 남자 관객들처럼 마히로도 루루탄의 마법에 걸려버렸는지도 모르겠다.

무대에선 간주가 끝나자마자 루루탄이 일어나 다시 노래를 부르기 시작했다. 노래를 부르면서 마이크를 마법 지팡이 대용으로 휘두르며 관객 한 명 한 명에게 마법을 거는 것처럼 마이크를 갖다 댄다. 관객들은 자신에게 마이크가 오는 걸 놓치지 않고 저마다 루루탄에게 보내는 응원의 메시지를 고래고래 소리 지르며 말했다. 루루탄과 하이

파이브를 하는 사람도 있었다. 팬과의 거리가 가까운 만큼 열기가 가득했고 실내 온도가 쑥쑥 올라가는 걸 실감할 수 있었다.

젠은 공연장이 이렇게 작은 건 일부러 그랬는지도 모른다는 생각이 들었다.

주위의 일사불란한 움직임에 어긋나지 않도록 야광봉을 흔들고 있는 사이 젠도 점차 즐거워졌다.

'오타쿠'라고 하면 한마디로 뭉뚱그려 말하는 경향이 있는데, 젠은 게임 말고는 흥미가 없어 애니메이션이나 아이돌은 잘 몰랐다. 인터넷 쇼핑으로 게임이건 만화건 손에 넣을 수 있기 때문에 집 밖에 나오지 않는 생활을 하고 있어 아키하바라도 잘 몰랐다.

하지만 실제로 이 장소에 와서 아이돌 라이브에 참가해 보니 즐거웠다. 직접 보는 공연의 충격은 몸과 마음을 하나로 이어줘 살아 있는 지금을 실감케 했다. 푹 빠지는 사람이 있는 것도 수긍이 갔다.

노래가 끝나자, 숨을 헐떡이며 루루탄이 마이크를 두 손으로 잡고 달콤한 목소리로 말했다.

"음, 오늘, 저 마에조노 루루미의 생일 파티 이벤트에 와주셔서 정말 고맙습니다."

"축하해." 관객들이 저마다 말을 건네자 무대 위에 장식

된 'Happy Birthday'라고 적힌 글자가 새삼스레 젠의 눈에 들어왔다.

"그럼, 바로 제 이미지 색인 하얀 마시멜로로 건배할게요."

스태프로 보이는 양복 차림의 남자 여럿이 공연장 끝에서 재빨리 와인 잔을 나눠준다. 젠과 마히로도 받았다. 손에 들고 보니 아주 가벼워 플라스틱 제품인 걸 알 수 있었다.

주위 관객이 지참한 마시멜로를 잔에 넣는 걸 보고 젠도 비닐봉지에 들어 있는 마시멜로 팩을 찢어 자신과 마히로의 잔에 세 개씩 넣었다.

'해피 버스데이'가 되풀이해서 나오는 BGM이 흘러나오자, 가장 앞 열에 있던 나이 지긋한 관객이 뒤쪽 관객을 돌아보며 묘한 악센트로 "모두 다 함께"라고 말했다.

루루탄의 팬이라는 공통점으로 하나가 된 관객들은 잔을 든 손을 높이 치켜들며, "해피 버스데이, 루루탄!" 하고 다 함께 외치는가 싶더니, 천천히 잔을 기울여 마시멜로를 마시듯이 먹었다.

한 박자 늦게 젠과 마히로도 허둥지둥 마시멜로 세 개를 볼이 미어지게 쑤셔 넣는다. 입 안이 온통 마시멜로투성이라 괴로웠다. 솔직히 말해 맛이 있는지도 몰랐다.

루루탄은 싱글벙글 웃으며 기쁜 듯이 관객 얼굴을 빙 둘러보다 마지막엔 자신도 천천히 잔을 기울여 마시멜로를 단숨에 먹었다. 다섯 개 정도 먹은 것 같다. 인디 아이돌, 무시무시하다.

그 후 세 곡 정도 조바꿈이 심한 곡—루루탄의 오리지널 곡이 아니라 애니메이션 주제가의 커버곡이라고 했다—을 춤추며 노래한 뒤 무대는 그대로 '체키회' 회장이 되었다. '체키'라는 작은 즉석카메라로 관객이 루루탄과 둘이서 사진을 찍고 정해진 시간 동안 얘기를 나눌 수 있는 이벤트다. 이 체키회에 참가하기 위해서는 한 사람당 천 엔이 든다. 겐은 마히로 몫과 같이 스태프에게 돈을 내며 2천 엔으로 루루탄의 라이브에 마침 언데드 버스트가 딸려 온다고 생각하면 싸게 치는 거라 여겼다.

"이건 분명 루루탄한테 주는 선물이네."

공연장의 열기에 견디지 못해 브이넥 스웨터를 벗어 허리에 맨 마히로가 코 밑에 살짝 땀이 고인 채 비닐봉지에 든 공장의 야경 사진집을 손으로 가리켰다.

겐이 고개를 끄덕이며 "히사메 님, 루루탄 팬이었구나" 하며 중얼거리자, 마히로는 어깨에 내려온 검은 머리를 손으로 넘기며 이상하다는 듯이 고개를 갸웃한다.

"왜 자기가 안 왔지? 아픈가?"

겐은 입을 열려다 그만두었다. 마히로의 아름다운 쇄골

을 돋보이게 하는 세일러복의 하늘색 칼라가 눈부셨다. 왼쪽 가슴에 달린 학교 배지에는 겐도 알 정도로 유명한 명문 사립 여학교의 이름이 새겨져 있었다.

잘 모를 거야, 외모도 성격도 머리도 좋고 축복받은 환경과 보장된 미래가 항상 제 발로 굴러 들어올 것 같은 마히로는. 반 친구들이 싫어할 정도로 리얼충 신분 계급의 정점에 서 있는 사람은.

겐은 막연하게 진상을 알 것 같았다. 히사메가 이곳에 자기 발로 오지 않은 건 아마 아프다거나 하는 그런 심각한 이유가 아닐 거다. 급한 일이 생긴 것도 아닐 거다.

집에서 나오지 않고 있으면, 숨 막히지만 안심할 수 있다. 미지근한 진흙탕은 더럽지만 한번 들어가버리면 따뜻하고 기분이 좋다. 처음엔 언제든지 다시 일어설 수 있을 것처럼 여겨진다. 단지 막상 일어서면 자신이 엄청 더럽고 약해져 있다는 걸 깨닫는다. 모든 사람에게 위협을 느끼며, 이제 두 번 다시 사람들 앞에 서면 안 되는 사람이 된 것 같은 기분이 든다. 현실 사회에서 자신이 있을 자리를 잃고 만다.

하지만 한편 이런 생각도 든다. '바벨니아 오디세이'의 사운드트랙을 BGM으로 틀어놓으며 기분을 고양시키는 것만으로는 도저히 안 돼, 여자애가 따라와줘서 겨우 이곳에 있을 수 있는 자신이 말하는 것도 뭐하지만, 루루탄의 팬이라면 더욱이 이곳에 있을 때의 즐거움이 집에서 밖으로 나올 때의 공포감을 이겨낼 수 있을 것 같은 기분이 든다.

그래서 히사메 님도 꼭 아키하바라까지 와서, 루루탄의 두 갈래로 묶은 머리에서 날리는 땀이나, 고막이 찢어질 것 같은 소리나, 작은 체구로 노래하고 춤출 때의 묘한 박력을 체험하기 바란다.

겐은 지금 마음속으로 그렇게 기원하고 있었다.

히사메가 얼마나 루루탄의 열성적인 팬인지는 선물로 선택한 공장의 야경 사진집을 보고 기뻐하는 루루탄의 모습에서 알 수 있었다. 줄을 선 다른 팬들이 뒤로 물러설 정도로 루루탄은 깡충깡충 뛰며 무척 기뻐했다.

"대단해요! 제가 공장 마니아라는 걸 어떻게 아셨어요? 데뷔 직후에 인터넷 라디오에서 한 번 말한 것뿐인데 기억하고 계셨어요?"

루루탄은 겐에게서 받은 사진집을 그 자리에서 한번 훌훌 넘기기 시작하자 도중에 멈추지를 못해 스태프에게 주의를 받았다.

"친구한테…… 저기, 도저히 오늘 올 수가 없었던 친구한테 부탁받은 거예요. 분명 친구는 루루탄 씨가 한 말이나 부른 노래는 전부 외우고 있을 거예요."

겐이 우물대면서도 죽을 둥 살 둥 말하자 루루탄은 두 손으로 겐의 손을 살며시 감싸듯 악수하며, "친구분한테 고맙다고 전해주세요" 하면서 덧니를 보이며 활짝 웃었다.

게다가 체키는 둘이서 한 장만 찍게끔 정해져 있는데, 겐과 둘이서 사진을 찍고 난 뒤 "친구분한테 주세요" 하며 루루탄이 자신의 독사진도 찍어줬다. 조명을 잘 조절해서 빛으로 환하게 얼굴을 밝혀 대각선 위쪽에서 찍은 루루탄의 얼굴은 실물보다 줄이고 싶은 곳은 줄이고 크게 보이고 싶은 곳은 크게 나왔다.

"저, 셀카를 마법처럼 잘 찍는다는 얘길 들어요. 역시 마법소녀구나, 하면서요."

그렇게 말하며 장난스럽게 웃는 루루탄은 마히로처럼 어느 각도에서 봐도 트집 잡을 구석이 없는 미소녀는 아니었지만, 불특정 다수의 사람을 매료시키는 뭔가를 확실히 가지고 있었다.

이런 게 아이돌이구나, 하고 겐은 생각했다.

"앞으로도 힘내세요."

이 말을 이토록 진심을 담아 얘기할 수 있었던 건 난생처음인지도 모르겠다. 겐은 루루탄이 찍은 즉석 사진 두 장을 꼭 쥐며 기분 좋게 무대를 내려왔다.

스마트폰으로 시간을 확인하자 어느새 5시 반을 넘기고
있었다. 겐은 루루탄의 공연이 너무 즐거워 까먹고 있던
시간 제약을 떠올렸다. 맞다. 나, 오늘 밤 7시까지는 집에
돌아가려고 했는데. 전철 타는 시간, 저녁 먹는 시간, 히사
메에게 연락을 취해 언데드 버스트를 손에 넣는 시간, 이
것저것 고려해 머릿속으로 거꾸로 계산해나가자, 슬슬 나
가지 않으면 늦었다.

"마히로, 어디 갔지?"

겐은 둘이서 찍는 즉석 사진 이벤트를 먼저 끝내고, 좁
은 공연장에 발붙일 틈도 없이 꽉 들어찬 남자 관객들 사
이로 잘못 섞여 들어간 마히로를 찾아 발을 쭉 들어도 보
고 웅크리고 앉아도 보았다.

겨우 찾은 마히로는 어느새 다시 브이넥 스웨터를 껴입
고 무대 뒤와 가까운 구석 자리에서 다채로운 모자이크 무
늬의 니트 원피스를 입은 여자와 열심히 얘기를 나누고 있
었다. 마침 겐에게 등을 돌리고 서 있는 탓에 이쪽을 전혀
눈치채지 못하고 있었다.

한창 얘기를 나누는 두 사람 사이에 "잠시 괜찮을까요?"
하고 끼어들 용기가 겐에게는 없었다. 스마트폰으로 시간
을 몇 번이나 확인하고 안절부절못하며 그 자리에서 발을
동동 구르고 계속 소리 죽여 혀를 차면서도 오로지 기다리

기만 했다.

속을 바작바작 태우며 25분이 지나갔다. 이제 내버려두고 갈까? 젠이 크게 한숨을 쉰 순간 마히로가 휙 돌아보았다. 한숨이 들렸나? 설마 그럴 리가. 살짝 허둥대고 있는 젠을 단박에 발견한 마히로는 쾌활하게 손을 흔들었다.

"아, 찾았어, 찾았어. 젠, 이쪽이야."

마히로 옆에서 모자이크 무늬의 원피스를 입은 여자가 팔짱을 낀 채 젠을 본다. 값을 매기는 듯한 시선이 온몸에 꽂히는 걸 느끼며 젠은 코를 문질렀다.

젠이 앞에 서자마자 낯선 여자가 "남친?" 하며 마히로에게 묻는다. 아직 20대 초반으로 보이는 그 사람은 화장이 요란하고 개방적이며 말투도 거칠지만 왠지 품위가 있는, 분위기가 이상야릇한 여자였다.

"아니요, 7년 만에 재회한 초등학교 때 같은 반 친구예요. 저 친구가 이 가게로 데리고 와줬어요."

"아아, 루루탄의 팬이구나."

여자는 의기양양한 얼굴로 고개를 끄덕인다. 젠은 "아니요"라고 말하고 싶었지만, 이것저것 설명하는 게 귀찮아 그렇다고 해뒀다.

그러자 여자는 갑자기 젠을 얼싸안았다. 통원피스 안에 숨겨진 들어갈 데 들어가고 나올 데 나온 살집 있는 몸에 확 닿은 겐은 마히로와는 전혀 다른 짜릿한 향기에 둘러싸여 숨을 죽였다. 무슨 일이 일어났는지 알 수 없었다.

"땡큐, 보이! 인재를 데리고 와줘서 고마워."

"인재?"

여자가 겐에게서 몸을 떼길 기다린 것처럼 마히로가 뭔가를 내밀었다. 받아보니 명함이었다. 얇은 분홍색 종이에 귀여운 소녀의 애니메이션 일러스트가 인쇄돼 있었다.

"주식회사 다라코…… 사장…… 하나야마…… 사쿠라코……"

"본명이야, 그거."

더듬더듬 소리 내 읽어나가는 겐을 보며 너무도 젊은 여사장 하나야마 사쿠라코는 헤벌쭉 웃더니 팔짱을 바꿔 꼈다.

"이 라이브 하우스 경영이랑 아이돌 전문 프로덕션 운영도 하고 있어. 스카우트부터 육성까지."

"나도 스카우트됐어."

마히로가 바로 덧붙여 말하는 바람에 못 듣고 놓칠 뻔했다. 꽤 시차를 두고 "뭐?" 하며 놀라 몸을 뒤로 젖히는 겐을 보고 하나야마 대표는 다시 헤벌쭉 웃었다. 그리고 마히로에게 "그럼 또 보자. 연락할게" 하고 말을 건네며, 왜인지 몰라도 겐의 등을 탁 세게 친 뒤, 뾰족구두를 바닥에 내리찍듯이 또각또각 걸으며 루루탄 팬들의 열기가 아직 가시지 않은 좁은 공연장에서 나가버렸다.

남겨진 마히로가 눈을 내리깔며 "놀랐어?" 하고 묻는다. 겐은 고개를 끄덕이며 되물었다.

"마히로, 인디 아이돌이 되는 거야?"

"……이 빌딩 위층 말이야, 간단한 식사를 할 수 있는 커피숍이야. 무대에 안 서는 아이돌들은 평소 거기서 일한대."

"허어."

질문의 답을 듣지 못한 겐이 애매하게 맞장구를 치자 마히로는 말이 빨라진다.

"즉 연습생일 때부터 월급이 나온다는 거지. 게다가 기숙사도 있어. 좀 아껴서 살면 자립 못 할 것도 없대."

쉴 새 없이 움직이는 마히로의 입을 겐은 멍하니 쳐다본다. 확실히 지금의 마히로는 거리를 걸으면 눈에 띌 정도로 예쁜 소녀다. 스카우트 담당자가 말을 걸어오는 것도 수긍이 간다. 다만 잠시 같이 있다 보면 초등학교 시절 커다란 둥근 안경을 끼고 바가지머리를 흔들며 학급 회의를 관장하던 반장의 모습이 슬쩍슬쩍 얼굴에 드러나는 것 또한 바로 알 수 있다. 그리고 그때의 반장 얼굴과 인디 아이돌을 목표로 하는 현재의 마히로의 생각이 겐에게는 도저히 서로 연결이 되지 않았다.

"마히로는 정말로 아이돌이 되고 싶은 거야?"

마음을 정하고 다시 한 번 묻는 겐의 얼굴을 물끄러미 바라보다 마히로는 돌연 발길을 돌려 공연장을 나가버렸다.

"아니? 잠깐만, 마히로."

루루탄과 떠들썩한 팬들을 뒤로한 채 겐도 허둥지둥 공연장을 빠져나와 계단을 올라 밖으로 나왔다. 이제 완전히 해는 저물어 티셔츠 위에 체크무늬 남방 한 장만 딸랑 걸친 차림으로는 으스스 추웠다. 겐은 부들부들 몸을 떨며 앞서 걸어가는 마히로의 뒷모습을 놓치지 않기 위해 뒤쫓아갔다.

마히로는 골목을 빠져나와 중앙도로로 나갔다. 크고 작은 가지각색의 전자용품점들이 쭉 늘어선 큰 도로는 회사나 학교에서 귀가하는 사람들과 차로 북적였다.

"저기, 마히로."

인파에 가로막혀 놓칠 것 같아지자 겐은 바로 소리 질러 불렀다. 그러자 긴 다리로 성큼성큼 걸어가던 마히로가 겨우 발을 멈추며, 짧은 교복 치마를 펄럭이며 돌아보았다.

"몰라."

"뭐?"

갑자기 성난 듯 내지르는 고함 소리에 몸이 굳어버린 겐을 향해 마히로는 다시 한 번 소리쳤다.

"아이돌이 되고 싶은지 어떤지 몰라. 하지만 지금은 돼야만 해. 왜냐면…… 난 혼자 살아가야 하거든."

마히로의 목소리는 끝없이 늘어선 전자용품점의 BGM이나 손님을 부르는 점원들의 목소리에 묻혀 시선을 끌지 않았지만, 거리 한복판에 갑자기 멈춰 선 건 행인들에게 불편을 끼친 듯했다. 연달아 다섯 명 가까이 되는 행인과 부딪히는 바람에 마히로는 제대로 서지 못하고 비틀거렸다.

겐은 허둥지둥 마히로의 스웨터 소맷자락을 잡아당겨 몸을 받쳐주었다. 뿌리칠 거라 여기고 바로 거두려던 손을 꽉 잡히는 바람에 놀란다.

"겐, 시간 없는 거 아냐?"

"아, 응, 뭐 그렇긴 하지만."

겐은 한 손으로 스마트폰을 조작해 시간을 확인한다. 18 : 26이라는 표시에 몸이 부들부들 떨렸다. 하나야마 사장과 얘기를 나누고 마히로에게 휘둘리는 사이 시간이 꽤 소모된 듯하다. 어쩌지? 늦겠어. 이렇게 되면 근처 피시방에서……

"역 쪽으로 좀 걷자."

허둥대는 겐을 질타하듯이 마히로는 딱 잘라 말하며 그대로 아주 자연스럽게 겐의 손을 잡았다. 유치원 때 이후

잡은 적이 없었던 여자아이 손은 싸늘하게 차가웠고 의외로 뼈가 앙상했다.

마히로와 손을 잡고 아키하바라 거리를 계속 걸어간다. 땀을 흘린 뒤인데도 그녀의 검은 머리에서 변함없이 희미하게 풍겨나는 좋은 향기를 맡으며 겐은 '이제 죽어도 여한이 없다'고 생각했다. 그런 겐의 기분을 알고 그러는지 모르고 그러는지 몰라도 마히로는 예쁜 옆모습만 보여주며 아무 말도 하지 않았다.

겐은 이상하리만치 많은 양의 땀이 손에서 나는 것을 깨닫고 서둘러 할 말을 찾는다.

"학교는? 연예인 활동은 해도 되는 거야?"

"아마 안 될 거야. 하지만 전학 가는 방법도 있고, 정 안되면 중퇴하려고."

그렇게 할 만큼 확고한 결심인가? 겐은 갈피를 못 잡으며 다음 말을 끄집어낸다.

"부모님은 어떻게 할 거야?"

잡고 있던 마히로의 손에 힘이 들어가는 게 느껴졌다.

"결과적으론 기뻐할 거라 생각해. 내가 자립하는 편이 그분들에게 도움이 될 테니까."

역이 보였다. 개표구로 향하는 사람들을 따라 마히로의 발도 빨라진다. 겐은 뭔가 말을 해야 한다는 생각에 조바심이 났지만 무슨 얘기를 해야 할지 몰랐다. 단지 이대로 헤어질 수는 없다고 생각했다.

개표구 바로 앞에서 "겐, JR지?" 하고 물어와 고개를 끄덕이자, 마히로는 "난 지하철" 하며 냉정하게 잘라 말했다.

"자, 그럼." 아무런 망설임도 없이 놓으려는 손을 자신도 모르게 잡는다.

"저기, 잠시만" 하고 말하며 지나가는 사람들에게 방해되지 않는 곳까지 마히로를 끌고 왔지만, 나오는 건 식은 땀뿐이었다. 긴장감이 극도에 달해 겐은 몇 번이나 코를 문질렀다.

"뭐야?"

마히로의 커다란 검은 눈에 빨려 들어갈 것 같아 겐은 눈을 감았다. 그리고 하나, 둘, 셋, 숫자를 세고 나서 눈을 뜨며 상기된 목소리로 말했다.

"마히로가 아이돌이 되기 전에 해둘 말이 있는데."

"응?"

"좋아해."

침묵이 내려앉는다. 마히로가 지금 어떤 표정을 하고 있는지, 고백과 동시에 고개를 숙여버려 겐에게는 보이지 않았다. 보이지 않는 만큼 여러 생각과 추억이 머릿속에서 점점 부풀어 올랐다.

반장이었던 마히로가 준 러브레터, 받았던 당시엔 그 고마움을 몰랐다. 초등학교 4학년 남자아이답게 그냥 단지 부끄럽고 당황스러웠을 뿐이었다. 다음 날부터 버섯 반장과 어떤 얼굴로 말을 해야 할지 몰라 혼란스러웠다. 그러고 나서 곧 부모님 일 관계로 전학 가게 됐을 땐 몰래 마음을 놓았던 걸 지금도 기억하고 있다.

마히로한테 실례되는 일을 했다고 후회한 건 중학교에 들어가고 나서다. 원만한 인간관계를 만들지 못해 몸서리치며 괴로워하고 있을 때 문득 그 러브레터를 떠올렸다. 아무 생각 없이 그냥 저절로 반 친구들 사이에 융화될 수 있었던 자신, 그리고 그런 자신에게 호의를 가져준 여자아이가 있었던 일, 당연한 것처럼 내 자리가 있었던 것, 그 모든 것들이 기적처럼 여겨졌다.

겐은 이사를 해도 버리지 못하고 훈장처럼 책상 서랍 안에 숨겨뒀던 러브레터를 끄집어내 되풀이해 읽었다. 초등학교 4학년 때는 띄엄띄엄 읽었던 마히로의 순수한 호의가 아무도 상대해주지 않는 중학생이었던 겐의 마음에 절절히 사무쳤다.

그저 이제 모든 게 늦었다고 생각했다. 마히로와 만날 기회는 두 번 다시 없을 거야. 만난다고 해도 초등학교 4학년 때의 기분으로 돌아가줄 리도 없고. 싫어하고 있거나 까먹고 있거나 혹은 추억으로 남겨두기를 바라고 있거나, 그중 어느 하나일 테고, 집에 틀어박혀 얼굴도 몸도 마음도 모두 흐리멍덩해진 지금의 자신이 나타난다 해도 환멸스럽게 여길 뿐일 테니까 발버둥 쳐도 소용없다고 자신을 타일렀다. 그리고 러브레터를 부적 주머니에 넣었다. 하다 못해 우울한 나날을 이겨낼 부적으로 삼자며.

현실 세계엔 자신의 자리가 없다고 겐은 생각했다. 친구가 될 것 같다가도 되지 않거나, 친구가 되었어도 사소한 오해로 떠나거나, 입시에 실패해 원하지 않았던 고등학교에 적을 두게 되거나, 결국 적은 두고 있지만 줄곧 집에 틀어박혀 있거나…… 그런 우울한 나날을 보내는 사이에 그렇게 생각하게 되었다. 미지근한 진흙탕에 있는 것 같은 날들, 몇 번이나 다 놓아버리고 싶었다. 그럴 때마다 항상 부적 주머니 안의 러브레터가 겐에게 자신을 좋아해준 누군가가 있었다, 라는 사실을 떠올리게 해 마지막 안식처가 돼주었다. 겐이 사람을 완전히 싫어하지 않을 수 있었던 건, 자신의 인생을 포기하지 않을 수 있었던 건 이토 마히로 덕분이라 할 수 있다.

그리고 오늘 다른 것도 아닌 바로 그 러브레터를 잃어버린 일로 인해 마히로와 재회할 수 있었다. 회색빛이었던 현실이, 하나야마 대표가 입고 있던 원피스처럼 다채로운 원색으로 채색되었다.

요컨대 젠은 그런 사정을 마히로에게 얘기하고 싶었던 것이다. 제대로 설명하고 싶은 마음에 조바심을 태운 나머지 튀어나온 말이 왜 '좋아해'였는지, 그건 자신도 의문이지만 '좋아한다'라는 기분은 진심이라 후회는 없었다.

마히로의 다음 말을 듣기 전까지는.

"그래서?" 하고 마히로는 말했다. 굉장히 냉정하게, 놀라지도 화내지도 기뻐하지도 수줍어하지도 않으며, 전혀 온도가 없는 목소리로 물었다.

"응? 그래서라니? 응? 응?"

"좋아해서 뭐?"

젠은 저도 모르게 얼굴을 든다. 마히로와 눈이 마주쳤다. 커다란 검은 눈동자가 이글거리고 있었다.

"좋아해서 뭐? 아이돌 되는 거 그만두라고?"

"아니, 난, 그런 말은."

"그럼, 뭔데? 좋아해 다음에 뭐가 있는데? 사귀자고? 결혼하자고? 그런 기분이야? 아니지?"

젠의 눈빛이 요동치는 걸 뚫어지게 바라보며 마히로는 낮은 목소리로 내뱉었다.

"현실은 '좋아해'로 끝나는 게 아니야. BGM이 흘러나오고 엔딩 크레디트가 올라오는 게 아니거든."

"……미안해."

젠은 스스로도 한심하다고 생각하면서 머리를 숙여 사과했다. 고백했을 뿐인데 왜 사과하는 처지가 됐는지, 전혀 이해가 되지 않았지만 마히로를 이 이상 화나게 하는 게 무서워서 사과했다.

그런 젠을 보고 마히로도 머리를 숙였다.

"나야말로 미안해. ……하지만 지금은 연애 같은 걸 할 여유가 없어."

쭈뼛쭈뼛 얼굴을 들자 반장 얼굴을 한 마히로가 어색하게 브이넥 스웨터 소맷자락을 잡아당기고 있었다.

"젠, 네 자리가 없다고 말했지? 나도 마찬가지야. 집 안에 내 자리가 없어."

뜻밖의 고백에 젠은 멍청한 고백을 한 어색함도 잊어버리고 마히로의 얼굴을 뚫어지게 쳐다보았다.

"……우리 부모님, 사이가 안 좋아. 훨씬 이전부터 쭉. 음, 저기 있잖아, 젠이랑 같은 반이었을 때부터 말이야."

아버지도 엄마도 일을 가지고 있어서 각자 교우 관계에서 배우자를 대신할 이성 친구를 찾은 지 오래됐다고 마히로는 어딘지 남의 집 사정을 얘기하듯 담담하게 가르쳐주었다.

"나도 이리저리 생각 많이 했어. 내가 잘못한 건가? 뭐 그런 거. 내가 착한 딸이 되면 아빠도 엄마도 다시 집에서 웃어줄까? 뭐 그런 거 말이야. 반장이 된 것도, 들어가기 어렵다는 사립 여학교에 시험 친 것도 전부…… 까지는 아니지만, 아빠와 엄마를 위해서 한 부분은 단연코 있어. 내가 부모님의 '자랑스러운 딸'이 되면 다시 사랑해줄지도 모른다는 생각 따위, 어리석고 애 같은 발상이잖아."

"어리석지 않아. 애 같지도 않아…… 라고 할까, 아직 애인 건 사실이니까."

젠이 쥐어짜듯이 말하자, 마히로는 돌연 피식 웃었다.

"고마워. 하지만 나도 이제 아이로 있는 건 그만두려고. 오직 체면을 지키려는 생각에 내가 있는 집에 돌아오는 부모님을 해방시켜주고 나도 자유를 얻을 거야. 두렵지만, 엄청 두렵지만 집 밖에서 가족이란 울타리 너머에 내 자리를 만들려고 해."

그러기 위해서 하는 자립이었구나, 하며 젠은 수긍한다. 지금 이 나라에서 고등학생이 아무런 능력 없이 바로 할 수 있는 일로 '아이돌'을 선택하는 건 그리 잘못된 선택은 아닌 것 같다. 물론 '인기가 있어야' 한다는 가정이 항상 따라다니는 험난한 선택이긴 하지만, 애당초 고등학생이 자립한다는 것 자체가 힘든 일이니까 어쩔 수 없다.

"줄곧 마음먹고 있던 일이지만 오늘 결심이 선 건 젠 덕분이야. 겐이 아키하바라에 데리고 와줘서 자립할 수 있는 길을 조금 구체적으로 생각할 수 있게 됐어. 고마워."

마히로는 그렇게 말해주었다. 그리고 책가방에서 정기권 케이스를 꺼내 들고 가슴팍 앞에서 가볍게 손을 흔들었다.

"그럼, 난 갈게."

겐은 더 이상 잡아둘 말을 찾지 못했다. "으으, 응" 신음 소리 같은 대답을 하며, 어정쩡하게 손을 들었다.

문득 시선을 내리자 멀어지는 마히로의 손에 들린 정기권 케이스가 러브레터 봉투와 편지지에 쓰였던 것과 같은 키티 그림인 게 보였다. 칠판을 손톱으로 긁었을 때처럼 겐의 마음은 소름이 쫙 끼치며 요동쳤다.

나는 마히로를 위해 아무것도 할 수 없는 건가?

지하철 계단을 내려가는 마히로의 뒷모습을 겐이 일껏 전송하고 있는데 "앗" 하는 낮은 소리가 들리고, 뭔가 따뜻한 것이 찰랑하며 겐의 머리에 쏟아졌다. 다음 순간 국물 냄새가 확 코를 자극한다. 잘게 잘린 어묵과 무, 곤약 등이 머리에서 뚝뚝 떨어지면서 지면 여기저기에 널브러졌다.

쭈뼛쭈뼛 고개를 옆으로 돌리자, 무릎을 꿇고 입을 떡 벌리고 있는 20대 후반 정도의 남자와 눈이 마주친다. 남자 옆에는 거의 남아 있지 않은 어묵을 담은 캔이 나뒹굴고 있었다.

아무래도 남자가 발이 걸려 넘어졌거나 뭐 그런 걸로 자세가 흐트러진 순간 들고 있던 어묵 캔을 몽땅 쏟은 모양이다. 그리고 공중에 날려 여기저기 흩어진 어묵과 국물을 그대로 머리에 뒤집어쓴 게 겐이었던 것이다.

체크무늬 남방 목덜미로 들어가 등줄기를 따라 또르르 흘러내리는 국물의 감촉에 소름이 돋으면서도 겐은 필사적으로 지하철 계단을 쳐다보았다. 마히로의 모습은 진즉에 보이지 않았다.

이 상황을 어떻게 하면 좋을지 몰라 망연자실해 있는 겐 앞에 남자가 선다. 주머니가 많이 달린 밀리터리풍 조끼를 입은 남자는 조끼 주머니라는 주머니에는 몽땅 애니메이션풍의 귀여운 소녀가 그려진 캔 배지를 찰랑거리며 달고 있었다.

"죄송합니다. 괜찮으세요?"

"아, 네."

사실은 확연히 괜찮지 않았지만 겐은 고개를 끄덕여줬다. 남자의 조끼에 달린 수많은 캔 배지를 보니 화낼 마음이 사라졌다.

"다행이에요. ……아, 이거, 쓰세요."

남자는 청바지 뒷주머니에서 캔 배지와 같은 애니메이션풍의 소녀가 그려진 포켓 티슈를 꺼내 겐의 손에 쥐여주면서 "곧 이벤트가 있어서" 하며 머리를 숙이고는 달려가 버렸다.

이벤트라는 말에 겐은 얼굴을 든다. 머리에서 어묵 캔 국물을 뚝뚝 흘리며 허둥지둥 스마트폰으로 시간을 확인하고는 헉 숨을 삼켰다.

7시 3분. 겐이 현실 세계에서 이리저리 휘둘리고 있는 사이, 온라인 게임 '바벨니아 오디세이' 안에서는 eike.h의 송별회를 겸한 돌 정원 던전 공략이 시작되고 말았다.

피시방으로 뛰어 들어가 바로 게임을 시작할까? 아니, 무리야. 불과 5초 만에 포기한다. 이제 와서 로그인해도 팀에는 합류할 수 없고, 던전 몬스터들에게 효과적이면서 eike.h에게 도움이 될 것 같은 마검 언데드 버스트는 아직 손에 들어오지 않았으며, 어묵 냄새가 진동하는 머리로 피시방에 들어갈 용기도 없었기 때문이다.

아아, 겐은 하늘을 올려다보며 한숨을 쉬었다. 낮에 마음이 울적해질 정도로 낮게 깔렸던 구름은 밤이 찾아와도 사라지지 않았고 별은 하나도 보이지 않았다.

게임 오버. 결국 인터넷 세계에서도 내 자리를 잃어버렸다.

한숨은 몸에서 기력을 앗아 간다. 손이며 발이며 온몸이 나른했다. 오늘은 이리저리 주제넘은 짓을 너무 많이 했다고 겐은 새삼 생각했다.

　어묵 냄새가 진동하는 머리로 근 한 시간을 흔들리는 전
철에 몸을 맡긴 채, 겐은 몸도 마음도 완전히 녹초가 되어
우미하자마 역에 도착했다. 카멜레온처럼 벽과 일체가 된
분실물센터의 미닫이문을 옆으로 스르르 밀자, 악취가 코
를 찔러 저도 모르게 뒤로 몸을 젖힌다. 암모니아 냄새와
생선이 썩은 것 같은 냄새가 뒤섞인 지독한 냄새였다.
　"아, 겐 님. 기다리고 있었어요."
　접수대 너머에서 투명한 목소리가 부드럽게 울렸다. 그
목소리의 주인공은 생선 가게에서 쓰는 고무로 된 앞치마
와 고무장갑, 고무장화 차림을 하고 긴 막대 솔로 북북 바
닥 청소를 하고 있는 빨간 머리 청년이었다. 소혜이라는
분실물센터 직원은 도저히 누군가를 '기다리고' 있던 것처
럼은 보이지 않았다.
　"저기……"
　겐은 코와 입을 손으로 가린 채 말을 더듬거렸다. 그런
겐을 보고 빨간 머리 분실물센터 직원은 헤실헤실 웃으며
머리를 숙였다.
　"미안해요. 펭귄이 큰 볼일을 보면 아무래도 냄새가 남
아서 말이지요."

배설물을 치우고 있었던 모양이다. 이러면 분실물센터라기보단 동물센터가 아닌가. 겐은 코를 잡은 채 물었다.

"펭귄은 배변 훈련이 안 돼 있나요?"

"무리예요. 기본적으로 야생동물이라. 내키는 대로 행동하거든요."

겐은 반사적으로 애완묘 이비키를 떠올린다. 특별히 영리한 고양이는 아니지만 똥오줌을 못 가린 적은 한 번도 없었다. 흔히들 고양이 오줌은 냄새가 아주 지독하다고 하지만 배변용 모래나 애완용 시트가 냄새를 없애주는 덕에 고양이를 키우면서 배변 문제로 골머리를 썩인 적은 없었다.

"애완동물은 아니니까요."

"그렇죠."

겐과 소헤이가 아무 생각 없이 서로 고개를 끄덕끄덕하고 있는데, 자기 얘기가 화제가 되고 있는 걸 알아차렸는지, 당사자인 펭귄이 접수대 아래를 빠져나와 불쑥 얼굴을 내밀었다. 그리고는 고개를 갸웃하며 새까만 눈으로 겐을 뚫어지게 바라본다. 정전기 탓인지 자다가 헝클어졌는지, 반들반들 윤기 나는 털이 정수리 부분에만 곤두서 있다. 귀엽다. 상당히 귀엽다. 애완동물이 아니라도 키우고 싶다.

겐은 손을 내밀어 곤두선 털을 살며시 쓰다듬어주었다. 펭귄은 오렌지색 주둥이를 내리며 기분 좋은 듯이 눈을 감왔다.

겐이 펭귄과 장난치며 놀고 있는 사이 소헤이는 척척 물 청소를 끝내고 마지막 마무리로 방향제를 뿌렸다.

그리고 코를 킁킁거렸다.

"……어? 아직 냄새가 남아 있네. 이건…… 어묵 냄새?"

"아, 그건 저예요."

겐은 어색하게 손을 들며 어묵 캔을 머리에 뒤집어쓴 얘기를 털어놓았다.

소헤이가 오리 주둥이 같은 입을 하고 씨익 웃는다. 좀 긴 듯한 앞머리를 흔들며 "괜찮으면" 하고 말하면서 앞치마와 장갑을 벗었다.

"같이 목욕탕 갈래?"

"네?"

"아, 오늘 일은 끝나서 지금부터 목욕탕 가려고 마음먹고 있었거든. 한산한 전철로 조금만 가면 돼. 시간 되면 겐 군도 개운하게 씻고 가는 게 어때? 무료 쿠폰도 있고 수건은 하나 빌릴 수 있어."

"아, 네, 그럼……"

겐이 고개를 끄덕인 걸 확인하고 소헤이는 장화에서 가죽 구두로 바꿔 신는다. 이름표가 달린 회색 재킷을 벗자 자기 배낭 안에서 사복인 바람막이 점퍼를 끄집어내 걸쳤다. 그리고 겐과 펭귄 곁으로 다가와 펭귄 머리에 살며시 손을 얹는다.

"잠시 사무실 좀 지켜."

펭귄은 고개를 끄덕이지는 않았지만 몸을 뒤뚱이며 길을 열어준…… 것처럼 겐에게는 보였다.

후지미탕이라는 목욕탕은 지선이 복수의 본선과 만나는 유다라이 역에서 히가시카와나미선으로 환승하고 나서야 있었다. 소헤이는 조금만 가면 된다고 했지만 승차 시간은 20분 가까이 걸린 것 같다.

출입구의 멋진 장식에서부터 밤자갈이 촘촘히 깔린 길이 길게 이어지는 외관까지, 대형 목욕탕에 처음 와본 겐은 우선 압도당했다. 안에 들어가 식당이나 릴랙스존 시설, 피시방이나 작은 편의점까지 같이 마련돼 있는 걸 보고, "정말로 대형인데요" 하며 살짝 흥분한다.

근무하는 종업원의 연령대는 높아 겐의 부모님과 비슷하거나 더 나이 든 사람들뿐이었다. 소헤이는 꽤 자주 오는 단골인 모양으로 접수를 마치고 탈의실로 갈 때까지 종업원, 게다가 단골로 보이는 나이 지긋한 손님들이 잇달아 말을 걸어왔다.

겐은 탈의실에서 어묵 냄새가 진동하는 옷을 벗은 뒤,

욕탕으로 이어지는 불투명한 유리문을 옆으로 스르르 밀었다.

하얀 욕탕의 수증기가 몸을 감싸고 물 흐르는 소리가 들려왔다. 금세 몸의 긴장이 풀리는 게 느껴졌다. 겐은 특별히 탕에 들어가는 걸 좋아하지는 않지만 이게 일본인의 DNA라는 걸까?

소헤이와 나란히 세면장에 앉았다. 자기보다 나이가 많을 터인 소헤이가 훨씬 소년 같은 몸을 하고 있어 살짝 주눅이 들며 겐은 어묵 범벅이 된 머리를 꼼꼼하게 씻어냈다.

대충 몸을 깨끗이 씻고 욕탕으로 이동한다. 대형 목욕탕답게 욕탕 종류가 많았다. 붐비는 시간대가 아니라서 그런지 원래부터 손님이 없는 목욕탕인지 어떤 욕탕에도 사람이 없었다. 겐은 기분이 좋아져 전부 들어가보자며 의욕을 불태웠다.

마히로 앞에서는 줄곧 멍청한 짓만 했고, eike.h 님의 이벤트에는 참가하지 못했고, 그러니까, 엉망진창이었던 하루의 때를 말끔히 씻어내버리는 거야.

초음파를 만들어내는 거품탕과 제트 분사기로 온몸의 혈을 자극하는 안마탕과 살결을 곱게 한다는 유백색의 탕을 잇달아 시험해보는 겐을 본체만체하며, 소헤이는 새까맣게 탁해진 천연 온천의 대형 욕탕에 느긋하게 몸을 담그고 있었다.

이윽고 모든 욕탕을 다 체험해본 겐이 후후, 소리를 내며 대형 욕탕으로 다가오자 소혜이는 천천히 얼굴을 돌렸다. 목 아래가 검은 욕탕에 가려져 보이지 않는 터라 잘려나간 목처럼도 보였다.

"겐 군은 목욕탕을 좋아하나 봐."

"딱히. 처음이라 신기해서, 그만……"

겐이 어색하게 검은 욕탕 물을 휘휘 젓자 소혜이는 소리 높여 웃는다.

"난 좋아해. 특히 후지미탕이 좋아. 이게 보여서"라고 말하며, 정면 벽면을 손으로 가리킨다.

여러 욕탕을 체험하느라 정신이 없었던 겐은 지금까지 깨닫지 못했지만, 그곳엔 이른바 풍경화라 불리는, 페인트로 칠해진 거대한 후지 산이 그려져 있었다. 여기까지는 오래된 일본 목욕탕에서 흔히 볼 수 있는 그림이지만, 후지미탕의 풍경화는 후지 산 주위를 다시금 에펠탑, 자유의 여신상, 피라미드, 만리장성, 빅벤, 머라이언, 앙코르와트, 모아이 석상, 피사의 사탑 등등 세계 유명 관광지가 에워싸고 있었다.

"초현실주의적인 그림인데."

겐의 솔직한 감상에 입을 툭 내밀며 헤실헤실 웃은 뒤

소헤이는 오리 주둥이 같은 입을 한 채로 물었다.

"겐 군, 분실물은 돌려줄까? 아님, 맡아둘까?"

"네에……"

그러고 보니 우미하자마 역까지 돌아와놓고선 중요한 분실물을 아직 찾지 않은 걸 겐은 겨우 깨달았다. "아—", 신음 소리를 내며 검은 욕탕 물을 손으로 탁 쳤다.

"맡아둔다는 건? 언젠가는 파기한다는 거죠?"

"경우에 따라 다르지. 우리 역이나 본사 창고에 영구적으로 보관하는 것도 가능하거든."

소헤이의 뜻밖의 말에 겐의 마음은 흔들렸다. 마히로와 재회하고 멍청한 고백을 한 끝에 무력함만 통감하고 끝나버린 지금, 그녀가 예전에 준 러브레터로 대표되는 리얼충 시절에 매달려본들 아무 소용이 없을 것 같았다. 이제 적어도 부적 삼아 들고 다니지는 않을 거라고 확실히 말할 수 있다.

그렇다고 집에 두다 가족들에게 들키는 건 싫고, 버리는 것도 참을 수 없고, 이리저리 생각한 끝에, "그럼 맡아주세요" 하고 부탁하기로 했다.

"영원히?"

긴 앞머리 끝에 송골송골 물방울이 맺힌 채 소헤이가 눈을 빠르게 깜빡였다. 겐은 힘없이 고개를 저었다.

"모르겠어요. 영원히 내 자리를 못 찾으면 그럴지도 모르겠네요."

"내 자리?"

"네."

툭툭 내뱉은 단어가 메아리치며 사라진다. 겐과 소헤이는 나란히 앉아 벽에 그려진 풍경화를 바라보았다. 탁 하고 세면대 쪽에서 목욕통 굴리는 소리가 메아리쳐 들려온다. 하얀 수증기가 앞을 가려 거의 사람의 모습은 확인할 길이 없지만 손님은 확실히 있는 모양이다.

조금 뒤에 소헤이가 말했다.

"겐 군이 있는 자리는 지금은 후지미 목욕탕이잖아."

"제가 말한 자리는 그런 게 아니라."

말을 꺼내는 겐에게 "알아" 하며 친근한 미소를 지으며 고개를 끄덕이고는, 소헤이는 풍경화를 손으로 가리켰다.

"나 이거 전부 직접 보고 왔어. 프랑스, 미국, 이집트, 중국, 영국, 싱가포르…… 나, 여기 있는 나라는 전부 다 가봤어."

"하아."

뭐지? 자랑하나? 겐은 당황하며 애매하게 고개를 끄덕였다. 소헤이는 기분 좋은 듯 눈을 감으며 계속 말을 이어갔다.

"처음 이 목욕탕에 다닐 무렵에는 후지 산조차 본 적이 없었지만."

"어? 이 근처에 살면 겨울에 날씨 좋을 때면 보이지 않나요, 후지 산? 코딱지만 하겠지만."

"보이지. 하지만 그때 내가 볼 수 있는 건 기껏해야 병원의 하얀 천장 정도였어. 정말 힘들었어. 내가 있을 자리는 여기가 아니라고 줄곧 생각했지."

빨간 머리를 북북 긁으며 느긋하게 말하는 소헤이에게 비통함은 없었다. '힘들었다'는 말이 전혀 힘들게 들리지 않았다. 하지만 거짓말 같지도 않았다. 겐이 할 말을 찾다 지쳐 풍경화를 멍하니 보고 있자, 소헤이가 "어쨌든" 하고 말을 이었다.

"여기 와서 처음 이 그림을 봤을 때, 자유롭게 움직일 수 있게 되면 꼭 그림에 그려진 곳을 전부 내 눈으로 보고야 말 테다고 마음먹었지. 온 세계를 돌아다니다 보면 분명 어딘가에 가슴에 확 와닿는 내 자리가 있을 거라 생각했어."

"없었나요?"

조심스레 묻는 겐에게 "아쉽게도" 하고 정말로 아쉬운 듯이 고개를 끄덕이며 소헤이는 욕탕 안에서 두 손을 꺼내 설레설레 흔들어 보였다. 손에서 날아온 물방울이 겐의 코 끝에 떨어진다.

"결국 내가 가장 마음 편했던 순간은 세계를 돌아다닌

끝에 이 후지미 목욕탕으로 돌아와 욕탕에 몸을 담그고 있을 때였어."

"그건…… 그냥 단순히 욕탕에 앉아서 한숨을 돌려서가 아니고요?"

"그럴지도 몰라. 뭐, 뭐든 좋아."

소헤이는 선선히 그리 말하고는 코끝에 떨어진 물방울을 닦고 있는 겐 옆에서 일어났다.

온몸 구석구석이 따뜻해질 만큼 몸을 푹 담그고 있었던 탓에 하얀 피부가 엷은 복숭앗빛으로 변해 있다.

"내가 지금 있는 곳이 내가 있을 자리라 생각하는 게 마음이 홀가분하고, 마음으로 이어진 누군가를 소중히 여길 수 있게 되면 그 순간부터 혼자가 아닌 거야."

"내가 지금 있는 곳. 마음으로 이어진 누군가."

겐은 콧등에 송골송골 땀이 맺힌 채 중얼거렸다. 소헤이도 가락을 넣어 "내가 지금 있는 곳, 마음으로 이어진 누군가" 하고 장단을 맞추며 허리에 수건을 두르면서 "슬슬 나갈까?" 하고 겐에게 말했다.

탈의실로 가는 소헤이의 엷은 복숭앗빛 등에 대고 겐은 허둥지둥 말을 건넸다.

"저기, 제 분실물…… 역시 찾아가도 될까요?"

소헤이는 돌아보며 입을 오리 주둥이처럼 쑥 내밀면서

"물론이지" 하며 웃었다.

　젠은 탈의실에서 소헤이와 헤어지고 나서 아직 반쯤밖에 마르지 않은 머리를 한 채 같이 마련돼 있는 편의점으로 가 물건을 사 들고 목욕탕 안 피시방으로 들어갔다.
　비행기 조종석 같은 좁은 부스에 틀어박혀 소헤이가 돌려준 봉투—소헤이는 젠의 분실물을 '바로 반환할 수 있게끔' 수령증 등의 구비 서류와 함께 목욕탕까지 들고 와주었다—를 컴퓨터 책상 위에 펼쳤다.
　그리고 젠은 한 번 크게 심호흡을 하고 난 뒤, 몇 줄이나 접은 흔적이 생긴 키티 그림이 그려진 낡은 봉투를 아주 조심스럽게 펼쳐 키티 모양 편지지 맨 아래에 초등학생 마히로가 적은 주소를 확인했다. 마히로는 같은 집에 계속 살고 있다고 했으니까 주소는 이걸로 된 거다. 젠은 편의점에서 산 무지 편지지와 봉투를 꺼내 등을 잔뜩 구부린 채 천천히 편지를 써 내려갔다.
　장차 아이돌이 될 마히로에게 보내는 팬레터를.
　장차 자신의 힘으로 자신이 있을 자리를 만들려고 하는 소녀에게 보내는 팬레터를.
　지금의 젠이 마히로에게 해줄 수 있는 일은 아무것도 없을지 모른다. 아무런 힘도 돼줄 수 없다. 그러니까 하다못해 팬레터라도 쓰는 것이다. 자신을 마음으로 이어준 마히로에 대한 고마움과 경의를 담아 적는 것이다. "혼자가 아니야"라는 말을 전하고 싶어, 느끼고 싶어, 적는 것이다.

메일이 아니라 손 편지로, 러브레터가 아니라 팬레터를 적어나가는 사이, 겐의 마음은 편안해졌다. 아무것도 할 수 없어 팬레터를 적는다. 그곳이 지금 자신이 있을 자리라고 인정해버리면 초조함도 사라진다.

봉투 앞면에 우편번호에 이어 주소 그리고 마지막에 '이토 마히로 님'이라 적은 뒤, 겐은 펜을 놓았다. 이걸로 됐어. 나머지는 우표를 붙여 마히로가 집을 나와버리기 전에 도착하게끔 우체통에 넣으면 된다.

마히로에게 보내는 편지를 다 적자 이번엔 컴퓨터 전원을 켠다. 그리고 히사메가 가르쳐준 메일 주소 앞으로 스마트폰으로 찍은, 루루탄과 둘이서 찍은 사진 데이터를 보냈다. 히사메를 위해 찍어준 루루탄의 독사진도 설명을 덧붙여 첨부해뒀다. 잠시 망설인 끝에 우미하자마 역에서 찍은 펭귄과 그리고 애완묘 이비키의 사진도 보내기로 했다. 고양이를 좋아하는 히사메라면 아마 이 펭귄도 좋아할 거라는 근거 없는 확신과 함께.

메일 본문에는 생일 축하 파티 이벤트의 상황과 루루탄의 인상, 거기다 루루탄이 히사메가 택한 공장의 야경 사진집을 얼마나 좋아했는지 간단히 기술한 뒤, 큰맘 먹고 자신의 본명과 휴대전화 번호를 적었다. 또한 자신도 그 라이브 하우스에 좋아하는 인디 아이돌이 생길 것 같다고 전하며, 괜찮으면 다음에 같이 라이브나 이벤트에 가지 않겠냐고 권해봤다.

인터넷 세계에서조차 이제 자신의 자리는 없을지도 모른다. 그러니까 어떤 계기로 이어지게 된 누군가가 소중히 여겨지면 손을 내밀어보자고 결심했다. 설령 그 사람이 자신을 보고 있지 않더라도, 설령 그 사람이 눈앞에 없어 얼굴도 이름도 성별조차 모른다 해도. eike.h 님처럼 떠나보내고 싶지는 않았다.

히사메가 메일에 답을 해준다면 기쁠 것이다. 같이 라이브나 이벤트에 갈 수 있다면 더욱 기쁠 것이다. 하지만 인터넷상에서 말을 주고받을 수 있는 것만으로도 고마운 일이고, 아이템 교환으로 끝나는 관계라 해도 그건 그걸로 된 것이다. 젠은 자연스럽게 그런 생각을 하는 자신을 깨닫는다.

"이제부터야. 우선은 여기서부터."

자신에게 타이르듯 중얼거리며, 젠은 메일 발송 버튼 위에 마우스를 클릭한다.

인터넷 세계에서건 현실 세계에서건 지금 젠이 있을 자

172

리는 없다. 그건 동시에 인터넷 세계에서건 현실 세계에서
건 앞으로 자신의 힘으로 자신이 있을 자리를 만들어갈 수
있다는 얘기다. 아마도, 하며 젠은 소헤이의 철도회사 직원
같지 않은 빨간 머리와 후지미탕 벽에 그려져 있던 초현실
적인 풍경화를 떠올리며 고개를 끄덕였다.

　젠이 피시방을 나오자 입구 바로 옆에 마련돼 있는 벤치
에서 소헤이가 과일 우유를 마시고 있었다.

　"아직 안 가셨어요?"

　젠이 놀라 묻는다. 소헤이는 과일 우유를 끝까지 다 마
시고 나서 헤실헤실 웃었다.

　"응, 식당에서 저녁을 먹었더니 시간이 이렇게 됐네. 하
지만 마침 잘됐어. 오후 10시 이후부터 열여덟 살 미만은
보호자와 함께 있어야 되니까."

　"벌써 10시가 넘었나……"

　젠은 스마트폰으로 시간을 확인하고 소헤이를 다시 쳐
다보았다.

　"형이 제 보호자예요?"

　"편의상 기꺼이 분실물센터 직원과 젠 군의 보호자 역
할을 겸하기로 했네."

　소헤이는 놀리고 있는 건지 고지식한 건지 알 수 없는
초연한 말투로 말한 뒤, 손목시계를 보며 "아, 마침 6분 뒤

에 하행선 전철이 있어. 빨리 나가자"하며 재촉했다. 젠은
고분고분 배낭을 메고 역으로 달리기 시작했다.

  숨을 헐떡이며 올라탄 전철 안도 텅 비어 있었다.
  긴 좌석의 가장 끝자리에 앉은 젠은 마침 바로 옆에 있
는 좌석 난간에 비닐우산이 걸려 있는 걸 발견한다. 젠 옆
에 앉은 소헤이도 거의 동시에 발견한 듯했다. 두리번두리
번 전철 안을 돌아보는 젠에게 "우산 주인은 이미 내린 것
같은데"하며 속삭였다.
  젠은 비닐우산을 손에 들고 안팎으로 이리저리 살펴보
더니 이름이 적혀 있지 않은 걸 확인하자 원래 있던 좌석
난간에 걸어두려고 했다.
  소헤이가 당황한 듯이 엉덩이를 들썩한다.
  "뭐 하는 거야, 젠 군? 분실물센터에 신고해야지."
  "네? 하지만 비닐우산인데요? 그것도 꽤 낡은 것 같은.
이런 건 이제 폐기 처분하는 게……"
  "우산은 못 걸어. 펭귄처럼 혼자 제 마음대로 전철에 올
라타지 않는다는 건 누군가의 소유물이었을 가능성이 높
아, 라고 할까, 백 퍼센트 그렇잖아. 즉 이 우산은 누군가의
분실물이야."
  소헤이의 역설에 젠은 "허어"하며 고개를 끄덕일 수밖

에 없었다.

소헤이는 낡고 더럽기만 했지 전혀 별다를 것도 없는 비닐우산을 소중하게 양손으로 감싸 쥐며 "내가 책임지고 분실물센터로 들고 갈게"라고 말하면서 긴 좌석에 자세를 고쳐 앉았다.

차창 앞쪽으로 임해 공업단지의 불빛이 비치기 시작했다. 소헤이는 그쪽을 뚫어지게 바라보며 중얼거렸다.

"비가 올 확률은 꽤 높았는데 결국 하루 종일 날씨가 좋아버렸네. 집으로 돌아가는 전철에서 우산을 잃어버린 사람도 많을 거야."

소헤이는 분실물을 통해 누군가와 이어져 있는지도 모르겠다. 비닐우산을 감싸 쥔 소헤이의 긴 손가락을 물끄러미 바라보며 겐은 그런 생각을 어렴풋이 했다.

둘 다 유다라이 역에서 전철을 내린다. 전철을 탄 시간은 갈 때보다 훨씬 짧게 느껴졌다. 하나미오카 역으로 돌아가는 겐과 우미하자마 역으로 돌아간다는 소헤이는 이 역에서 각자 다른 노선으로 갈아타야 했다. 플랫폼 끄트머리에서 겐은 소헤이에게 "신세 많이 졌어요" 하며 새삼스레 다시 고개를 숙인다.

소헤이는 빨간 머리를 가을바람에 나부끼며 "이렇게까

지 할 필요 없어" 하고 난처한 듯이 웃었지만, 겐이 아무리 시간이 지나도 고개를 들지 않자, 어깨를 잡고 억지로 상체를 일으켜 세웠다. 마른 거에 비에 힘은 꽤 셌다.

"이제 아무것도 잃어버리지 마, 겐 군?"

"네…… 더 이상 소헤이 형한테 신세 지지 않도록 저 조심할게요, 음, 그러니까……"

헤어지기 섭섭해 할 말을 찾고 있는 겐에게 소헤이는 "자, 그럼" 하고 손을 흔든다. 떠밀리듯 몸을 돌려 걸어가기 시작한 겐의 등 뒤로 부드럽고 맑은 목소리가 들려왔다.

"아, 맞다. 다른 사람의 분실물을 주우면 다시 언제든지 우미하자마 역으로 와줘. 그 역 분실물센터에 내가 있으니까."

소헤이의 말은 겐에게 "여기에도 네 자리가 있어" 하고 온 힘을 다해 전해주는 듯했다. 겐은 등을 돌린 채 주먹을 높이 치켜든다.

어디선가 레벨업의 팡파르가 울린 듯했다.

제3장

**아플 때나 건강할 때나
그리고 거짓말을 할 때나**

정오가 좀 지나 흔들리는 전철에 몸을 실은 다이라 지에는 몇 번이나 토드백 안을 마구 휘저었다. 지에는 정리를 잘 못한다. 책상 위나 서랍, 붙박이장 등과 마찬가지로 토드백 안 역시 닥치는 대로 쑤셔 넣은 물건으로 넘쳐났다. 지갑, 스마트폰, 타월 손수건, 포켓 티슈, 립크림, 안경 케이스, 생리대, 초콜릿, 껌, 휴대용 게임기, 다이어리 수첩, 필통…… 언제 넣었는지 기억에도 없는 그런 물건들이 그대로 산더미처럼 쌓여 백을 무겁게 했다. 그리고 조금 전부터 그 산더미를 무너뜨리고 죽을 둥 살 둥 찾았지만 중요한 물건은 결국 보이지 않았다.

분명 환승할 때 떨어뜨린 거야. 아니면 두고 내렸나.

지에는 어깨를 움츠리며 마침 손에 잡힌 미술관 티켓 반쪽을 꺼낸다. 반년 전 날짜가 찍힌 티켓을 한참 쳐다보다, 다시 백 안에 던져 넣는다.

발밑에서 나오는 히터의 온기가 너무 뜨겁다. 발을 바꿔 꼬는데 시선이 느껴졌다. 얼굴을 드는 참에 흘러내린 안경을 밀어 올린다. 대각선 너머에 앉아 있는 꼬마 남자아이가 몸을 통째로 돌려 지에 쪽을 바라보고 있다. 차량이 세 개밖에 없는 전철은 무척 한산했고, 전철에 타고 있는 승객도 지에와 이 남자아이 가족뿐이었다. 지에는 남자아이와 정면으로 딱 눈이 마주치고 말았다. 아마도 차창 위로 끊임없이 지나가는 공업단지와 바다 풍경에 싫증이 나 전철 안의 사람, 즉 지에를 관찰하기로 한 것이리라. 반짝반짝 빛나는 커다란 검은 눈이 쳐다보고 있어 지에는 거북했다.

동행한 엄마는 뭘 하는지 툭 시선을 던져보자, 남자아이 옆에 앉아는 있지만 포대기로 착 감싸 안은 젖먹이와 함께 정신없이 자고 있었다. 살짝 피곤해 보였지만 차림새도 화장도 젊은 티가 났고, 스물네 살인 지에와 그다지 나이 차이가 있어 보이진 않았다.

남자아이는 지에와 눈이 마주친 걸 알자, 갑자기 좌석에서 내려와 종종걸음으로 다가왔다.

"펭귄 봤어?"

"뭐?"

"펭귄 벌써 봤어? 전철에 있어. 타고 있어."

전철을 타는 펭귄? ……우와. 뭐야, 그거, 귀엽다. 그림책이나 뭐 그런 데서 읽었나?

남자아이의 말을 듣고 떠올린 장면에 지에가 무심코 그만 히죽 웃어버리자, 남자아이는 몸을 쑥 앞으로 내민다.

"봤어?"

안타깝게도 못 봤어. 누나도 펭귄 보고 싶어. 언젠가 보길 바라.

어른으로서 합격점을 받을 수 있을 것 같은 대답이 몇 개나 떠올랐지만, 지에의 입에서 최종적으로 나온 말은 다음 한 마디였다.

"봤지."

남자아이의 기대에 부응해주고 싶었다. 이토록 반짝반짝 빛나는 눈이 어두워지는 걸 보고 싶지 않았다. 이러면 안 되는데, 계속 초조해하면서도 입이 다물어지지 않았다.

"딱 저기에 앉아 있었어."

지에가 쏙 손을 들어 남자아이가 조금 전까지 앉아 있던 긴 좌석을 손가락으로 가리키자, 남자아이 얼굴이 상기되었다.

"정말?"

천천히 몸을 돌리더니, 자신이 앉았던 자리로 냅다 뛰어가 얼굴을 좌석에 처박고 킁킁 냄새를 맡기 시작한 남자아이의 행동에 겨우 엄마가 눈을 뜨며 나른한 목소리로 말했다.

"형아야…… 뭐 하니?"

"펭귄이야! 역시 이 전철은 펭귄철도였어!"

비명에 가까운 환성을 지르는 남자아이의 말을 제대로 알아들었다고는 도저히 생각할 수 없는 표정을 지으며, 엄마는 느긋하게 고개를 끄덕인다.

"아하. 그렇구나."

그리고 전철이 속도를 떨어뜨려 플랫폼으로 미끄러지듯 들어가자 "웃샤" 하며 일어섰다.

"내릴 거야."

그 말에 남자아이는 겨우 좌석에서 몸을 일으킨다. 이미 문 쪽을 향해 가는 엄마를 허둥지둥 뒤쫓아가 얼른 엄마 손을 잡는다.

그리고 갑자기 돌아보며 엄마와 손을 잡지 않은 다른 손을 지에에게 흔들었다. 어쩌면 좋을지 몰라 어정쩡하게 손을 든 지에를 향해 남자아이는 으스대며 외쳤다.

"지금부터 아빠 공장에 견학 가."

아하. 그렇구나. 굉장한데. 좋겠다. 조심해. 잘 갔다 와.

남자아이의 엄마처럼 느긋한 대답을 지에는 할 수 없었다.

거짓말이라면 얼마든지 할 수 있지만.

딸꾹질을 참는 듯한 어색한 얼굴로 고개를 끄덕이는 지에를 이상하게 쳐다본 뒤, 남자아이는 힘차게 점프해 플랫폼에 내려서는 그대로 두 번 다시 돌아보지 않고 걸어가 버렸다.

다시 전철이 움직이기 시작하자 차량에 혼자 남게 된 지에는 후유 숨을 내쉰다. 연말 거리의 분주함이 전혀 느껴지지 않는 동떨어진 공간에서 마음껏 기지개를 켜던 그 순간, 시야 한구석에 반짝 빛나는 물건이 들어왔다. 조금 전까지 남자아이 일행이 앉았던 좌석에 뭔가 떨어져 있다. 쟤, 소중한 장난감이라도 떨어뜨리고 간 거 아냐? 지에는 한 마디 툭 내뱉으며 흔들리는 전철 안을 고꾸라지듯 비틀비틀 발을 떼면서 확인하러 갔다.

좌석과 등받이 사이에, 하트 무늬 안에 엄마와 갓난아기가 평온한 얼굴로 끌어안고 있는 일러스트가 그려진 체인 홀더가 끼어 있었다.

낯익은 마크. 지에는 주워 든다. 전철이나 버스 안에서 가방에 이걸 달고 있는 여성을 몇 번이나 본 적이 있다. 분명 임산부인 걸 주위에 알려 이해와 배려를 받기 위해 만든 마크였던 것 같다.

"이거…… 그 애 엄마 건가?"

셋째가 배 속에 있었구나? 지에는 남자아이의 엄마 모습을 떠올려봤지만, 배가 불룩한 인상은 없었다. 그런 시기에야말로 오히려 효과를 발휘하는 마크니까, 그녀가 흘린 물건일 가능성은 높아 보였다.

다음 정차역이 자동 음성으로 방송된다. 지에가 내릴 예정인 종점 우미하자마 역이다. 지에는 허둥지둥 임산부 마크가 있는 체인 홀더를 더플코트 주머니에 쑤셔 넣고, 자신의 좌석에 두고 온 토드백을 가지러 뛰어갔다 왔다.

남자아이 가족이나 지에처럼 예외도 있지만 기본적으로 우미하자마 역은 임해 공업단지에서 일하는 사람들만 이용하는 지선의 종점이다. 역은 지에가 대충 상상했던 모습 그대로였다.

바다가 바로 코앞에 보이는 플랫폼은 좁고 짧았다. 플랫폼에서 이어지는 계단을 내려오자 작은 개표구가 있었다. 개표구 옆에 있는 매표소는 무인 창구로, 카운터 위에 모눈종이로 만든 상자가 놓여 있었다. 여기까지 온 전철표는 그 상자 안에 넣으면 되는 모양이다. 교통카드를 인식할 수 있는 개표구만 묘하게 현대적인 느낌으로 번쩍번쩍 빛나 보였다.

우미하자마 역 주위 일대는 후지사키 전기라는 기업의 부지로 이 역도 그곳에서 일하는 사원들을 위해 만들어졌다고 개표구 밖에 있는 안내판에 적혀 있었다. 실제로 옛날에는 사원 이외는 이 개표구를 통과하지 못했다고 한다. 지금은 개표구 바로 앞에 임해 공원이 생겨 어쩌다 찾아온 사람들이나 공장 마니아, 역 마니아, 거기다 지에처럼 이 역에 있는 유실물 보관소에 볼일이 있는 사람도 부담 없이 내릴 수 있게 되었다. 그렇다고는 하지만 금방 도착한 전철에서 내린 사람은 딸랑 지에 혼자였다. 주위가 온통 공장뿐이라 딱히 이렇다 할 만한 오락시설도 없고 통근 시간대를 빼면 한 시간에 한두 대의 편수로 운행되는 지선을 이용하는 사람은 역시 많지 않은 것이다.

개표구를 빠져나와 대합실 같은 공간으로 나오자 지에는 주위를 둘러보았다. 벤치가 놓여 있고, 음료와 과자 자판기가 쭉 늘어서 있고, 커다란 시계가 걸려 있고, 운행 시간표도 있는 것이 역 대합실에 필요한 물건은 대충 갖춰져 있는데도, 산막 휴게소에 발을 잘못 들인 것 같은 기분이 드는 건, 바닥도 벽도 천장도 전부 목재 패널로 돼 있어서일까? 사방을 빙 둘러보던 지에는 정신없이 눈을 깜박이며 다시 한 번 출구에서 가장 가까운 벤치로 시선을 옮겼다.

벤치 위에서 있을 수 없는 무언가를 발견했기 때문이다. 그것은 지에의 상상을 한참 비껴가 있었다. 아니, 누구라도 아마 그것이 역에 있는 모습은 상상하지 못할 것이다.

"펭귄……"

오렌지색 주둥이, 동그란 머리, 아무리 발버둥 쳐도 하늘은 날지 못할 것 같은 날개, 아니 손, 의외로 두툼하고 거친 발, 그리고 까맣고 하얀 투톤 컬러의 털이 풍성하게 잘 자라 있는 몸통은 둥실둥실하니 앙증맞았다.

'펭귄철도'라고 했던 남자아이의 말이 되살아났다. 그 아이가 한 말은 사실이었구나. 펭귄이 새까만 눈동자로 자신을 쳐다보는 게 느껴졌다. 오금을 못 펴게 쏘아보아도 지에가 시선을 피하지 않자, 펭귄은 꺄아 소리를 내며 고개를 갸웃했다. 심하게 갸웃거렸는지 동그란 몸통째로 흔들 하며 기울어진다. 펭귄은 당황했는지 플리퍼라 불리는 손을 들어 파닥파닥 날갯짓을 했다. 뭐야, 이 녀석. 귀엽다. 너무 귀엽다. 지에는 저도 모르게 엉덩방아를 찧는 것처럼 그 자리에 털썩 주저앉았다.

등 뒤에서 드르륵 미닫이문이 열리는 소리가 들렸다. 문 같은 게 있었나? 하며 돌아보자, 당연히 벽이라고 생각했던 곳이 옆으로 스르르 밀리더니 공간이 떡하니 드러났다.

벽과 구분되지 않는 색감을 지닌 미닫이문에 기대고 있는 모양새로 한 청년이 서 있었다. 빨간 머리가 눈길을 끌었다.

빨간 머리 청년은 지에가 있는 줄도 모르고 벤치에 서 있는 펭귄을 사랑스럽게 바라보았다. 청년은 철도회사 제복으로 보이는 모스그린색 바지 위에 회색 재킷을 걸치고 있었다. 색상도 전체적인 모양새도 우스꽝스러울 정도로 촌스러워서 펑키한 빨간 머리와 전혀 어울리지 않는 모습이 눈에 확 띄었다. 그가 유실물 보관소 직원일 거라고 지에는 짐작했다.

지에가 비틀비틀 일어서자 청년은 "앗" 소리를 지르며 놀란다. 유령이라도 본 것 같은 반응이다. 청년의 빨간 머리가 곤두서는 걸 보면서 지에는 "유실물 보관소가 여기 맞나요?" 하고 물었다.

지에의 질문에 직무를 떠올렸는지, 빨간 머리 청년은 허둥지둥 자세를 고쳐 잡으며 "네" 하고 고개를 끄덕인다. 재킷에 단 이름표를 가리키는 양 가슴을 뒤로 젖힌다. '모리야스 소헤이'라는 그 한자를 어떻게 읽는지 몰라 지에는 안경을 잡으며 일부러 눈을 가늘게 뜬다.

"죄송해요. 눈이 나빠서……"

"지키다守에 견디다保라는 글자를 써서 '모리야스守保'라 읽습니다. 야마토기타 여객철도 나미하마선 유실물 보관소 직원 모리야스 소헤이입니다."

"야, 야마토기타 여⋯⋯ 가? 객?"

"어려운 이름이지요. 우선 발음이 어려워요. 그래서 전 알기 쉽게 '분실물센터'라고 부르고 있어요."

소헤이는 그렇게 말하자 입꼬리를 척 올리며 헤실헤실 웃었다. 어린아이 같은 천진한 얼굴이 돋보이는 그 미소는 온화한 목소리와 잘 어우러져 지에의 마음속에 있던 경계심을 풀었다. 긴 앞머리 너머로 가만히 응시하고 있는, 유달리 검은 눈동자가 큰 눈은 자그마한 동물 같았다. 혹은 펭귄.

"그런데 오늘은 어떻게 오셨나요?"

왠지 의사 같은 질문인데, 하고 생각하면서 지에는 솔직하게 말했다.

"어떻게라니⋯⋯ 물건을 잃어버렸는데요. 아, 그저께 일이지만."

"그저께라면⋯⋯ 11월 29일인가. 좀 시간이 지났네요."

생각 탓인지 소헤이의 말투가 무거워진 것 같아 지에는 허둥지둥 말했다.

"네, 친구가 티켓을 준 전람회가 그날로 끝나는 바람에 우에노까지 갔었어요. 그래서 틀림없이 미술관에서 잃어버렸다고 생각하고 어제는 그쪽에다만 계속 물어봤어요. 어쩌면 전철 안일지도 모른다고 오늘 겨우 생각이 나서,

그래서 이쪽에 여러 차례 전화를 했지만 연결이 안 되는 바람에 직접 오게 됐어요."

그저께 외출했다 잃어버린 것과 전화를 건 일 이외에는 새빨간 거짓말이었다. 조금 전 전철 안에서 봤던 미술관 티켓 반쪽을 떠올린 순간, 술술 입에서 나왔다. 지에는 항상 다른 사람의 안색을 살피며 그 자리를 모면하기 위해 거짓말을 하는 버릇이 있었다.

소헤이는 아무것도 눈치채지 못한 양 느긋하게 손을 들었다.

"제대로 전화를 받지 못해 죄송합니다. 그럼, 이쪽으로."

소헤이가 권하는 대로 지에는 미닫이문 너머로 조심조심 발을 들여놓았다. 들어가보니 특별할 것도 없었다. 긴 접수대와 크기가 제각각인 로커가 쭉 놓여 있어 정말로 유실물이 보관돼 있을 것 같은 사무실의 모습을 하고 있었다. 벽도 천장도 바닥도 하얗고, 산막 휴게소 같은 요소는 일절 없었다. 천장에 매달린 녹색 표찰이 열린 문으로 들이치는 차가운 바람에 대롱대롱 흔들렸다. 자세히 보니 표찰에는 〈분실물센터〉라고 적혀 있었다. 직접 만든 모양이다. 안쪽 벽에 설치된 커다란 은색 문은 뭐지? 초대형 냉장고인가? 설마.

지에가 사무실 이쪽저쪽을 살피고 있는 사이 소헤이는

양손에다 후후 입김을 불어 비비며 접수대 안쪽으로 돌아
들어간다. 그곳에서 지에와 마주 보자 "춥지 않으세요?"
하고 묻는다.

"네. 아, 그러고 보니 살짝."

"죄송합니다. 저 혼자 있을 땐 펭귄한테 적당한 온도로
있다 보니."

역 분실물센터에서 나누는 대화치고는 명확히 이질적
인 단어가 섞여 들어와 지에는 저도 모르게 심하게 기침
을 했다.

"펭귄? 그건 역시 펭귄이었구나."

"네, 여기서 살고 있어요."

소헤이는 안쪽 벽에 있는 은색 문을 손으로 가리켰다.
펭귄이 사는 집 입구인 모양이다. 초대형 냉장고라고 했던
지에의 판단은 적중하지는 않았지만 크게 빗나가지도 않
은 듯하다.

"히터 틀까요?"

"괜찮아요."

저 귀여운 펭귄의 쾌적한 생활을 위해서라고 하는데 참
을 수밖에 없지 않나.

소헤이는 기쁜 듯이 웃으며 "고맙습니다" 하고 고개를
숙인 뒤, 뒤에 있는 컴퓨터 책상 위에서 검은 표지의 대형

노트를 들고 왔다.

접수대 위에서 노트를 펼치면서 지에의 얼굴을 들여다보며 고개를 갸웃했다. 빨간 머리가 찰랑찰랑 소리를 내며 흔들린다.

"성함을 말씀해주시겠어요?"

"다이라 지에예요."

"다이라 지에 님, 이라. 11월 29일에 잃어버리신 물건은 뭐죠?"

"음, 그러니까 '분바쿠도' 포장지로 싼 이 정도 크기의 물건인데요."

말하면서 지에가 가슴 앞에서 양손 검지를 이용해 직사각형을 그리자, 소혜이는 눈을 가늘게 뜨며 몸을 앞으로 쑥 내민다.

"'분바쿠도'라면, 미슈쿠 역 앞에 있는 대형 문구점 말이지요?"

"아, 네."

'분바쿠도'가 어떤 가게인지 이어 설명하려고 했던 지에는 살짝 당황해 입을 다물었다. 이 지방에서는 유명한 문구 전문점이니 알고 있다고 해도 그다지 이상하지는 않지만, 지에는 펑크밴드라도 하고 있을 것 같은 이 빨간 머리 청년이 문구를 이것저것 고르고 있는 모습이 도저히 상상이 되지 않았다.

입을 다물어버린 지에를 재촉하듯이 소헤이는 재킷 앞주머니에서 볼펜을 꺼낸다.

"그런데 포장지 안에는?"

"……그것까지 신고해야 하나요?"

"여쭤보는 게 실수가 없고 확실합니다만, 사생활과 관계되는 일이라 무리하게 말씀하시라고는 안 합니다."

소헤이는 지에의 경직된 얼굴을 응시하며 헤실헤실 웃었다. 입술이 툭 나와 오리 주둥이 같다. 그 입에서 투명하고 부드러운 목소리가 흘러나왔다.

"그럼, 지금은 뭐가 들어 있는지 안 묻는 걸로 할게요. 분실물은 분바쿠도 포장지에 싸여 있는 걸로."

검은 표지의 대형 노트에 지에가 분실한 날짜와 시간, 승차한 노선, 차량 위치 등과 함께 분실물의 내용을 기입하자, 소헤이는 노트를 닫고 컴퓨터 책상으로 향한다. 도착한 분실물은 컴퓨터로 관리되는 듯했다. 소헤이는 엉거주춤한 자세로 마우스를 만지작거리더니 "아하", 숨을 토해내는 듯한 소리를 내뱉으며 안타까운 얼굴로 지에를 쳐다보았다.

"아쉽게도 분바쿠도 포장지에 싸인 물건은 아직 도착하지 않은 것 같군요."

"그래요. 알겠어요."

고맙습니다, 하고 고개를 숙이며 돌아서는 지에를 바로 뒤쫓아올 기세로 소헤이는 말했다.

"분실물이란 게 꽤 시간이 지난 뒤에 도착하는 경우도 있으니까 포기하지 말고 정기적으로 확인해주세요. 성함과 분실물을 말씀해주시면 전화로도 처리할 수 있어요. ……아, 뭐, 좀처럼 전화는 연결이 잘 안 되지만."

꽤 친절한데, 하고 지에는 생각했다. 가볍게 인사를 한 뒤 사무실을 나와 돌아가는 전철에 올라탄 이후에도 '포기하지 말고'라는 소헤이의 말이 계속 귓전에 맴돌았다.

일주일이 지났다. 지에는 소헤이의 말을 까먹은 건 아니지만 왠지 귀찮아서 분실물센터로 연락은 하지 않았다.

애초 그 분실물은 지에에게 반드시 필요한 물건은 아니었다.

친구와 한 약속 시간까지 시간을 때우려고 들어간 분바쿠도에서 무척 교양 있는 점원이 "찾고 계신 물건이라도 있으세요?"하고 말을 거는 바람에 도망치려고 해도 도망칠 수가 없어, 입에서 나오는 대로 마구 거짓말을 늘어놓은 결과 사게 된 물건이었다.

"그래서 그게 없어져도 특별히 곤란하지 않아, 난."

지에는 혼자 중얼거리며 컴퓨터 전원을 켠다.

아침밥과 도시락을 만들어 남편 미치로를 회사에 보내고 최소한의 집안일을 마친 뒤, 지에는 대개 자기 컴퓨터로 귀여운 동물이나 재미있는 유머 동영상을 보며 하루를 보낸다.

바로 두 달 전쯤까지는 온라인 게임 '바벨니아 오디세이'에서 하루 종일 놀았다.

"게임 하면 시간을 하수구에 버리는 것 같지 않아?"

우연히 회사에서 일찍 돌아온 날 컴퓨터에 매달려 있는 아내를 본 미치로는 화내지도 기막혀하지도 않은 채 그저 신기한 듯이 물었다. 평소 전혀 게임을 하지 않는 미치로에게 그런 말을 듣게 되자 지에는 화가 나기보다는 먼저 부끄러웠다.

이 일 하나로 왠지 게임 할 마음이 사라져 중학생 때부터 10년 가까이 했던 '바벨니아 오디세이'도 탈퇴해버렸다. 같이 어울렸던 얼굴도 모르는 게이머들에게 그만둔다고 하자, 최고참 게이머였던 지에의 은퇴를 아쉬워하는 소리가 터져 나오면서 그만두는 이유를 끈덕지게 물어오는 바람에 그만 '일을 시작해서 인터넷 게임을 할 시간이 없다'고 거짓말을 해버렸다. 진짜 이유를 솔직하게 말하는 것보다 모두가 기분 좋게 수긍해줄 것 같았다.

'대답하는 마메시바^{시바견의 소형 혈통을 애완용으로 교배 번식시킨 종}' 동영상을 멍하니 보면서 지에는 다시 혼잣말을 한다.

"뭐, 게임이건 동영상 감상이건 시간을 하수구에 버리는 건 마찬가지잖아, 라고 할까, 시간 때우려고 심심풀이로 하는 건 결국 다 그런 거지 뭐."

일도 안 하고 아이도 없는 게으른 지에는 매일 처치 곤란할 정도로 시간이 남아돌았다.

이날도 평소처럼 동영상을 보거나 컴퓨터 앞에서 꾸벅꾸벅 졸다 정신을 차려보니 저녁이 돼 있었다. 점심은 귀찮아서 먹지 않고 건너뛰었더니 역시 공복감이 느껴졌다. 슬슬 저녁 준비를 하지 않으면 미치로가 들이닥친다.

지에는 컴퓨터를 대기 모드로 설정하자 검은 다운코트를 입고 밖으로 나갔다. 난방을 해뒀던 실내와 너무 온도 차이가 심하게 나는 바람에 금세 뿌옇게 습기가 차버린 안경을 스웨터 소매로 닦고는 자전거에 올라타 장을 보러 나섰다.

전국을 망라하는 대형마트 본사 인사부에 근무하는 미치로의 귀가 시간은 10시를 넘기기가 일쑤여서, 6시 이후의 타임세일을 기다렸다 나가도 저녁 준비는 충분히 시간 내에 할 수 있을…… 터였다.

"어째서?"

마트까지 앞으로 몇 미터만 남겨둔 지점에서 앞에서 걸어오는 낯익은 형체를 보고 지에는 고개를 갸우뚱했다. 남자치고는 작은 몸을 푹 앞으로 숙여 종종걸음으로 걷고 있는 남자. 땅만 쳐다보고 있어 조금 전부터 몇이나 되는 쇼핑객들과 부딪칠 뻔했는데도 전혀 신경을 쓰지 않는 남자.

"미치로 씨."

지에가 부르자 겨우 얼굴을 드는 남자. 다른 사람도 아닌 남편 미치로였다.

밤길에 자전거에 걸터앉아 자신을 보고 있는 지에와 눈이 마주치자 미치로는 "허어" 하고 숨을 삼킨다. 지에 안경보다 훨씬 도수가 높은 안경을 올렸다 내렸다 하며 한 번 크게 심호흡을 하고 나서 입을 열었다.

"지에, 뭐 해?"

"장 보러…… 저녁 6시가 넘으면 할인 스티커를 붙여서 파니까요……"

미치로의 나무라는 듯한 말투는 영락없이 늦은 장보기, 거기다 늦은 저녁 준비가 원인이라 생각했지만 아무래도 아닌 모양이다.

지에의 변명을 마지막까지 듣지 않고 미치로는 하늘을 올려다보며 외쳤다.

"알고 있어! '평일 6시부터는 알뜰살뜰 콩닥콩닥 세일'

이잖아? 여기 우리 마트야."

"아, 그렇구나."

미치로는 멍하니 고개를 끄덕이는 지에 옆으로 다가와 천천히 자전거에서 끌어 내렸다. 나란히 서자 부부의 눈높이가 같아졌다.

"뭐예요? 뭐예요? 갑자기 뭐예요?"

"'뭐예요?' 그건 내가 묻고 싶어. 왜 이런 중요한 시기에 자전거 같은 데 올라타?"

미치로는 고슴도치 같은 빳빳한 머리털이 지에를 향해 곤두설 정도로 화내고 있다.

"임산부는 가급적 자전거를 안 타는 게 좋아. 몰라?"

"임산부?"

지에가 고개를 갸웃하자 미치로는 점점 욱하고 화가 치미는 듯했다. 흘러내린 안경을 재빨리 밀어 올리며 더플코트 주머니에서 뭔가를 꺼낸다.

"시치미 떼지 마."

여기, 하며 불쑥 내민 손바닥 위에는 임산부 마크가 달린 체인 홀더가 있었다.

"오늘 아침에 지에의 더플코트를 빌려 입고 출근했어."

"응, 그 코트네요. 보면 알죠."

지에는 놀라지 않았다. 미치로의 체격은 거의 지에와 같왔고, 지에가 유니섹스룩을 좋아하는 편이라 부부가 같이 입는 옷이 많았다.

"그랬더니 주머니에 이게."

"음……"

"깜짝 놀랐어. 난 너무 놀라 회의 하나를 날려버리고 돌아왔다고."

미치로는 하얀 입김을 토해내며 코트 위로 지에의 배를 살며시 쓰다듬었다.

"고마워, 지에. 이제야 겨우 우리 부모가 되는 거야. 가족이 생기는 거야."

"아아, 음, 그러니까……"

이를 어쩌지, 하는 기분이 묻어 나온 지에의 표정에 미치로는 처음으로 움직임을 멈췄다.

"지에…… 임신한 거지? 아니야?"

난 임신 같은 거 안 했어요. 그건 전철 안에서 주운 거예요. 잘못 넘겨짚은 거예요. 오해하게 해서 미안해요.

다음에 해야 할 말이 술술 떠올랐지만 미치로의 얼굴을 보니 차마 말할 수가 없었다. 결혼하기 전부터 "장차 아이 둘 낳아서 마쓰시오 뉴타운에 있는 단독주택을 살 거야" 하며 너무나 확고하게 목표를 늘어놓던 미치로를 실망시키고 싶지 않은 기분이 점점 강해져, 앞뒤 가리지 않고 입이 술술 움직이고 말았다.

"실은 그래요. 임신했어요. 네, 아기 아빠!"

미치로는 안경 너머로 눈을 깜빡이며 후유 하고 숨을 내뱉는다. 가늘게 어깨가 떨리고 있어 지에는 미치로가 이대로 울음을 터뜨리는 게 아닐까 조마조마했지만, 떨림은 금방 진정되었고 환한 미소를 지어 보였다.

"맞아. 난 이제 아기 아빠야. 지에는 아기 엄마."

미치로는 지에가 잡고 있던 자전거 핸들을 낚아채더니 "집에 가자"하며 억지로 떠밀며 발을 떼기 시작했다.

"아, 하지만 장은 아직……"

"오늘은 비싼 생선 초밥이라도 먹어야지. 축하하는 의미로다. 화끈하게."

생선 초밥은 지에가 좋아하는 음식이다. 임신을 축하하는 의미라고 말하지 않았다면 얼마나 기뻤을까. 시무룩한 얼굴의 지에를 보고 미치로는 걱정스러운 표정을 지었다.

"혹시 벌써 시작한 거야? 그, 기분이 나빠지는 거 있잖아."

"……입덧?"

"맞아, 그거."

지에가 잠자코 고개를 가로젓자 미치로는 "다행이야"하며 호들갑스럽게 어깨를 들썩이며 코트 주머니에서 스마트폰을 꺼내 길가에서 주문을 하기 시작했다.

"최고급 초밥 2인분으로 부탁합니다. 네, 저기, 최고급이면 최고로 좋다는 의미지요? 최고급 위의 등급은 없는 거죠?"

'두통이 아프다'와 같은 계통의 이상한 말을 하고 있는 것도 깨닫지 못한 채, 미치로는 의기양양하게 지에를 돌아보았다. 윙크를 할 작정이었나 본데, 양쪽 눈을 다 감고 있다. 지에는 알 수 있었다. 성실한 남편 딴에는 지금 죽을 둥 살 둥 재롱을 떨고 있다는 걸. 미치로와 안 지 4년, 결혼한 지 2년이 지났지만 이렇게 기뻐하는 미치로를 본 건 처음이었다.

지에는 고등학교를 나온 후 친구가 권하는 대로 컴퓨터 계통의 비즈니스 스쿨에 들어가, 그냥 어쩌다 보니 웹 디자인을 공부하게 됐다. 흥미가 없었던 거에 비해 공부는 열심히 했다고 생각하지만 의욕과 적성까지는 날조가 안 돼 취업에는 보기 좋게 실패했다. 소위 말하는 취업 준비생이 된 뒤로는 집안일을 돕고 있다는 이름뿐인 직함을 가지고 백수 생활을 하면서, 텔레비전을 보거나 게임을 하거나 만화를 읽거나 하며 산더미처럼 쌓인 시간을 허비했다.

일곱 살 연상인 미치로와 만난 건 그런 시기였다. 장소는 아르바이트를 하던 마트로 저쪽은 점장 후보인 정직원, 이쪽은 갑자기 몸이 아파 쓰러진 친구 대타로 들어간 아르바이트생으로 지위가 꽤나 달랐다. 거의 대화도 없었던 것 같은데 사흘간의 대타를 마치고 돌아가는 길에 종업원 전용 출입구 옆에 있던 미치로가 말을 걸어왔다.

"자네, 학생인가?"

"아니요, 비즈니스 스쿨 나와서 취업 준비 중인데요."

"취업 활동은?"

"아…… 음, 그러니까…… 지금은 아직."

할 말을 못 찾는 지에의 표정에서 모든 걸 간파했는지, 미치로는 "다음번에 알바 면접 보러 와" 하며 불러주었다.

"정직원이 아니라 미안하지만 집에 있는 것보다 낫잖아?"

미치로의 말을 듣고 보니 그 말도 맞는 것 같아 지에는 "네" 하고 고분고분하게 고개를 끄덕였다.

그리고 그 말대로 지에는 마트에서 2년간 아르바이트를 열심히 했고, 점장으로 승진한 미치로가 1년도 안 돼 본사 인사부로 영전된 참에 결혼해 "가정을 잘 지켜주면 돼"라는 미치로의 말에 기대어 전업주부라는 이름뿐인 직함을 가진 백수로 다시 돌아왔다.

미치로가 어쩔 작정으로 자신을 아르바이트생으로 불러 줬는지 아직껏 모르겠지만 결혼을 청한 건 의무감 때문일 거라 대충 짐작하고 있다. 원래부터 미치로는 일이건 사생활이건 목표를 확실히 세우고 이상을 착실히 실현해나가는 사람이었다. 가정에 대해서도 두말할 것도 없이 이상적으로 생각하는 모습이 있어 그 모습을 이뤄줄 아내를 선택하려고 마음먹었을 것임에 틀림없다. 그런데도 성실한 미치로는 2년이나 빈둥빈둥 아르바이트를 이어가며 전혀 취업 활동을 시작하지 않는 지에의 장래에 책임감을 느끼고 떠안아준 것이다.

자전거를 밀며 뛸 듯이 걸어가는 미치로의 뒷모습을 보자, 미치로가 지향하는 이상적인 가정에는 아이가 꼭 필요하다고 새삼스레 깨닫는다.

역시 곤란한 거짓말을 하고 말았어.

지에는 꽁꽁 얼어붙은 밤하늘을 올려다보며 한숨을 쉬었다.

별은 보이지 않았다.

지에의 배 속에 아이가 있다고 굳게 믿게 된 뒤로 미치로는 변했다.

축하하는 의미로 주문한 최고급 생선 초밥을 먹은 다음

날, 미치로는 전날과 마찬가지로 평소보다 꽤 이른 시간에 커다란 꽃다발을 안고 귀가했다.

"……뭐예요, 그 꽃다발? 미치로 씨, 회사 그만뒀어요?"

"바보 같은 소리 하고 있어. 이건 지에 거야. 내가 사 왔어."

"왜요?"

"왜라니…… 임신을 축하하는 거지. 꽃이 있으면 기분도 밝아지잖아?"

미치로가 섭섭하다는 듯이 콧구멍을 벌렁거린다. 축하어게인인가. 지에는 묵직하게 무거운 꽃다발을 받아 들며 기쁜 마음보다는 당혹스러운 기분이 먼저 들었다. 사귀고 결혼한 지금까지 미치로가 꽃다발을 선물한 일은 한 번도 없었다. 선물도 손에 꼽을 정도다. 왜냐면 미치로는 기념일의 대부분을 진심으로 까먹고 있기 때문에. 설령 기억하는 기념일이 있다손 치더라도 그런 날에 꽃을 산다는 발상은 애초부터 없기 때문에. 남편은 그런 사람이었을 터인데, 도대체 어떻게 된 걸까?

지에는 잠자코 꽃다발을 포장한 셀로판지와 리본을 뗀다. 집에 꽃병이 없어 가장 큰 맥주 컵을 꺼내 와 거기에 꽂았다. 꽃잎이 아주 큰 가지각색의 꽃이 '나, 어때?' 하며 탐스럽게 핀 모습에 압도당해 살짝 마음이 식는다. 지에는 꽃은 잘 모르지만 좀 더 작고 아담한 꽃이 좋았다.

체격도 옷차림도 안경을 끼고 있는 것도 그리고 어딘지 모르게 이목구비도 닮은 미치로와 지에지만 취미나 기호, 가치관은 전혀 달랐다. 대개 지에가 미치로에게 맞추기 때문에 미치로는 깨닫지 못했고, 지에도 평소에는 잊고 있었던 그 사실이 꽃다발로 뚜렷하게 드러나는 것 같아 지에는 기분이 밝아지기는커녕 되레 우울해졌다.

꽃다발은 역시 그날만의 깜짝 선물이었지만 미치로의 귀가 시간이 빨라졌다는 깜짝 이벤트는 그 후에도 매일같이 계속되더니 얼마 안 가 놀라운 일도 뭐도 아닌 그냥 평범한 일상이 되었다.

빨라진 미치로의 귀가 시간에 맞추다 보니 지에의 여가 시간 같은 건 단박에 싹 사라졌다. 저녁밥을 식탁에 차리는 시간에서 거꾸로 계산해 요리, 장보기, 청소, 해둬야 할 잡다한 집안일 등을 생각하다 보면 항상 점심시간이 지난 즈음부터 목에 뭔가 걸린 것처럼 진정이 되지 않았다. 귀가한 미치로에게 저녁을 차려주면서 내일도 역시 반복될 집안일과의 아슬아슬한 줄타기를 생각하면 암담한 기분이 들었다. 어렴풋이 알고는 있었지만 자신이 주부로서 지금까지 얼마나 제 역할을 안 했는지 새삼 통감했다.

같이 있는 시간이 길어지면서 지에의 무능함이 눈에 띄

었을 것이다. 날이 갈수록 미치로의 얼굴에서 웃음이 사라
지고, 깨닫고 보니 한숨을 쉴 때가 많아졌다. 그런 장면을
지에에게 들킬 때마다 미치로는 확 표정을 바꾸며 "내가
도와줄 일 없어?" 하고 물어왔다.

집안일만 못한다는 건 거짓말이고 장단을 맞추는 것도
못하는 지에는 미치로의 좋은 아내의 기준에서 뚝 떨어지
는 자신을 느꼈다. 부부를 가로막는 벽이 의외로 높고 두
텁다는 것도 알았다.

식탁에 앉자 미치로는 텔레비전 리모컨을 들고 아무런
망설임도 없이 뉴스에 채널을 맞춘다. 가령 이미 텔레비전
이 켜져 있고 뭔가 다른 방송이 흘러나오고 있어도 지에
에게 "다른 거 틀어도 돼?" 하는 한마디를 묻지 않았다. 미
치로는 딱히 폭군 같은 남자는 아니었다. 악의는 없는 것
이다. 그저 단순히 '왜 텔레비전이 켜져 있지?' '지에가 텔
레비전을 보고 있어서 그런가?' '지금 나오는 방송이야말
로 지에가 보고 싶은 방송이 아닐까?' 하고 생각하는 사고
회로가 완전히 결여돼 있었다. 이런 사고회로를 사람들은
'이해심'이나 '배려'라 부르는지도 모르겠다. 그리 생각하
면 아쉬운 남편이지만, 집안일도 못하고 번듯한 직장인도
아니고 게다가 거짓말쟁이인 아내는 더욱 아쉬운 인간인
걸 잘 알고 있는 터라 지에는 아무 말도 하지 않았다. 그저

잠자코 아무 흥미도 없는 뉴스를 보면서 그다지 맛있는 것 같지 않은 자신의 요리를 먹었다.

저녁을 다 먹고 설거지를 하거나 목욕을 하면 의외로 금방 날짜가 바뀌었다. 그러면 소파에서 책을 읽던 미치로가 "슬슬 잘까" 하며 단호한 말투로 지에를 불렀다. 그래도 지에가 컴퓨터 앞에서 움직이지 않으면 "더 이상 홀몸이 아니야" 하고 차근차근 설명하듯 타일렀다.

그리고 이불에 들어가면 미치로가 의식처럼 매일 "아기는 괜찮아?" 하며 빠른 어조로 물어왔다. 그 목소리에는 합격 발표를 기다리는 수험생처럼 절박한 울림이 있어, 지에는 아기가 들어 있지 않은 텅 빈 배에 손을 얹고 "괜찮은 것 같아요" 하고 대답할 수밖에 없었다.

그런 나날이 이어지자 지에는 몸에 이상이 생기고 말았다. 어느 날 아침, 파자마 차림으로 미치로를 보내자마자 몸이 노곤해지고 관절도 아파왔다. 오전 중에만 잠시 쉬자는 생각에 침대에 누웠지만 정신을 차리자 방 안엔 벌써 겨울의 이른 석양이 들이비치고 있었다.

이를 어째, 하며 일어났더니 놀랄 만큼 머리도 몸도 개운했다. 간신히 큰 병이 생기진 않았고 열도 내린 듯했다.

하지만 이제부터 장을 보러 갈 시간도 기력도 없었다. 냉장고에 남아 있는 재료로 뭔가 만들 만큼 솜씨가 좋지도 않았다. 지에는 파자마 차림으로 몸이 굳은 채 부엌 한가운데 멍하니 서 있었다. 어쩌지?

"나 왔어."

평소와 같은 시간에 돌아온 미치로는 화장도 하지 않고 파자마 차림으로 머리를 아무렇게나 묶고 있는 지에의 얼굴을 보고 안경을 밀어 올렸다.

"무슨 일이야?"

"음, 조금. 몸이."

"아기는 무사해?"

지에의 설명을 끝까지 듣지도 않고 질문을 해온다. 안경 너머로 보이는 눈은 너무도 진지해 눈초리가 잔뜩 올라가 있었다.

"으, 음. 아마도."

미치로는 참을 수 없다는 듯이 코트도 벗지 않고 지에에게 달려와 손을 이마에 짚었다.

"열은 없네."

"괜찮아요."

"'아마도'잖아? 병원은 갔어? 안 갔지?"

빠른 어투로 다그치는 바람에 지에는 거짓말을 할 시간도 없이 고개를 끄덕이고 말았다. 작은 동요가 일 듯이 미치로의 표정이 변했지만 그곳에 흐른 감정이 뭔지, 지에는 제대로 간파하지 못했다.

"내일 병원에 가자. 나도 같이 갈게."

미치로의 강한 어조에 지에는 머리에서 피가 확 아래로 빠져나가는 것 같았다. 떨리는 목소리로 물었다.

"병원이라면 내과?"

"산부인과지. 아기가 무사한지 검사해야지. 지에가 가는 산부인과는 어디야?"

미치로가 당연한 듯이 물어오자 지에는 움츠러든다. 태어나서 지금까지 산부인과에서 진찰을 받은 적은 한 번도 없다. 하지만 지금 임산부에게 부자연스러운 그 사실을 정직하게 대답할 수는 없었다. 지에는 짧게 숨을 내쉬며 입을 열었다.

"리모델링 중이에요."

"뭐?"

"오래된 건물과 설비를 새롭게 단장한다고 휴진 중이에요."

"설마! 그거 곤란하잖아. 좀 더 빨리 말했어야지, 지에. 다른 산부인과를 찾아야겠어."

안경다리를 밀어 올리며 심각한 표정을 짓는 미치로를 보니 지에의 가슴은 아팠다. 굴러 굴러 눈덩이처럼 부풀어 오른 거짓말을 더 이상 어떻게 하면 좋을지 몰랐다.

"저기."

머뭇대는 지에의 목소리는 알아채지 못하고 미치로는 식탁으로 시선을 옮긴다. 순간 눈을 깜빡이며 안경테를 잡는다.

"오늘 저녁 없어?"

지에는 멍하니 고개를 끄덕인다. 아아, 또 미치로 씨를 실망시켰어. 엎질러진 병에서 물이 콸콸 새어 나와 땅속으로 스며드는 걸 그저 보고만 있는 것 같은 기분이 들었다.

다음 날 미치로는 일찍 일어나 정말로 유급휴가를 냈다. 연말이라 바쁠 때 아니에요? 걱정하는 지에에게 "마트는 1년 내내 바쁘지" 하고 묘하게 으스대며 자신만만하게 "괜찮아"를 연발했다.

둘이서 굽기만 한 토스트를 아침으로 먹은 뒤, 미치로는 근처 조산원부터 도내에 있는 유명 병원까지 "지에의 출산에 도움이 될 만한" 후보지를 몇몇 골라주었다.

"잘 아시네요."

"컴퓨터로 찾아봤지."

메일도 인터넷 검색도 스마트폰으로 해결하는 미치로가 집 컴퓨터를 일부러 켠 건 반년 만일 것이다. 아침에 일찍 일어난 이유는 이거였구나. 지에는 얼굴 근육이 굳어지는 걸 느끼며 가까스로 "고마워요" 하며 고개를 끄덕인다. 더이상 도망칠 수 없다.

엄청 망설인 끝에 지에는 후보지 중에서 산부인과 전문의가 있는 인근 역 병원을 선택했다. 이곳으로 정한 결정적인 이유는 규모 면에서나 입지 면에서나 '가장 융통성이 있을 것 같다'는 점이었다. 의사에게 거짓말을 해달라고 하지는 않겠지만 미치로의 눈을 속일 수 있다면 속이는 게 최선의 방법이었다.

어쨌든 임신은 하지 않았으니까.

지에는 평소처럼 후드 재킷에 청바지 차림으로 갈아입고, 커다란 공간에 잡다한 물건이 가득 든 묵직한 토드백에 보험증을 던져 넣자, 어깨까지 내려온 머리를 얼른 한 갈래로 묶고 살짝 티가 날 정도로만 화장을 했다. 그리고 더플코트를 껴입고 미치로와 나란히 역까지 걸어가 전철을 타고 다음 역에서 내린 뒤, 역에서 버스로 7분쯤 걸리는 곳에 있는 병원에 도착할 때까지 줄곧, 어떻게 이 국면을 헤쳐나갈 건지에 대해서만 생각했다. 안경 귀걸이 부분이 평소보다 심하게 조여오는 것 같아 몇 번이나 다시 고쳐 썼다.

"마음이 콩밭에 가 있네."

돌연 옆에서 걷고 있던 미치로가 지적했지만 그리 말하

는 미치로 자신도 가는 도중 거의 말을 하지 않은 것 같다. 그도 나름 긴장하고 있는 걸까? 지에는 입을 열면 쓸데없는 말을 할 것 같아 고개를 움츠리며 대충 넘겼다.

엷은 분홍빛으로 색을 입힌 벽돌로 된 원통 모양의 병원은 크리스마스용 장식 전구로 정원이나 벽을 꾸며놓은 집들이 곳곳에 보이는 주택가 안쪽에 눈에 띄지 않게 조용히 자리하고 있었다. 〈사카키 산부인과 클리닉〉이라 적힌 투명한 간판도 작았고, 거기다 건물 옆으로 무성하게 나 있는 관목에 가려져 있는 바람에 지에와 미치로는 가장 가까운 버스 정거장에서 내린 뒤 이 골목 저 골목을 따라 15분 이상이나 헤맸다.

태양이 구름에 가려진 추운 날임에도 불구하고 완전히 땀범벅이 됐을 즈음 겨우 클리닉 간판이 눈에 띄어 문을 열었다. 건물 안은 난방이 잘돼 있어 지에의 콧등에 금세 땀이 송골송골 맺혔다. 실내의 더운 기운과 대기실에 가득한, 우유 냄새 같기도 하고 꽃향기 같기도 한 달콤한 냄새와, 물소리나 작은 새가 지저귀는 소리 같은 것이 만들어내는 하모니에 둘러싸인 지에는 '정글' 같다고 생각했다. 버둥대듯이 더플코트를 벗으면서 크림색 벽과 레몬색 소파를 빙 둘러보며, 소파 깊숙이 몸을 묻은 채 대기 중인 임산부들의 크기가 제각기인 배 모양을 몰래 관찰했다.

"처음 온 환자분이세요?" 접수처에서 소리가 들려왔다. 허를 찔린 지에는 "네", 대기실 안에 쩌렁쩌렁 울릴 정도로 대답해버려 얼굴이 화끈 달아올랐다. 허둥지둥 코트를 손에 걸치자 따라오려는 미치로를 있는 힘껏 밀쳐내고 혼자서 접수처로 갔다.

지에와 눈이 마주친 순간 접수처에 앉아 있는 또래로 보이는 여자의 입이 쩍 벌어졌다. 분명히 지에의 얼굴을 보고 놀라는 표정이었다. 뭐지? 설마 아는 사람? 지에가 불안해서 눈을 빠르게 깜빡이자 접수처 여직원은 정신을 차린 듯 정색을 하며 사무적인 말투로 물었다.

"오늘은 임신 관련 진료로 오셨나요, 부인과 관련 진료로 오셨나요?"

"**검진**하러 왔어요."

"임신 관련 검진인가요, 부인과 관련 검진인가요?"

참을성 있게 대답을 기다리며 고개를 갸우뚱하는 접수처 여직원에게만 들리는 작은 목소리로 지에는 "부인과 관련"이라고 대답했다. 임신이나 출산과 관계없는 여성이라도 산부인과 진찰대에 올라갈 수 있는 수단을 오는 전철 안에서 찾아두었다.

접수처 여직원은 지에의 대답에 수긍한 듯이 가볍게 고개를 끄덕이고는 볼펜과 파란 문진용지를 내밀었다.

"그럼, 이쪽 용지에 성함, 주소, 전화번호, 생년월일, 문진 사항을 기입한 뒤 제출해주세요. 보험증은 지금 받을게요."

척척 일을 처리해가는 여직원의 모습이 지에에게는 눈부시게 보였다. 일을 한다는 건 고귀한 행위라고 생각했다. 지에는 접수처 옆에 서서 다 적어 넣은 뒤 미치로 곁으로 돌아갔다.

여자만 있는 대기실 구석 자리에 서 있던 미치로는 있기가 거북한 듯이 안경을 밀어 올리며 뭔가 말하려고 했지만, 주위 임산부들이 모두 쳐다보고 있는 걸 깨닫고는 입을 다물었다. 지에는 그 틈에 진료실에는 자기 혼자 들어간다고 말했다. 여기까지 따라왔으니 당연히 "나도 들어갈래"라는 말을 할 거라 예상하고 한 선언이지만, 미치로는 오히려 안심한 듯 고개를 끄덕였다.

"알았어. 그럼 난 여기서 기다릴게. 지에, 불안한 건 확실히 선생님한테 물어보고 다 해소하고 와."

미치로의 담백한 대답에 지에는 살짝 맥이 풀렸다. 정글 같은 대기실은 조용했고 때때로 어디선가 작은 아기 울음소리가 들려왔다. 병실은 적지만 입원도 가능하다고 미치로가 말했는데, 분명 이 건물 어디선가 갓 태어난 아기가 울고 있는 것이리라. 연약하면서도 존재감 있는 울음소리가 들려올 때마다 대기실의 임산부들 표정이 온화해지는 게 느껴졌다. 반면 지에와 미치로는 바르르 어깨를 떨며 어색하게 주위를 둘러보았다.

아기 울음소리가 앞으로 한 번 더 들리면 미치로에게 모조리 털어놓고 사과하자. 지에는 그리 결정하고 운을 하늘에 맡긴 순간 자신의 이름을 부르는 소리를 들었다.

"네." 다시 큰 소리로 대답하고 말았지만 더 이상 신경 쓰지 않았다. 지에는 문을 열고 안쪽 대기실이라 불리는 벤치가 놓인 복도에 서서 이 불편한 시간이 빨리 지나가기를 빌었다.

다섯 개쯤 나란히 놓여 있는 하얀 문 왼쪽 끝에서 다시 한 번 이름을 부르는 소리가 났다. 노크를 하고 들어가자 백의를 입은 '지에'가 있었다.

아니, 물론 다른 사람이다. 백의에 달린 이름표의 성도 달랐다. 그래도 머리형, 얼굴 생김새, 체형, 쓰고 있는 안경의 색과 형태까지, 두 쪽으로 잘라놓은 참외라 해도 좋을 만치 똑 닮았다. 조금 전 접수처 여직원이 놀란 이유를 겨우 알았다.

"어머." 여의사 '지에'도 안경 너머로 눈을 깜빡였다.

"닮았네요, 선생님과 저."

지에는 선수를 치면서 목소리는 안 닮았다고 생각했다.

여의사 쪽이 생기가 있고 귀에 쏙 들어오는 매력적인 목소리처럼 느껴졌다.

"정말이네요. 깜짝 놀랐어요. 세상에는 자신과 닮은 사람이 셋 있다지만 설마 환자분 중에 있을 줄은 생각지도 못했어요."

여의사는 지에가 기입한 파란 문진용지를 쓰윽 훑어보며 "제 쪽이 훨씬 나이는 많지만" 하며 웃는다. 생년월일을 확인한 모양이다.

"오늘은 검진하러 오셨네요. 부인과는 처음인가요?"

"네."

"그래요. 아직 스물넷이니까. 실례지만 현재까지 성 경험은 있나요?"

"아, 결혼했어요."

무척이나 의외의 대답이었는지, 쓱쓱 펜을 놀리던 여의사 손이 한순간 멈췄다. 지에는 참지 못하고 "어쨌거나" 하고 덧붙이고 만다. 여의사는 부스럭부스럭 소리를 내며 문진용지를 바싹 가져다 대더니 고개를 크게 끄덕였다.

"정말이네. 확실히 기혼에 동그라미가 쳐져 있네. 죄송해요. 분위기가 영락없이."

만나는 상대 하나 없는 독신 여성이라 생각한 모양이다. 꽤나 심한 실언이다. 그리고 그 실언은 지에와 두 쪽으로 잘라놓은 참외처럼 닮은 자신에게 그대로 되돌아온다는 사실을 알고 있는 것일까?

지에의 시선에서 하려는 말이 전해진 모양으로 여의사는 어깨를 움츠렸다.

"나도 결혼해서 아이를 둘이나 낳았으면서. 실례 많았습니다."

우와, 지에는 마음속으로 감탄했다. 이 세상에 의사라는 자격증이 있어야만 할 수 있는 풀타임의 일을 하면서 아이도 낳고 키우는 '자신'(과 똑 닮은 여성)이 있다는 사실이 동화 속의 이야기처럼 느껴졌다.

대화가 너무 스스럼없어졌다고 생각했는지 여의사는 헛기침을 하며 얘기를 되돌렸다.

"기혼자라면 앞으로 임신이나 출산 가능성도 높을 테니 정기적으로 검진을 하는 게 좋아요."

'임신'이라는 단어에 저도 모르게 몸이 굳어진 지에를 알아차리지 못하고, 여의사는 대수롭지 않은 일처럼 확인해나간다.

"음, 최근 생리는 언제였죠? 임신했을 가능성은 없는 거죠?"

"없어요."

바로 대답하는 지에가 생리 날짜를 가르쳐주자 여의사

는 고개를 끄덕이며, 지에에게 일단 방을 나가 옆방 진찰대에 올라가라고 엄숙하게 말을 건넸다.

그 시점까지 지에는 내진內診이라는 것이 글자 그대로 가장 민감한 내부를 들여다보는 진찰이라는 걸 아직 몰랐다. 산부인과 진찰대가 저렇게나 무섭고, 수치심이 잊을 만하면 생각나고 또 생각날 정도로 역겨운 대상이라는 것도 전혀 몰랐고 상상조차 못 했다.

작은 독실로 들어간 순간 커튼 너머로 누군지도 알 수 없는 목소리가 "문에 열쇠를 걸고 속옷을 벗어주세요"라는 난이도 높은 요구를 해왔다. 옆을 보자 작은 바퀴 달린 선반이 놓여 있었다. 선반 위에는 뚜껑이 달린 휴지통과 티슈만 있을 뿐 공간이 널찍하게 남아 있었다. 이 공간에 벗은 옷을 올려놓으라는 건가. 지에는 꾸물거리며 청바지 단추에 손을 얹고는 '이거 가당찮은 곳에 왔는데' 하고 생각했다.

시간을 들여 청바지와 속옷을 벗고 후드 재킷 자락에서 삐져나온 부분을 죽을 등 살 등 위로 집어넣으며 은색 의자에 앉았다. 치과나 미용실에서 앉는 것과 비슷한 느낌의 전동의자였지만 다리를 얹는 발판이 양옆으로 크게 벌어져 있었다. 정말 불안하기 짝이 없었다. 자리에는 일회용으로 보이는 종이 시트가 깔려 있었는데 벌거벗은 엉덩이가 닿으니 차가웠다. 지에는 불안한 기분으로 주위를 둘러보았다. 간호사들이 오가는 발소리나 말소리는 들리지만 눈앞에 내려와 있는 어정쩡한 길이의 하얀 커튼 때문에 모두 발밑밖에 보이지 않았다. 시선을 옆으로 조금 옮기자 의자 옆에 설치된 모니터가 보였다. 화면은 검은 상태다. 영화라도 틀어주면 잠시 잊을 수 있을 텐데, 지에는 아쉽게 생각했다.

"준비 다 됐어요." 지에가 말을 건네자 커튼 너머의 누군가가 "네에" 하고 건성으로 대답한다. 뭔가를 조작하는 기척이 느껴지는 순간 좌석이 윙 소리를 내며 드르르 흔들리기 시작했다.

"엄마야." 저도 모르게 지른 지에의 비명은 다음 순간 "으악" 절규로 바뀌었다.

원래 툭 떨어지게 발을 올려놓았던 양쪽 발판이 등받이가 기우는 것과 동시에 위로 들리면서 지금보다 더 거리를 벌렸다. 지에의 다리는 M 자 형태로 무릎이 꺾인 채 좋든 싫든 커튼 너머로 쑥 내밀어졌다.

예상을 뛰어넘은 전개에 지에가 정신없이 입을 뻐금거리고 있는데, 경쾌한 샌들 소리가 들리고 좀 전의 여의사 목소리가 들려왔다.

"편하게 있으세요."

그게 가능해! 마음속으로 외쳤지만 입에서 나온 건 "네 에헤"라는 한숨 소리 같은 대답이었다.

"음, 조금만 더 다리를 벌려주세요. 그렇게요, 그렇게요, 힘주지 말고. 네, 좋아요. 살짝 차가울 거예요. 놀라지 마세요."

그런 말 안 해도 나도 좀처럼 안 들여다보는 부분에 슬라임 같은 감촉의 물건을 마구 처바르면 놀라지 않을 수 없잖아. 지에는 "으흐흐" 다시금 이상하게 숨을 내뱉으며 입을 악물었다. 배 위로 흔들리고 있는 커튼을 매섭게 노려본다.

이 커튼 너머에서 도대체 무슨 일이 벌어지고 있는 거야?

검진이에요, 하고 대답하면 그걸로 끝이겠지만 지에는 "들은 적 없거든" 하고 중얼거렸다. 커튼을 너무 오래 쳐다봤는지 섬유 조직 하나하나가 일어났다. 거듭해서 계속 쳐다보자 눈 안에서 빨간색과 보라색 얼룩이 보이고 머리 뒤가 저려왔다. 두통이 생기기 일보 직전임을 깨닫고 지에는 살며시 눈을 감았다. 그런데 분명히 눈을 감았을 터인데도 시야에 아직 커튼이 보였다. 어째서? 고개를 갸웃한 순간 지에의 시선은 커튼을 통과해 휙 몸을 틀어, 커튼 너머로 M 자 형태를 하고 쑥 내밀어져 있는 양발과 그 사이에 있는 걸 보고 있었다.

이건, 내 발인가? 그럼, 그걸 보고 있는 난, 누구? 여의
사? 아아, 내가 여의사였어?

지에는 혼란스러운 머리로 온 힘을 다해 생각해내려 했
다. 의사라는 직업을 목표로 여러 시험을 뚫고 진짜 의사
가 된 일. 누군가를 좋아하게 되고 상대도 나를 좋아하게
돼서 어엿하게 결혼해 그 결실로 아이도 가지게 된 일.

난 그런 식으로 내가 내 인생을 선택해왔던가? 그렇다
면 얼마나 수긍이 가는 인생일까. 지에는 너무 기쁜 나머
지 황홀해졌다.

시험을 치는 자신. 난관이라고들 하는 학교에 진학한 자
신. 좋아하는 남자에게 고백하는 자신. 사랑받는 자신. 백
의를 입고 걷는 자신. 새 생명이 태어나는 순간을 지켜보
며 격려하는 자신. 사람들이 고맙게 여기는 직업에 자긍심
을 가지는 자신. 어렴풋이 떠오르는 자신의 모습은 모두
멋있고 자신감이 넘쳤다. 제대로 살고 있는 기분이 들었다.

"까악아아아아아, 까악아아아아아."

돌연 묘한 소리가 울리며 꿈을 꾸는 듯한 황홀한 기분
의 지에를 뒤흔든다. 우는 소리 같지만 들어본 적이 없는
신비한 소리였다. 지에는 소리가 나는 곳을 찾으며 눈앞에
내던져져 있는 발과 그 사이에 벌어져 있는 검은 구멍을

응시했다.

잠시 기다리자 구멍에서 불쑥 펭귄이 얼굴을 내밀었다. 오렌지색 주둥이에 새까만 눈동자, 그리고 머리에는 아치형 머리띠 같은 하얀 무늬가 들어가 있다. 지에는 바로 우미하자마 역에서 언뜻 본 **아이**라고 짐작했다. '아는 펭귄'이라고 하는 것도 이상한 말이지만 그렇게 표현하고 싶은 친근감이 느껴졌다.

펭귄은 양발을 가지런히 맞춰 폴짝 구멍에서 뛰쳐나오자 지에 앞을 아장아장 가로질러 갔다. 귀여워, 환하게 웃으며 지에는 생각하기 시작했다.

아니? 기다려. 여의사인 난 어디서 펭귄을 본 거지? 펭귄을 본 적이 있는 나는…… 나는…… 누구였더라?

멀리서 나던 샌들 소리가 점점 가깝게 들려온다. 말소리도 들린다. 누구 목소리였더라?

"다이라 지에 님? 다이라 지에 님! 괜찮으세요?"

문득 정신을 차리자 배 위에 내려와 있던 커튼을 젖히고 여의사가 얼굴을 내밀었다.

지에는 멍하니 시선을 이리저리 돌린다. 펭귄도 발도 이미 시야에서 사라졌다. 대신 커튼, 자신과 두 쪽으로 잘라놓은 참외처럼 닮은 여의사의 얼굴, 위에만 옷을 입고 있는 자신의 몸, 삭막한 진찰대 등이 차례차례 눈에 들어오면서 현실로 돌아왔다.

맞아. 나는 나. 이 여의사와 얼굴이 닮은 것뿐인 평범한 환자다.

여의사가 턱을 치켜들며 전동 의자 왼쪽 위에 달린 모니터를 가리킨다.

"그 모니터 보여요?"

어느새 모니터 화면이 환해져 있고, 엑스레이 사진 같은 조잡한 영상이 나오고 있었다.

"네."

지에는 겨우 대답을 한다. 목이 바짝바짝 말랐다. 너무나 생소한 미지의 세계를 체험하는 바람에 의식이 날아가 백일몽에 가까운 걸 본 모양이었다.

지에 눈의 초점이 맞춰지고 시선이 모니터에 집중되는 걸 확인하자, 여의사 얼굴이 뒤로 사라지고 커튼이 쳐진다.

"이 검은 부분, 보여요?"

여의사의 말에 맞춰 몸 안의 위화감도 같이 움직인다. 아무래도 그곳에 들어 있는 물체를 비춘 영상이 모니터에 나오고 있는 모양이다.

"이게 지에 님의 오른쪽 난소예요. 덧붙이면 이쪽 검은 물체가 왼쪽 난소."

솔직히 말하면 선명하지 않아 잘 모르겠다. 하지만 여

의사가 난소라 말하니까 아마 그렇겠지, 수긍하며 지에는 "네" 하고 대답한다.

"그런데 말이지요, 여기 아래에 긴 관처럼 생긴 부분, 자궁경관이라 하는데요, 이 바로 옆에 혹이 생겼어요."

"혹? 그거 안 좋은 병인가요?"

"살짝 출혈이 빈번해지지만 일상생활에 지장은 없어요."

"단지" 하며 여의사의 목소리가 조금 낮아진다.

"임신 중엔 악영향을 주는 경우도 있어요. 가까운 시일 내에 임신을 생각하고 계신다면 이 기회에 제거하는 게 좋을지도 모르겠네요."

"제거라면…… 수술 말인가요?"

"수술이라고 하면 수술이겠지만 요컨대 그 자리에서 떼어내는 것뿐이에요. 간단해요. 입원할 필요는 없어요. 그걸로 유산 가능성이 없어지는 거면 떼어버리자는 게 제 개인적인 견해입니다만."

여의사는 그리 말한 뒤 잠시 사이를 두고 차분하게 덧붙였다.

"물론 지에 님이 지금 당장 임신을 생각하고 있지 않으면 경과를 지켜봐도 상관없어요. 그럴 경우는 꼭 정기적으로 검진을 하러 와주세요."

지에는 소리도 내지 않고 상대에게 보이지 않는 것도 잘 알면서 꾸벅꾸벅 고개를 끄덕였다. 오늘 이 자리에서 떼어 내다니 그런 선택은 도저히 할 수 없을 것 같다. 동요로 두근대는 심장을 가만히 진정시킨다.

임신해서 아이를 낳는 걸 지에는 마음 어딘가에서 당연히 여기는 구석이 있었다. 그래서 그런 거짓말을 할 수 있었다.

하지만 전혀 아니었다. 그건 하나의 기적이었다. 지에는 무의식중에 양손으로 배를 보호하는 듯이 감싸고 있었다.

"네, 검사 다 마쳤습니다. 진찰대에서 내려와 옷을 입어주세요."

여의사의 이 말로 지에는 겨우 진찰대에서 해방됐지만, 자신에게 임신이나 출산이 정기적인 검진이나 수술을 해야만 성립되는 불안한 미래라는 걸 알게 된 충격은, 뱃멀미처럼 좀처럼 가시지 않았다.

병원을 나오자 이미 점심시간이 훌쩍 지나 있었다.

지에는 "식욕이 없다"고 털어놓았지만, 미치로가 "그래도 먹어야지" 하고 우겨대는 통에 결국 역 빌딩에 있는 카페 레스토랑으로 억지로 끌려 들어갔다.

페인트 붓 자국이 눈에 띄는 하얀 벽에 둘러싸인 실내엔

가스펠풍의 크리스마스 메들리가 은은하게 흘러나왔고, 유럽식 앤티크 가구를 흉내 낸 색감의 테이블 세트가 쭉 놓여 있었다. 테이블 위에는 식탁 매트 대신 프랑스어 신문과 먼지투성이의 데이지 조화를 꽂은 작은 유리컵이 놓여 있다.

지에와 미치로는 체중을 옮겨 실을 때마다 덜컹덜컹 흔들리는 나무 의자에 마주 앉았다. 미치로는 메뉴판을 펼치자마자 "햄버그스테이크 세트로 할게" 하고 바로 결정한다. 다시금 훌훌 메뉴판을 넘기며 지에를 본다.

"지에는 샐러드볼 세트 같은 게 좋지 않겠어? 가볍게 먹을 수 있고 영양 섭취도 되고."

"네? 아, 네."

"식욕이 없어도 먹어야지. 지에는 이제 더 이상 홑몸이 아니니까."

"……알겠어요."

"좋아, 결정했어."

미치로는 지에가 보던 메뉴판을 뺏어 들자 마침 지나가던 여종업원에게 돌려주며 내친 김에 주문도 해버린다.

여종업원이 겨드랑이에 끼우고 사라진 메뉴판을 눈으로 좇으며, 지에는 미치로와 사귀기 시작한 뒤부터 지금까지 스스로 거의 아무것도 선택한 적이 없다는 걸 깨닫는다.

식사 메뉴도 방 가구도 이사할 곳도 심지어 결혼할지 말지
조차 미치로가 결정해주었다. 지에는 그저 고개를 끄덕이
며 장단 맞춰 따라왔을 뿐이다.

미치로가 "아이를 갖고 싶어"라고 하면 가지면 되지. 거
짓말을 현실로 만들어 아무 일도 없었다는 듯이 아이를 낳
아버리자. 그런 인생도 아마 나쁘지 않을 거야. 미치로가
가리키는 길을 걸어가면 되는 거야. 지에는 미치로가 자신
의 거짓말을 믿어버린 날부터 어렴풋이 그렇게 마음먹고
있었다는 걸 지금 깨닫는다.

그래서 오늘 검진에서 혹이 발견됐을 때, 허를 찔린 것
처럼 동요했던 거라는 생각이 들었다.

자신과 똑 닮은 여의사 얼굴이 떠올랐다. 그녀와 내 인
생은 전혀 다를 테지. 지에는 진찰대 위에서 의식이 날아
간 사이에 느낀 여의사로 살아가는 충만함을 떠올리며 그
게 백일몽이나 망상 같은 거라는 걸 알면서도 부러웠다.

나도 저렇게 자기 힘으로 살아가는 게 가능할까? 하고
자문하자, '이젠 무리지' 하며 코웃음을 치는 자신의 목소
리와는 반대로 '포기하지 말고'라는 투명한 남자의 목소리
가 되돌아온다.

이 목소리, 그 사람 목소리잖아. 그날 분명히 말해줬잖
아, 포기하지 말라고. 지에는 이런 사소한 대화를 자신이

잊지 않고 있다는 게 놀라웠다. 실은 꽤 마음속으로 의지하고 있었는지도 모르겠다.

"지에." 이름 부르는 소리가 들려 고개를 들자, 미치로가 고슴도치 같은 머리를 매만지며 고개를 갸우뚱하고 있었다. 안경 너머로 보이는 눈이 정신없이 깜빡였다.

"어디 몸이 안 좋아? 병원에서 뭐 안 좋은 소리 들었어?"

지에는 말문이 막혔다. 마지막 기회라 생각했다. 임신은 거짓말이라 고백하고 사과할 거면 지금밖에 없다.

"저기 말이에요."

죄송해요. 저 임신 안 했어요. 그런데도 미치로 씨는 절……

하고 싶은 뒷얘기를 머릿속으로 짜 맞추고 있는 사이 입이 제멋대로 움직인다.

"퀴즈 하나 낼게요."

"뭐?"

미치로가 놀란다. 당연히 놀라겠지. 나도 놀랐거든. 내가 대체 무슨 말을 꺼낸 거야?

"다음 셋 중 진실은 하나뿐이에요. 그게 뭘까요?

첫째, 평일 6시부터 시작하는 알뜰살뜰 두근두근 세일은 30퍼센트가 기본이다.

둘째, 나는 임신했다.

셋째, 역에 사는 펭귄이 있다."

지에가 문항 세 개를 다 말하자마자 두 사람의 요리가 나왔다. 자글자글 끓는 철판 위에서 타닥타닥 튀어 오르는 소스를 피하면서 미치로는 바로 햄버그스테이크를 나이프로 자른다.

"저기 미치로 씨, 빨리 대답해요. 진실은 뭘까요?"

"뭐야, 그게. 그런 시시한 퀴즈를 생각하고 있었어? 나는 몸이라도 불편한가 싶어 진짜로 걱정했더니만."

미치로는 얼굴을 잔뜩 찌푸리며 언짢은 기색이다. 먹기 좋은 크기로 자른 햄버그스테이크를 입 안에 쑤셔 넣고는 뜨거워 하아 하아 숨을 내뱉으며 귀찮은 듯이 말했다.

"애초 그거 퀴즈가 성립 안 되잖아. 정답은 '둘째, 나는 임신했다'로 정해져 있으니까."

"첫 번째 문항의 어디가 틀렸다는 거예요?"

"할인율이 틀렸어. 20퍼센트잖아?"

"과연!"

"자기가 다니는 회사 일인데 모를 리 있나. 게다가 틀린 곳은 또 있어."

"네?"

"우리 회사의 평일 세일 명칭은 '두근두근 세일'이 아니라 '콩닥콩닥 세일'이야. 몇 번을 말해도 지에는 까먹지만."

"……죄송해요."

드레싱 맛이 거의 느껴지지 않는 샐러드를 우걱우걱 먹으며 지에는 풀을 뜯는 토끼라도 된 것 같은 기분이 든다.

미치로는 세 입 만에 다 먹어치운 햄버그스테이크가 있던 접시를 아쉬운 듯이 바라보며 곁들여 나온 감자를 포크로 찔렀다.

"세 번째 문항, 역에 사는 펭귄은 어차피 애니메이션이나 뭐 그런 거잖아."

난 대체 뭘 하고 싶은 걸까? 하고 생각하면서 지에는 샐러드를 우걱우걱 계속 먹는다.

지에의 샐러드볼이 비워지는 걸 본 미치로가 계산서를 집었다.

"그럼 돌아갈까."

다음은 이쪽으로 오세요, 하며 다시 눈앞에 바둑판무늬의 돌길이 놓이는 기분이 들었다. 그 돌길만 밟고 걸어가면 풍파도 일지 않을 것이며, 지에는 보호를 받고 미치로는 만족할 것이다.

자리에서 일어나 계산대로 가는 미치로의 뒤를 쫓아 지에도 일어난다. 아랫배에 아직 위화감이 남아 있었다. 순간적으로 배를 보호하려는 듯이 두 손을 갖다 댄다.

그 자세로 한 발 한 발 천천히 계산대 앞까지 온 지에를 보고 미치로는 의아한 듯이 안경을 밀어 올렸다.

"무슨 일이야? 왜 펭귄처럼 걷고 있어?"

지에의 뇌리에 구멍에서 튀어나오는 펭귄의 이미지가 떠오른다. 상상 속의 펭귄은 아장아장 걸어와 고개를 갸웃하며 새까만 눈으로 지에를 보았다.

거기 놓인 돌길로 달려가는 거야? 누군가가 놓아둔 돌길을 또 선택하는 거야? 하고 묻는 듯했다. 지에는 초조해져 입을 열었다.

"나, 물건을 잃어버렸어요."

"뭐? 자리에서? 아니면 병원?"

"전철 안에서."

만 엔짜리 지폐를 주고 돌려받은 거스름돈을 챙기느라 정신이 없는 미치로에게 지에는 계속 말했다.

"나 분실물을 찾으러 가야 해요. 미치로 씨, 같이 가줄래요?"

"오늘 지금 당장?"

영수증까지 꼼꼼히 지갑에 넣고 나서 미치로는 눈살을 찌푸렸다.

"네. 오늘. 지금 당장. 시간 있잖아요?"

"뭐, 유급휴가를 냈으니까."

미치로는 마지못해 고개를 끄덕이며 수상쩍은 듯이 지

에를 봤다. 지에는 미치로와 시선을 마주치지 않은 채 가게를 나와 역 빌딩 에스컬레이터를 계단처럼 걸어 내려갔다.

눈앞에 놓인 돌길을 일부러 들어 올려 엉뚱한 방향으로 냅다 내던진 기분이 들어 지에는 그저 불안하고 진정이 되지 않았다.

20일 만에 내려선 우미하자마 역은 여전히 사람의 모습이 보이지 않았다. 플랫폼 바로 아래로 펼쳐진 납빛 바다에서 휘몰아쳐오는 바람은 차갑고 따가웠다. 지에는 도움을 청하기라도 하듯 구름과 구분이 되지 않는 엷은 크림색 하늘을 올려다봤지만, 태양이 얼굴을 내밀 기색은 없었다.

"정말로 이런 역에 분실물센터가 있는 거야?"

미치로가 안경을 밀어 올리며 의심스러운 듯이 묻는다. 지선으로 갈아타기 위해 사방이 뻥 뚫린 역에서 바람을 그대로 맞으며 20분을 기다리다, 차량이 달랑 세 개뿐인데도 좌석은 온통 비어 있는 흔들리는 전철에 몸을 맡기고 온 것이다. 터무니없이 외진 촌구석으로 왔다고 여겨도 어쩔 수 없는 노릇이다. 지에는 꾸벅 고개를 끄덕이며, 멀리는 공업단지 가까이엔 바다가 펼쳐지는 비경을 실컷 감상할 수 있는 플랫폼을 앞장서서 걸어가기 시작했다.

플랫폼에서 계단을 내려와 개표구를 빠져나와 대합실로

나온다. 백열등의 부드러운 불빛이 가득한 공간은 천장도 벽도 바닥도 모두 목재 패널로 된 산막 휴게소 같은 구조라 역이라 부르기에는 다소 위화감이 있었지만, 미치로는 마음에 든 듯했다. 흥미진진한 표정으로 안경 귀걸이를 잡고 벽에 얼굴을 바짝 갖다 댄다.

"천연 목재인데. 오크인가?"

"네? 아아, 그렇네요."

지에는 건성으로 대답하며 "잠시 죄송해요" 하더니 미치로가 서 있는 바로 옆의 벽을 노크한다.

"지에, 뭐 하는 거야?"

이건 말이지요, 지에가 설명하기도 전에 벽 안쪽에서 "네" 하는 소리가 들렸다. 동시에 미치로의 눈앞에서 벽이 미닫이문처럼 옆으로 스르르 열리면서 분실물센터의 사무실이 모습을 드러냈다.

지에가 미치로를 몰래 살펴보니 놀라 소리도 못 지르는 눈치다.

한편 문을 열어준 분실물센터 직원 소헤이는 일전과 마찬가지로 느긋한 분위기를 풍기고 있었다. 이발을 하고 왔는지 앞머리가 짧아져 동그란 눈이 또렷하게 보였다. 머리의 붉은 기도 살짝 짙어졌다.

소헤이는 지에와 미치로를 안으로 안내하며 자신은 접

수대 너머로 돌아 들어가면서 차분하게 말했다.

"포기하지 않고 와주셨네요, 다이라 지에 님."

소헤이가 자신의 이름까지 기억하고 있어 지에는 놀란다. 또 다른 다이라인 남편 미치로가 의아해하며 작은 소리로 물었다.

"어떻게 된 거야, 지에?"

"얼마 전에 같은 분실물을 찾으러 왔었어요. 그때는 못 찾았지만."

지에가 대답하는 사이 소헤이는 컴퓨터 책상 서랍에서 열쇠 꾸러미를 꺼내며 고개를 갸우뚱한다.

"찾고 계신 건 분바쿠도 포장지에 싼 물건, 인 게 틀림없나요?"

지에가 고개를 끄덕이는 걸 기다리다 소헤이는 사무실의 반을 채우고 있는, 크기가 제각기인 로커들 중에서 옆으로 긴 타입의 로커 앞에 서서 문을 연다. 그리고 그곳에서 꺼낸 물건을 소중한 듯이 감싸 쥐며 다시 접수대로 돌아왔다.

"마침 어제 막 도착해서 연락드리려고 마음먹고 있었어요. 자, 확인해주세요."

정말로 찾았어. 지에는 믿기지 않아 접수대 위에 놓인 물건에 손을 내민다.

크기 하며 감촉 하며 자신의 분실물이 틀림없다고 지에

는 말했지만 "일단 안을 확인해주시겠어요?" 하며 소혜이가 말하는 바람에 마지못해 테이프를 벗기고 포장지가 찢어지지 않도록 조심하면서 틈 사이로 안을 들여다본다.

"뭐야, 그거?" 미치로의 질문은 흘려 넘기고 소혜이에게 대답한다.

"틀림없어요. 제가 산 물건이에요."

"분실물은 돌려드릴까요? 아니면 맡아둘까요?"

지에는 "돌려주세요" 하고 바로 대답한다. 분실물을 일부러 찾으러 와놓고선 '맡아주세요' 하고 말하는 승객이 있을라고? 하며 의문스럽게 생각한다.

소혜이는 빨간 머리를 찰랑찰랑 흔들며 고개를 끄덕이더니 서류 선반에서 꺼낸 종이 한 장을 접수대에 놓고 제복 가슴 주머니에 꽂고 있던 볼펜을 살며시 옆에 놓았다.

"그럼, 이쪽 수령증에 기입과 날인을 부탁합니다."

지에는 필요 사항을 다 적은 뒤 토드백 안에 던져 넣어둔 필통에서 스탬프 타입의 간이 인감을 꺼내 찍는다. 그러고는 탁 움직임을 멈춘다.

"왜 그러세요?"

"저기, 그러고 보니 여기에 신고해야 할 물건도 있어서."

조금 전부터 옆에서 미치로가 말참견을 하고 싶어 하는 기색이 느껴졌지만 지에는 완고하게 소혜이 얼굴만 쳐다보며 말했다. 거짓말을 하지 않고 말을 끝내려고 필사적이었다.

소헤이는 지에의 얼굴을 다시 보며 천진난만하게 벌쭉 웃었다.

"분실물을 주워주신 거예요? 고맙습니다."

그 미소에 힘입어 지에는 더플코트 주머니에 줄곧 넣어뒀던 임산부 마크가 달린 체인 홀더를 꺼내 접수대 위에 놓는다.

"일전에 이곳에 왔던 12월 1일에 전철 안에서 주웠어요. 다른 사람 분실물이에요. 늦게 신고해서 죄송해요."

꾸벅 고개를 숙이는 지에에게로 미치로가 옆에서 바싹 다가선다.

"뭐라고. 지에, 어떻게 된 거야? 이 임산부 마크, 지에 것 아냐?"

어쩌지? 말해야 돼. 제대로 말해야 돼. 싫어해도 제대로.

아래만 쳐다보고 있는 지에의 이마에서 식은땀이 비 오듯 솟는 순간, "까아아아아, 까악" 커다란 울음소리를 내며 접수대 아래를 빠져나온 물체가 있었다.

"펭귄?"

미치로가 비명에 가까운 소리를 지른다. "어째서 역에?" 하고 중얼거린 뒤 말을 잇지 못한다.

펭귄은 그런 미치로 앞을 그대로 지나치더니 두툼한 발로 리놀륨 바닥을 자박자박 힘껏 내디디며 지에 곁으로 뒤뚱뒤뚱 걸어온다. 뒤뚱댈 때마다 플리퍼를 사뿐히 들어 올려 균형을 잡았다.

눈앞까지 온 펭귄이 오렌지색 주둥이 끝으로 배를 가리키자 지에는 등을 곧추세운다.

말해야 돼, 지금.

"미치로 씨, 알았어요?"

"응?"

"제 퀴즈의 정답은 세 번째 문항 '역에 사는 펭귄이 있다'였어요."

"뭐?"

"두 번째 문항 '난 임신했다'는 오답. 진실이 아니에요."

지에는 미치로의 얼굴을 차마 보지 못하고 빠른 어조로 말한다. 어깨에서 흘러내린 토드백도 내친 김에 다시 걸어 멘다.

"내 배에 아기는 없어요. 죄송해요. 미치로 씨가 너무 기뻐해서 '임신은 오해예요'라고 말하지 못했어요. 거짓말을 해서 정말 죄송해요."

미치로는 미동조차 하지 않았다. 긴 침묵이 흐른 뒤 "그랬구나" 하고 작게 중얼거리며 뭔가 말을 하려 했지만 채

236

잇지 못하고 다시 입을 다물었다.

"아." 소리를 지른 건 소헤이였다. 소헤이의 입에서 새어 나온 입김에 이끌려 지에가 얼굴을 들자 미치로는 발길을 돌리던 중이었다.

"미치로 씨!"

지에의 소리에 등을 부들부들 떨더니 미치로는 내달리기 시작했다. 마치 폐기물을 불법 투척 하다 들킨 사람 같다는 생각을 하다, 지에는 돌연 몸을 움직일 수가 없었다. 버려진 건 자신이라는 걸 깨달았기 때문이다. 지에는 그저 멍하니 그를 보낼 수밖에 없었다.

소헤이는 아무 말도 하지 않았다. 갑자기 부부가 옥신각신하는 걸 눈앞에서 봤는데도 특별히 동요하는 기색은 없었고, 호기심에 못 이겨 지에에게 뭔가 묻거나 비위를 맞추려고 웃어 보이는 기색도 보이지 않았다. 완전히 숨을 죽이고 있는 소헤이와 어쩌면 좋을지 몰라 우두커니 서 있는 지에 주위를 펭귄이 아장아장 걸어 다녔다. 자박자박 나는 발소리가 시곗바늘 소리처럼 규칙적으로 울려대는 바람에 방 안에 가득했던 비장감을 좋은 의미로 허물어주었다.

얼마나 시간이 지났는지, 비릿한 냄새가 나서 지에는 순간적으로 코를 막았다. 냄새가 나는 곳을 찾아 얼굴을 돌

리자, 접수대 너머에서 소헤이가 어느새 제복 위에 고무로
된 앞치마와 고무장갑을 끼고 작은 물고기가 담긴 양동이
를 들고 서 있었다. 철도회사 직원보다 생선 가게에서 일
하는 사람 같은 차림이다.

"죄송해요. 펭귄이 밥 먹을 시간이라……"

소헤이가 말을 끝내기도 전에 펭귄이 플리퍼를 펼치며
자박자박 다가왔다. 주둥이를 위로 들어 벌리며 조르듯이
울기 시작했다.

소헤이는 침착하게 작은 물고기의 꼬리를 잡아 펭귄이
벌리고 있는 입 안으로 툭 떨어뜨렸다. 매끈한 검은 목이
불룩 튀어나왔다 다시 쪼그라든다. 펭귄은 눈을 크게 뜨고
멍한 얼굴로 다음 생선을 달라고 졸라댄다.

그런 동작이 반복되더니 순식간에 양동이 안의 작은 물
고기가 동이 났다.

"자, 끝."

소헤이는 텅 빈 양동이를 펭귄에게 내보이며 헤실헤실
웃었다. 그리고 생각난 듯이 지에를 본다.

"아, 잠시만 기다려주세요."

펭귄과 빨간 머리 철도회사 직원이 엮어내는 너무도 느
슨한 공기에 지에 몸에 남아 있던 힘이 스르르 빠져나간
다. 덕분에 간신히 제대로 숨을 쉴 수 있었던 것 같다.

앞치마와 장갑을 벗고 다시 철도회사 직원다운 차림으로 돌아온 소헤이는 임산부 마크가 달린 체인 홀더를 가장 작은 로커에 넣었다.

그 길로 컴퓨터로 가더니 지에가 주운 시간과 날짜, 차량 위치 등을 물으며 키보드를 두드렸다. 이윽고 얼굴을 들더니 방긋 웃었다. 작은 치아가 보이자 얼굴이 한층 더 앳돼 보였다.

"지에 님이 신고하신 분실물, 확실히 등록해뒀어요. 잃어버린 분이 빨리 찾으러 오면 좋겠네요."

지에는 그날 만났던 남자아이와 엄마를 떠올리며, "그렇네요" 하고 고개를 끄덕인다. 소헤이는 로커의 열쇠 꾸러미를 컴퓨터 책상 서랍에 도로 넣으며 지에를 돌아보았다.

"그런데, 지에 님. 또 다른 분실물은 어떻게 하실 건가요?"

"또 다른?"

"네, 바로 조금 전에 잃어버리신 것 말입니다."

말을 하며 소헤이가 지에 뒤를 쓱 쳐다보았다. 돌아보지 않아도 지에는 그곳에 미닫이문이 있는 걸 잘 알고 있었다. 지에는 소헤이가 말한 '분실물'이 뭔지 깨달았다.

"역시 잃어버린 걸까요, 저?"

지에의 가냘프고 불안한 목소리를 감싸듯이 소헤이가

투명한 목소리로 말을 잇는다.

"잃어버리셨네요."

"어쩌면 좋죠?"

"어떻게 할까요."

그리 말하며 고개를 움츠리던 소헤이는 지에의 눈을 보며 천천히 말했다.

"분실물을 찾는 고객님에게 협력하는 것도 분실물센터 직원의 업무 중 하나지요. 다만 분실물을 찾을지 말지 결정하는 건 역시 고객님 본인이 아닐까 싶네요."

"맞아…… 요."

지에는 배 위로 주먹을 꽉 움켜쥐었다.

내가 결정할 수 있을까? 불안이 밀려든다. 항상 아무것도 결정하지 않았다. 선택지 앞에 서는 것조차 피해왔다. 누군가가 적당한 미래를 내 손에 건네주길 항상 멍하니 기다렸다.

왜 난 선택하지 못할까?

마음에 콕 박히는 가시를 느끼며 지에는 괴로운 듯 천장을 올려다본다. 그러던 중 시야에 들어온 소헤이의 산뜻한 빨간 머리에 눈을 빼앗겼다.

지에의 시선을 느꼈는지, 접수대 위에서 검은 표지의 대형 노트를 펼치며 뭔가 기입하고 있던 소헤이가 수줍어하며 머리를 매만진다.

"머리 색깔 예쁘네요."

"고맙습니다. 하지만 저기, 제 머리가 아니에요. 염색했어요……"

그런 건 알고 있다. 지에는 단숨에 맥이 풀리면서 참다못해 웃음을 터뜨렸다. 이 분실물센터는 왜 이토록 절묘한 재미를 주는 걸까.

지에는 접수대에 팔꿈치를 대고 소혜이에게 말을 건넸다.

"하지만 그 머리 색 용케 회사가 허락해줬네요."

"아, 그런가? 허락해주고 있는 건가?"

소혜이는 오리 주둥이처럼 입을 툭 내밀어 헤실헤실 웃으면서 스스럼없는 말투로 미덥지 못한 말을 입에 올렸다. 젊은데도 지선의 종점, 그것도 무인역에서 분실물센터 직원 같은 걸 하는 것을 보면, 어쩌면 정리해고 일보 직전의 조치일지도 모르겠다는 생각이 들어 지에는 갑자기 걱정이 되었다. 다른 사람 걱정하고 있을 때가 아닌데도 불구하고.

소혜이는 볼펜을 든 손을 멈추고 대수롭지 않은 일처럼 말했다.

"저는 10대 때, 머리가 없는 시기가 몇 년 있어서 가발을 즐겨 썼어요."

뭐? 머리? 느닷없고 게다가 너무 뜻밖인 화제에 제대로
대응을 못 하는 지에를 내버려두고, 소혜이는 담담하게 말
을 이었다.

"하지만 내 머리 모양은 특이해서 그다지 어울리는 가
발이 없었어요. 이것저것 다 써봤는데 유일하게 잘 맞는
게 빨간 가발로. 아, 잘 맞는다는 건 색깔이 아니라 머리 모
양을 말하는 거예요. 빨간 머리는 처음엔 엄청 저항감이
있었어요."

소혜이는 엄지로 입술을 문지르듯이 만지며 "후후" 웃
었다.

"뭐, 우스운 일이라도 있어요?" 지에는 저도 모르게 물
었다.

"네, 우스운 일이 있어요. 왜냐면 저는 줄곧 불만이었거
든요. 왜 빨간 가발밖에 없었을까 하고. 이렇게나 눈에 띄
는 데다 어울리지도 않고 진짜 싫거든, 하면서요."

10대였을 때가 떠올랐는지, 소혜이는 아련히 먼 곳을 바
라보았다. 이목구비가 앳돼 갓 대학을 졸업한 나이대로 생
각했지만 실은 지에보다 나이가 많을지도 모르겠다. 지에
는 미끈한 소혜이의 얼굴을 보며 몇 살인지 맞혀보려 했지
만 역시 대학생 정도로밖에 보이지 않았다.

펭귄이 지에 옆으로 걸어왔다. 쭉쭉 몸을 밀어붙인 끝에 접수대와 지에의 발 사이에 공간을 발견하고는 쏙 들어가 눈을 감는다.

그런 펭귄을 사랑스럽다는 듯이 내려다보던 소헤이가 불쑥 말했다.

"하지만 어느 날 깨달았어요. 빨간 가발을 선택한 건 다른 누구도 아닌 나 자신이 아닌가 하고."

"자신……"

"맞아요."

소헤이는 얇은 입술을 삐죽삐죽 내밀어가면서 열띠게 말한다.

"빨간색이 도저히 싫으면 다른 가발을 선택하면 되는데 전 빨간 가발을 선택했어요. 머리 모양에 맞는 게 그것밖에 없었다는 얘기는 핑계예요. 빨간 머리가 정말 싫었다면 조금 머리 모양에 안 맞더라도 다른 가발을 선택하면 됐으니까요. 제가 선택한 거예요, 틀림없이. 빨간 가발이 좋다고, 자신이 결정한 거예요."

"떠밀린 것 같지만 실은 자신이 결정했다……"

"맞아요. 그 증거로, 자, 봐요, 전 지금도 내 머리를 염색해서 빨간 머리로 만들었어요. 결국 좋아했던 거예요."

소헤이는 헤실헤실 웃으며, 접수대 너머로 몸을 쑥 구부

린다. 머리 밑까지 염색된 예쁜 빨간 머리가 지에 쪽에서
도 잘 보였다.

소헤이가 원래 자세로 돌아가는 걸 기다리면서 지에는
접수대에 줄곧 올려둔 분바쿠도 포장지를 살며시 쓰다듬
었다.

"이거, 감사했어요."

"아니에요, 아니에요."

"그리고 또 다른 분실물 말인데요⋯⋯"

"어떻게 하실 건가요?" 소헤이의 얼굴이 진지해진다. 지
에도 굴하지 않고 진지한 얼굴로 말했다.

"찾고 싶어요."

거짓말이 아니다. 다른 사람 눈치를 보거나 두렵거나 빌
붙으려는 게 아니다. 전혀 거짓이 없는 지에 자신의 진심
이었다. 그 말을 듣자 소헤이는 빨간 머리를 흔들며 "협력
할게요" 하며 싱긋 웃었다.

"지에 님의 남편분이 가신 방향을 보면 아마 밖으로 나
간 거겠죠."

"밖⋯⋯"

"안심하세요. 우미하자마는 후지사키 전기라는 기업의
부지에 있는 특수한 역이에요. 그러니까 후지사키 전기 사
원 이외에는 개표구를 나온 뒤 자유롭게 돌아다닐 수 있는

장소는 한 곳밖에 없어요."

지에는 개표구 밖 안내판에 적혀 있던 우미하자마 역의 역사를 떠올리며 고개를 끄덕였다.

"임해 공원이군요?"

"정답. 서둘러요."

힘차게 나가려는 소헤이 뒤로 펭귄이 높고 날카로운 소리로 울었다. 동시에 부웅 힘찬 소리가 들리고 조금 전의 생선 비린내와는 다른 강렬한 냄새가 풍겨왔다.

"아……"

소헤이는 망했다는 듯이 정말 처량한 얼굴로 지에를 보았다.

"왜 그러세요?" 돌아보며 지에도 상황을 짐작했다.

"……아아, 실례를 해버렸군요?"

"네, 식사와 배설은 떼려야 뗄 수 없는 관계라서. 펭귄은 배변 훈련이 안 되는 동물이라 어쩔 수 없어요."

소헤이는 담담하게 말하며 리놀륨 바닥에 어지럽게 널려 있는 배설물을 처리하려 양동이와 바닥 솔을 척척 준비하기 시작했다.

"일이 이렇게 돼서 죄송해요. 지에 님, 먼저 가세요."

지에는 불안했지만, 다시 고무로 된 앞치마와 고무장갑을 끼고 바닥 솔로 죽을 둥 살 둥 바닥을 문지르기 시작한

소헤이와 그런 소헤이를 고개를 갸우뚱하며 지켜보는 펭
귄의 새까만 등을 보고 있자니 '내가 정신을 차려야지' 하
는 기분이 생겨났다.

어쩔 수 없어요. 자기 인생이니까, 자기 힘으로 걸어가
야 해요.

지에는 마음속으로 소헤이의 말투를 흉내 내 말하며 혼
자서 미닫이문을 스르르 열고 밖으로 나갔다.

역을 나오자 바로 앞에 커다란 공장이 있었다. 여기가
철도역 하나를 세울 정도의 대기업 후지사키 전기인가. 지
에가 멈춰 서서 바라보고 있는데, 정문 앞에 꼿꼿이 서 있
는 남자 경비원이 흠흠 하고 짐짓 헛기침을 했다.

꽤나 눈에 띄는 경비원이다. 지에는 무심코 그만 말똥말
똥 쳐다보고 만다. 우선 키가 크다. 그리고 머리가 크다. 얼
굴이나 머리통이 큰 게 아니라 사자머리 파마가 필요 이상
으로 부풀려져 있다. 저 무서운 얼굴에는 경비원 제복보다
재킷 칼라가 크고 바지통이 넓은 복고풍 양복이 어울릴 것
같다.

규칙상 말하는 게 금지돼 있는지, 아님 무척 말수가 적
은지, 사자머리 경비원은 입을 한일자로 굳게 다문 채 턱
을 치켜들었다. 그 턱이 가리키는 방향을 보면서 지에는

물어봤다.

"30대 초반 정도 되는 남자가 공원으로 가던가요?"

꾸벅꾸벅 끄덕이는 모습만 묘하게 귀엽다.

"임해 공원은 이쪽이지요?"

꾸벅꾸벅. 남자는 턱을 힘껏 치켜들어 보였다. '맞아, 그쪽'이라 말하는 듯이.

"고맙습니다" 하며 지에는 가볍게 고개를 숙이고는 공원으로 서둘러 갔다.

후지사키 전기의 사원도 아니면서 특별히 우미하자마 역 개표구를 나와보고 싶어 하는 사람들을 위해 만든 공원은 넓은 산책로라 하는 게 떠올리기가 용이한 곳이었다. 넓지 않은 대신 길었다. 경기장에서 쓰는 것 같은 빨간 우레탄 바닥 길은 걷기 편했다. 산책로 양옆에는 말끔하게 단장된 장미나 동백 같은 키 작은 나무가 쭉 늘어서 있고, 길 중간에는 겨울인데도 형형색색의 꽃들이 피어 있는 화단이 있었다. 게다가 적당히 거리를 두고 나무 벤치와 스툴, 철봉 같은 운동기구, 통나무나 밧줄로 만든 어린이용 체력 단련 시설 같은 것도 놓여 있어 느긋하게 앉아 쉴 수도 놀 수도 있게 돼 있었다.

한 시간에 한두 차례만 운행되는 전철을 기다리는 승객에 맞춰 철저하게 특화된 공원이잖아, 지에는 감탄을 연발하며 점점 앞으로 나아가다 막다른 곳까지 와버렸다.

딱 바다에 면해 있는 튀어나온 육지의 끝인 그곳은 주위에 하얀 울타리가 쳐져 있고 안에는 잔디가 심어져 있는데다 하얀 아치형 입구까지 딸려 있어 가든 결혼식을 해도 무방할 것 같은 넓은 장소였다.

주위를 빙 둘러보고 있는데 하얀 울타리에 기대고 있는 미치로의 뒷모습이 눈에 확 들어왔다.

지에는 무심코 발소리를 죽이며 다가갔다. 큰 소리로 불렀다가 깜짝 놀랄까 봐 망설여졌던 것이다. 그래서 거의 뒤에 다 와서야 "저기" 하며 어깨를 쳤다.

미치로는 파박 벼락을 맞은 것처럼 등을 젖히더니 조심조심 돌아본다.

"지에구나…… 겁주지 마."

"아, 죄송해요."

지에는 사과하면서 미치로가 울고 있지도, 침울해하지도, 화내지도 않는 모습에 마음이 놓였다. 일단은 면죄부를 받은 것 같아 미치로와 나란히 서서는 미치로처럼 하얀 울타리에 기대 바다를 바라보았다.

뭐부터 얘기하면 좋을까? 제대로 설명할 수 있을까? 지에가 생각에 잠겨 있자, 미치로가 울타리에서 몸을 일으키는 기척이 느껴졌다. 아마 미치로는 예의 그 책임감 때문에 자신이 얘기를 이끌려 마음먹고 있는 것이다. 지에가 다시 편한 길을 갈 수 있게 해주려는 것이다. 그건 안 돼. 지에는 서둘러 입을 열었다.

"나, 미치로 씨에게 사과하러 왔어요."

미치로가 몸을 돌려 뭔가 얘기를 꺼냈지만 지에가 "죄송해요" 하고 가로막자, 어찌할 바를 모르겠다는 듯이 어깨를 으쓱한다.

"그 '죄송해요'는 어떤 '죄송함'이야? 지에가 나한테 거짓말을 한 거?"

지에가 잠자코 고개를 끄덕이자 미치로는 "하하하" 냉소적인 미소를 흘렸다.

"그럼, 나도 사과해야지. 나도 지에한테 거짓말했어."

지에는 한순간 미치로가 뭘 얘기하는지 몰라 천천히 눈을 깜빡거렸다. 공교롭게도 둘이서 정확히 똑같은 타이밍에 안경을 밀어 올렸다.

안경 너머로 보이는 미치로의 눈은 여태껏 본 적이 없을 만큼 어두웠다. 그 눈으로 지에의 평평한 배를 공허하게 바라보며 지친 표정을 지었다.

"나, 사실은…… 아무리 해도…… 아이를 갖고 싶다는 생각이 안 들었어. 미안해."

"네?"

"내 아이는 반드시 귀여울 거다. 아이를 키워야만 겨우 제구실을 하는 어른이 될 수 있다. 부부 사이엔 아이가 있어야만 가족이다. 그게 가정이라는 거다. 따뜻한 가정이 있어야만 인생에 의미가 생긴다…… 난 줄곧 그렇게 생각해왔기 때문에 임신이 가능한 기혼자는 모름지기 아이를 가져야 한다고 여겼어. 아니, 그렇다기보단, 피치 못할 사정이 있는 것도 아니면서 아이를 갖지 않는 부부의 마음을 알지 못했어."

미치로는 주먹으로 입술을 누르며 한참 생각에 잠겼지만 결심한 듯이 단숨에 말한다.

"그런데 난 어땠지? 지에한테 '임신했다'는 소리를 듣고 '해냈구나' 하고 기뻐한 건 처음 이틀 정도였어. 그러다 바로 난감해졌지. 내가 아버지가 되는 게. 지에가 엄마가 되는 게. 집에서 아이 소리가 들리는 게. 이것도 저것도 모두 믿기지 않았고 이것도 저것도 모두…… 싫었어. 그렇게 생각하는 자신이 믿기지 않고 용서가 안 됐어."

지에는 눈을 감았다. '지에는 더 이상 홀몸이 아니니까'라고 번번이 말하던 미치로의 눈 속에 있었던 건 공포였나. 바지런하게 지에를 도와줬던 건 죄의식에서 비롯된 거였나.

"지에?"

미치로가 흠칫 놀라는 바람에 지에는 자신이 눈물을 흘리고 있다는 걸 깨달았다. 눈물은 지에의 감정은 아랑곳하지 않고 계속해서 흘러내렸다.

난 슬픈 건가? 분한 건가? 어째서?

그 대답을 찾기 위해서는 자기 자신에게 줄곧 해온 거짓말을 알아내는 것부터 해야 한다.

지에는 눈물을 닦으며 조용히 물었다.

"그건…… 내 아이라서 그런 거 아닐까요? 만약 이상적인 아내 사이에서 생긴 아이였다면 미치로 씨는 좀 더 수월하게 아버지가 될 수 있었던 거 아닐까요?"

"이상적인 아내라니……" 미치로는 말문이 막혀 안경 너머로 보이는 눈을 정신없이 움직였다. 이 사람은 변하지 않아. 언제나 표정이 얼굴에 드러나. 거짓말을 못 하는 사람이야, 지에는 애잔한 마음이 들었다.

"미안해, 잠시 생각할 시간을 줘."

미치로는 힘없이 하얀 울타리를 벗어났다. 축 팔을 늘어뜨리고 누렇게 변한 겨울 잔디를 발끝으로 차며 그대로 아치형 입구 쪽으로 걸어가기 시작했다. 미치로의 잔뜩 움츠린 등에 대고 지에는 허둥지둥 말을 건넸다.

"기다려요, 미치로 씨."

지에는 마음속에 빙 둘러쳐져 있던 거짓말이라는 이름

의 바리케이드가 부서지는 걸 느꼈다.

아, 맞아. 난 줄곧 내 마음한테 거짓말을 해왔어.

미치로가 지에와 결혼한 걸 후회하면서도 책임감이 너무 강해 결혼 생활을 계속 유지해주고 있다는 걸 사실은 훨씬 이전부터 깨닫고 있었다. 그리고 그 사실에 깊이 상처받고 있었다. 그래서 자신의 마음에게 거짓말을 했다. 나역시 별로 좋아하지 않아. 남편 따위 전혀 사랑하지 않아. 몇 번이고 몇 번이고 자신에게 타일렀다. 결혼하고 나서도 미치로를 아르바이트 시절처럼 '미치로 씨' 하고 서먹서먹하게 불렀던 것도 일부러 그랬던 거다. 마음이 기우는 걸 스스로 막았다. 연애도 결혼도 내가 선택한 게 아니야, 난 아무것도 선택할 수 없으니까 미치로를 따라가는 거라고 자신에게 타일렀다. 서툰 집안일을 서툰 채로 둔 것도 원래부터가 게으른 인간이라 그런 것도 있지만, 이별을 통보받았을 때 원인으로 삼고 싶었는지도 모른다. '여자로서 매력이 없다'라는 말을 듣는 것보다 '주부로서 낙제점'이라고 듣는 쪽이 낫다고 생각했다.

언제 이별을 통보받아도 좋을 만큼 마음의 준비를 단단히 해두었다.

근데 아니야, 하고 지에는 세차게 고개를 내저었다. 거짓말을 하고 사태가 이 지경이 되고 나서야 겨우 깨달은 게 너무 바보 같아 눈물이 났다.

난 미치로 씨를 좋아해. 언제 헤어져도 좋다고는 도저히 생각할 수 없어.

이 기분이 진실이야. 그렇지 않다면 지금 미치로가 떠나가는 뒷모습을 보는 것이 어째서 이토록 애잔하지? 설명이 안 돼.

"가지 마세요, 미치로 씨."

지에는 쫓아가다 넘어졌다. 쾅 잔디에 무릎을 찧고 꼴사납게 손까지 땅에 짚으며 네 발로 기는 꼴이 되었다. 더플코트에 누런 잔디가 달라붙었다.

미치로는 한순간 멈춰 섰지만 다시 걸어가기 시작했다.

"미치로 씨." 지에는 일어서지도 못한 채 외쳤다. 목구멍이 찌릿찌릿 저려와 뜨거웠다.

"나는 당신을 선택했어요. 스스로 선택했어요. 미치로 씨와 함께 걸어가고 싶어서 결혼했던 거예요. 따라온 거예요. 미치로 씨가 시키는 대로 해온 것도, 거짓말을 하면서까지 미치로 씨를 기쁘게 해주려고 한 것도 좋아하기 때문이에요. 미움받고 싶지 않았어요. 난 선택을 못 하는 게 아니에요. 미치로 씨와 함께 있고 싶으니까 선택을 안 한 거예요. 뭔가를 선택해서 미치로 씨가 '역시 아니야'라고 생각할까 봐 무서워서 그랬어요. '선택하지 않는' 걸 선택했던 거예요. 멍청하고 바보 같다고 생각하지만 그것 말고는 방법을 몰랐어요."

가지 마세요, 하고 남자를 향해 눈물을 흘리는 날이 올 줄은 꿈에도 몰랐다. 자신은 그런 성격이 아니고 자신과 미치로는 그런 관계가 아니라고 굳게 믿고 있었다.

"미치로 씨, 난 지금, 우리 둘의 아이를 갖고 싶다고도 갖고 싶지 않다고도 생각하지 않아요. 난 그저 미치로 씨 와의 관계를 좀 더 소중히 키워가고 싶어요. 좀 더 마음껏 얘기하고 진짜 기분을 충분히 말한 다음 그 결실로 우리 둘의 아이가 태어난다면 근사한 일일 테고, 아이가 없는 가정을 만드는 것도 멋있다고 생각해요. 도저히 같이 살 수 없다면 각자 다른 인생을 사는 것도 괜찮아요. 둘이서 수긍할 수 있다면 그것이 분명 우리 둘의 이상이 될 거예 요. 그러니까 조금만 시간을 주세요. 지금은……"

당신이 여기에 있어줬으면 좋겠어요.

입이 찢어져도 할 수 없는 드라마 대사 같은 말이 마음 속에서 소용돌이치고 있었다. 지에는 순식간에 빨갛게 달 아오른 얼굴을 잔디투성이인 손으로 누르며 내친 김에 안 경을 고쳐 쓴다.

안경 렌즈 너머로 보이는 미치로는 하얀 아치형 입구를 빠져나가는 중이었다.

이제 틀렸나, 하며 지에가 여전히 네 발로 기는 꼴로 고개를 숙인 순간, "아, 죄송해요" 하는 투명한 목소리가 들려왔다. 얼이 빠진 건지, 위로하는 건지, 미묘한 템포로 말소리가 이어진다.

"지에 님, 분실물이에요."

아치형 입구 아래에 미치로가 가는 걸 막아서듯이 소헤이가 서 있었다. 차가운 바닷바람에 몸이 얼어붙은 소헤이 주위를 펭귄이 플리퍼를 파닥거려 균형을 잡으면서 자박자박 돌아다니고 있었다.

소헤이가 "이거" 하며 아주 높이 치켜든 분바쿠도 포장지를 보고 지에는 "앗" 하고 머리를 감쌌다. 일껏 보관 중인 로커에서 꺼내 받아 수령증까지 적은 그걸 다시 접수대에 깜빡하고 놔두고 온 걸 깨달았다.

나, 뭐 하는 거야.

자신에게 화를 냈더니 하반신에 힘이 들어간다. 지에는 네 발로 기는 자세에서 훌쩍 일어나 무거운 토드백을 왼쪽 어깨에 고쳐 메고 아치형 입구를 향해 걸어가기 시작했다.

소헤이와 펭귄이 거치적거려 아치형 입구를 지나가려야 지나갈 수도 없어 꼼짝도 못 하고 서 있는 미치로 곁에 나란히 서자, 지에는 소헤이에게서 받은 분실물을 미치로에게 보여준다. 그리고 주저 없이 분바쿠도 포장지를 찢어

안에 든 물건을 꺼냈다.

"미치로 씨, 봐요. 이게 내 분실물이에요."

"……이력서잖아. 지에, 다시 알바하고 싶은 거야?"

의아해하며 안경을 밀어 올리는 미치로에게 지에는 "아니요" 하며 고개를 가로저었다.

"제대로 일하고 싶어요. 정규직으로 취직하고 싶어요. 무리일지도 모르지만 분발하자고 마음먹었어요."

분바쿠도 점원이 "찾고 계신 물건이라도 있으세요?" 하고 물어와 "아, 이력서를" 하고 대답했다. 순간적으로 나온 거짓말이라 생각했다. 하지만 어쩌면 아닐지도 모른다. 마음 어딘가에 자신에게 정말로 필요한 물건이라 여기고 있었기에 두 번이나 분실물센터를 방문했다고 생각하는 편이 자연스럽지 않을까?

"내가 정직원이 돼서 자립하면 미치로 씨는 부양의무가 없어지잖아요? 나에 대한 책임감에서 해방되면 거기서부터 다시 생각해주길 바라요. 나와의 관계를…… 앞으로도 계속 부부로 있을지 말지를."

미치로는 복잡한 얼굴로 우물거리며 고개를 살짝 숙인다. 지에는 웃어 보였다.

"저기 말이에요, 단순히 자신이 선택한 회사에 들어가보고 싶은 마음도 있어요. 제대로 책임감을 가지고 일해보고 싶어요. 어릴 때부터 뭘 하고 싶은지 몰라 멍하게 살아온 내게 그런 생각을 가지게 한 건 미치로 씨, 당신이에요. 당신 같은 직장인이 나도 되고 싶었어요. 태어나서 처음 '되고 싶은 게' 생겼어요."

펭귄과 눈이 마주친다. 그 새까만 눈동자를 보고 있었더니 너무 성급하게 굴고 있는 자신이 보여, 지에는 짧게 심호흡을 했다. 진정해, 진정해. 제대로 전부 정직하게 말해야 돼.

"지금까지 난 미치로 씨의 아이였어요. 미치로 씨가 힘들었을 거라 생각해요. 힘껏 지켜줘서 고마워요."

"지에."

서로를 응시하고 있는 지에와 미치로 옆에서 "에취" 귀여운 재채기 소리가 들려왔다. 두 사람이 휙 돌아보자 소헤이는 고개를 움츠리며 빨간 머리를 슬슬 긁는다.

"죄송합니다. 저기, 여기 춥지 않으세요? 이런 추위를 반기는 건 펭귄 정도지요. 괜찮으시면 분실물센터로 돌아가지 않으실래요?"

"아니면," 소헤이는 일부러 손목시계를 눈높이까지 치켜 올려 지긋이 본다.

"앞으로 5분 뒤에 우미하자마 역에서 전철이 출발하는데 그걸 타고 돌아가시겠어요? 두 분 댁으로."

"5분!"

지에와 미치로가 동시에 소리를 지르며 둘이서 동시에 자신의 스마트폰을 꺼내 시간을 확인한다. 얼굴을 든 건 미치로가 먼저였다.

"지에, 이력서 쓰는 법 알아?"

"네? 음, 네. 취업 준비생일 때 몇 번인가 적었으니까. 아, 뭐, 서류 심사에서 전부 떨어졌지만."

지에가 새 이력서를 불안스레 껴안자 미치로가 지에의 등을 떠민다.

"자, 빨리 집에 돌아가서 적자고. 다 적으면 나도 같이 고쳐줄게."

"괜찮겠어요?"

"취업 분발할 거지? 써먹을 수 있는 건 뭐든 다 써먹어야지. 인사부 담당 남편도 사정없이 써먹도록 해."

"고마워요. ……그럼, 면접 연습도 부탁해도 될까요?"

"물론이지. 단, 우선 서류 심사를 통과해야지. 신규 채용을 놓친 걸 만회하려면 쉽지 않을 거야."

"분발할게요."

"좋아"하며 미치로는 살짝 고개를 끄덕인다. 바닷바람으로 뻣뻣해져 점점 더 고슴도치처럼 된 머리를 손으로 누르며 소헤이에게 가볍게 인사를 한다.

"역무원님, 저희 갈게요."

소헤이는 헤실헤실 부드러운 미소를 지으며 길을 비켜
주더니 손목시계를 미치로에게 내보인다.

"서둘러. 앞으로 3분."

"이를 어째."

미치로에게 이끌려 지에도 내달리며 아치형 입구를 빠
져나간다. 한참을 정신없이 달리다 허둥지둥 뒤돌아본다.

바닷바람에 몸을 가누지 못하고 비스듬히 서 있는 소헤
이와 그 옆에서 오렌지색 주둥이를 하늘을 향해 들고는 기
분 좋은 듯이 눈을 감고 있는 펭귄이 보인다. 지에가 "고맙
습니다"하고 머리를 숙이자, 소헤이는 "더 이상 잃어버리
지 마세요"하며 손을 흔들어주었다. 그 둘 뒤로 하얀 아치
형 입구와 넓은 잔디밭이 펼쳐지며 하얀 울타리 너머로는
바다가 보였다. 마침 날은 흐렸지만 바다는 반짝반짝 빛나
고 있었다. 그 풍경은 거짓말에서 해방된 지에의 눈에 처
음으로 색깔이 있는 세계처럼 비쳤다.

저도 모르게 넋을 잃고 보는 지에의 팔을 미치로가 잡아
당긴다.

"서둘러, 지에. 전철 출발 시간까지 앞으로 2분 남았어.
이거 놓치면 다시 한 시간 가까이 맥 빠지게 기다려야 해.
틀림없이 우리는 얼어 죽을 거야!"

"정말 그럴 거예요."

둘이서 손을 맞잡고 공원이라는 이름의 긴 산책로를 계속 달려간다. 그 붉은 길은 지에가 멍하니 밟고 지나갔던 버진 로드에서 이어지는 결혼의 긴 여정인지도 모르겠다. 담담하게 계속 이어지는 듯하지만 언제 끝나도 이상하지 않은 불안한 길. 지에는 숨이 차 몇 번이나 "더 이상 안 되겠어요"라는 말이 나오려고 했지만 참았다. 멈추면 끝, 두 번 다시 같은 길로는 돌아올 수 없다는 기분이 들었다.

서서히 우미하자마 역이 보인다. 동시에 시야에 들어온 후지사키 전기의 정문 앞에는 사자머리 파마를 한 경비원이 조금 전과 같은 자세로 서 있었다. 지에가 달리면서 가볍게 인사를 하자 무거워 보이는 머리를 흔들며 살짝 고개를 끄덕여주었다.

대합실을 달려서 빠져나와 무인 개표구를 지나면서 미치로는 "앞으로 1분" 하고 외쳤다. 그리고 개표구에서 주춤대는 지에를 돌아보며 기다리려던 순간, 제대로 걷지 못하고 꽈당 넘어진다.

"미치로 씨! 괜찮아요?"

"괜찮아, 괜찮아."

말은 그렇게 하면서도 발목을 접질린 듯 미치로는 아픈 듯이 얼굴을 찡그린다. 지에는 미치로를 따라붙으며 털썩 주저앉아 어깨를 빌려주었다.

"이 상태로 괜찮다고 하다니…… 거짓말하면 안 돼요, 미치로 씨."

"지에…… 남 말 하기야?"

"아, 죄송해요. 하지만 어쨌든 가요. 하나둘."

"우와. 무리야, 무리야. 여자가 남자를 들어 올리다니 무리야."

"그만하세요. 우린 키도 몸무게도 거의 같잖아요."

갑니다, 하며 지에는 미치로의 어깨를 감싸 안은 채 일어선다. 실제로 미치로는 난감할 정도로 가벼웠다. 지에는 하나둘, 하나둘, 이인삼각을 하는 것처럼 걸어 플랫폼 계단을 올라갔다.

플랫폼에서 발차음 대신 흘러나오는 〈스위트 메모리스〉의 멜로디가 들려왔다.

"늦은 건가." 미치로가 처량하게 말한다.

"걱정 마세요." 지에가 대답한다.

그 말이 거짓말이 되지 않도록 기도하며 지에는 계단을 힘껏 밟았다. 미치로를 격려하면 할수록 이상한 자신감이 가득 생겨났다.

걱정 마세요. 우리는 꼭 탈 수 있어요. 우리는 아직 늦지 않았어요. 다시 시작할 수 있어요.

"포기하지 마세요."

지에는 자신의 어깨에 실린 미치로의 무게를 느끼며 가슴을 폈다.

제4장

스위트 메모리스

노발대발한다는 건 바로 이런 걸 두고 하는 말이지, 준페이는 생각했다. 전철 좌석에 앉아 달달 다리를 떨었다. 도저히 떨리는 다리가 멈춰지지 않았다.

"여보."

옆에 앉은 스즈에가 타이르듯 속삭인다. 어차피 '꼴사납다'고 생각하는 거겠지. 준페이는 침을 튀기며 되받아친다.

"시끄러워. 다리 좀 떠는 게 어떻다고? 어차피 이 차량엔 우리밖에 없잖아. 아무한테도 피해 안 줬구먼."

"그건 그렇지만, 그렇게 안절부절못하지 마세요."

스즈에는 울면서도 웃는 듯한 표정을 짓는다. 고상하게

한데 묶은 머리 위로 희끗희끗한 게 눈에 띈다.

모르는 새에 폭삭 늙었군. 준페이는 문득 안타까운 생각이 든다. 우리 엄마처럼 보인다는 말은 역시 지나친 감이 있지만, 이 상태로는 나란히 서도 부부로는 안 보일 테지.

엄마를 이렇게 폭삭 늙게 하다니, 소혜이 이 녀석, 참으로 괘씸하기 짝이 없다.

준페이는 피가 거꾸로 솟는지 욱신욱신 아파오는 머리를 누르며, 몸을 돌려 창밖을 바라본다.

봄날의 희멀건 태양 아래로 반짝반짝 빛나고 있는 해면과 그 해면에 면해 있는 공업단지가 끝없이 이어진다. 세 개 차량으로 편성된 오렌지색 전철로 갈아탄 뒤부터 줄곧 이런 풍경이다.

"저렇게나 흰 연기를 마구 뿜어대고 말이야."

준페이는 화풀이하듯 공업단지에 높이 솟아 있는 굴뚝을 보고 욕을 해댄다.

"공장은 말이야 정말로 멋대가리가 없다니까. 문제가 안 되나? 공해 같은 거 말이야."

"지금은 이런저런 규제가 엄격하니까 괜찮아요. 게다가 여보……"

스즈에는 공업단지를 보며 뭔가 얘기하고 싶은 듯이 자세를 고쳐 앉았지만, 결국 아무 말도 하지 않았다. 소리 없이 숨을 내쉬며 시선을 전철 안으로 돌린다.

준페이가 또 뭐 없나 하며 화낼 거리를 찾아 시선을 이리저리 굴리는데 자동 음성 방송에서 종점역 이름이 흘러나왔다.

"자, 우미하자마야. 소헤이가 있는 역은 여기야. 내리자고."

"여보, 진정하세요. 갑자기 역정을 내시는 것만은."

"난 진정하고 있어!"

준페이는 전혀 진정이 안 된 서슬 퍼런 얼굴로 스즈에를 호통치더니 가죽 구두를 쾅쾅 울리며 문으로 걸어갔다.

우미하자마 역은 달랑 세 개뿐인 운행 차량에 걸맞게 플랫폼이 짧았다. 해 질 녘의 바닷바람은 조금 차가웠지만 봄 외투도 필요 없을 만큼 따뜻했던 오후의 여운이 아직 공기 중에 많이 남아 있었다.

"봄이네요." 스즈에가 머리를 누르며 감동스럽기 그지없다는 듯 중얼거린다. 스즈에는 매번 때 되면 찾아오는 계절의 변화에 필요 이상으로 반응하는 경향이 있었다. 준페이는 아내의 그런 면이 싫지는 않았다. 하지만 아들 소헤이를 향한 노여움이 커질 대로 커진 마음엔 여유가 없었다.

"그야 당연히 봄이지. 4월도 반이나 지났고 벚꽃도 예전에 졌잖아. 이게 겨울이면 오히려 놀라 자빠질 일이지."

"어머나. 후후후."

"웃지 마, 멍청한 여편네야. 딱히 농지거리한 거 아니거
든."

"그래요? 죄송해요."

미안하다는 듯이 어깨를 움츠리는 스즈에게 준페이는
한숨을 지어 보였다. 실은 아내의 이런 천진한 면도 싫지
는 않지만.

플랫폼 끝에서 이어지는 계단을 내려가자 작은 개표구
가 나왔다.

"하나에서 열까지 죄다 보잘것없는 역이군."

"여긴 지선의 무인역이잖아요. 이용하는 승객 수에 맞춘
거지요."

"그 정도는 알고 있어. 뭐라 뭐라 하는 기업을 위해 만든
역이잖아?"

"후지사키 전기. 업무용 주방 관련 기기 업계의 시장 점
유율은 쇼와 시절부터 줄곧 일등 자리를 내준 적이 없어요."

무척이나 의기양양해하며 가슴을 젖히는 스즈에를 무시
하고 준페이는 조급하게 개표구를 빠져나가려 했지만, 눈
앞에서 문이 닫히면서 경보음이 울리기 시작했다. 개표구
앞에서 항상 스즈에가 들고 있던 준페이의 교통카드가 제

대로 인식되지 못했던 모양이다.

"죄송해요."

스즈에는 조건반사적으로 사과하며 태연하게 고개를 갸우뚱한다.

"이상하네."

"이상한 건 당신 방식이잖아! 제대로 좀 해."

자기가 할 일을 남에게 떠맡긴 건 짐짓 모른 체하고 준페이가 큰소리를 치자, 개표구 앞에 마련돼 있는 산막 휴게소 같은 대합실 출구에서 사자머리 파마를 한 남자가 고개를 내밀었다. 남자는 그 자리에서 냅다 춤판이라도 벌일 것 같은 펑키한 머리를 하고 있었지만 차림은 지극히 수수한 감색 제복이었다. 이곳 직원이라 생각하고 준페이는 손을 까닥까닥 흔들었다.

"오오, 마침 잘됐어. 여기 좀 와보게. 자동 개표구가 전혀 자동이 아니야."

사자머리 파마 남자는 당황한 듯이 눈을 크게 뜨며 준페이를 응시한다. 게다가 스즈에도 본 모양이다. 돌아보지 않아도 준페이의 등 뒤에서 스즈에가 꾸벅 머리를 숙이는 기색이 느껴졌다.

"빨리 와줘" 하며 준페이가 벌써부터 못 참고 불러대자, 사자머리 파마 남자는 정신이 든 듯 고개를 가로저으며 뒷걸음질을 친다.

"안 됩니다. 전 후지사키 전기 경비원이라."

"뭐라고? 철도회사 직원이 아니었어?"

"죄송합니다. 근무 중이라 저는 여기서 이만 실례하겠습니다."

사자머리는 각이 잡힌 경례를 하자 파마 때문에 세 배는 커진 듯한 머리를 흔들며 사라졌다. 예의가 바른 건지, 놀리는 건지, 판단이 안 선다.

준페이가 사자머리 경비원과 얘기를 나누는 동안에도 귀에 거슬리는 경보음이 계속 울려대며 문은 열리지 않았다.

"아직도야?"

준페이가 돌아보자 스즈에는 죽을 둥 살 둥 준페이의 교통카드를 갖다 대고 있었다.

"이를 어쩌지"하며 전혀 어쩌지 못하는 것처럼 들리지 않는 목소리로 말한다. 준페이는 "이리 줘봐"하며 스즈에에게서 교통카드를 낚아채 어릴 때 가지고 놀던 딱지처럼 카드 인식기에 몇 번이나 힘껏 내리친다.

"안 돼. 어떻게 된 거야, 이 기계는?"

준페이의 짜증이 폭발하려는 순간 대합실 쪽에서 "지금 갑니다—"하며 경쾌한 목소리가 들려왔다. 그 투명한 말투는 긴장감으로 터질 듯이 팽팽해진 공기를 콕 찔러 한순간에 없애주는 부드러운 바늘 같았다.

이윽고 태연하게 나타난 빨간 머리 청년을 보고 준페이는 신음 소리를 냈다. 빨간 머리 청년 역시 준페이의 모습을 보자 긴 앞머리까지 흔들어대며 눈을 깜빡인다.

"여보." 스즈에가 소리 죽여 말하며 소맷자락을 잡았지만 준페이는 뿌리친다. 단숨에 피가 역류하면서 머리털이 곤두서는 느낌이 든다. 다시 노발대발한다. 준페이는 주먹을 쥐며 청년에게 덤벼들려고 했지만 닫힌 문에 걸리고 만다.

"소헤이! 이…… 불효자식!"

개표구 문에 걸려 나오지도 못하고 마구 호통을 쳐대는 준페이를 앞에 두고 빨간 머리 청년은 쓸쓸하게 어깨를 움츠리며 서 있었다.

오늘은 두통 때문에 잠에서 깼다. 머리맡에 놔둔 자명종 시계를 손에 들자 이미 한낮을 훌쩍 넘긴 시간이었다. 준페이는 허둥지둥 일어났다. 숙면을 취한 것도 같지만 머리 안에 둔탁한 통증이 남아 있었다. 어젯밤에 과음했나? 너무 오래 잤나? 그런 생각을 하면서 침대에서 내려와 방을 나서는데 복도 끝에 있는 문이 문득 신경이 쓰였다.

소헤이 이 녀석, 아직도 자고 있나?

아들 소헤이의 생활 리듬은 대학에 들어간 이후로 계속 엉망진창이다. 한밤중이 돼도 집에 안 들어오기 일쑤고 아침엔 언제까지고 자고 있다. 가끔 아침에 일찍 일어났나 싶으면 밤을 꼴딱 새운 거였다. 세상의 대학생들이 그런 생물인지는 몰라도 우리 집 외동아들은 그러면 곤란하다.

내가 억지로 깨우고 말 테다! 늦잠 잔 자신의 허물은 제 쳐두고 준페이는 그 길로 복도를 걸어 끝 쪽에 있는 문을 두드린다.

"어이, 소헤이. 벌써 해가 중천에 떴어. 안 일어날 거냐?"

하지만 아무런 대답도 돌아오지 않았다. 준페이는 한참 동안 문에 귀를 바짝 갖다 대고 상황을 살피다 확 꼭지가 돌아버렸다.

"이 녀석! 언제까지 잘 거냐?"

호통을 치며 있는 힘껏 손잡이를 돌렸다. 기세 좋게 문은 열렸지만 힘을 너무 준 준페이는 비틀거리며 그대로 방 안으로 돌진하고 만다.

싸늘한 공기가 준페이를 감싼다.

소헤이의 방에 소헤이는 없었다.

커튼은 젖혀져 있지만 창문은 닫혀 있다. 그런 것치고는 젊은 남자 특유의 풋풋한 냄새가 방 안에 배어 있지 않았다. 이불은 깨끗하게 개켜져 있고, 주름 하나 없이 잘 정돈

된 침대가 눈에 확 들어왔다. 빙 둘러보자 벽에는 수영복 차림의 여자 포스터 몇 장과 장난감보다야 낫겠다 싶은 싸구려 다트 세트가 걸려 있고, 초등학교 때부터 써왔던 공부 책상 위에는 영어사전과 만화잡지가 펼쳐진 채로 놓여 있었다. 침대와 정반대 쪽 벽면에 놓인 책장에는 청량음료 경품으로 보이는 병마개 피규어가 쭉 진열되어 있었다. 취미로 모은 모양인데 책보다 확연히 눈에 띄었다.

그곳은 틀림없이 소헤이의 방이었지만 준페이는 아들의 흔적이 거의 남아 있지 않은 것처럼 느껴졌다. 어제오늘만 방을 비운 게 아닌 것 같았다.

준페이는 당황해하며 옷장에 손을 가져간다. 문을 연 순간, "뭐지?" 하는 말이 튀어나왔다.

옷장에 걸린 소헤이의 옷이 거의 없었기 때문이다. 삼단 서랍장 안도 텅텅 비어 있다.

텅 빈 옷장을 눈앞에 두고 준페이는 헐떡이듯 숨을 쉬었다.

역시 자신의 인상은 정확했다. 소헤이는 이미 훨씬 전에 집을 나간 모양이다. 준페이는 불안과 초조가 서서히 머리를 옥죄어오는 게 느껴져 관자놀이를 누르며 진땀을 흘렸다.

"여보!"

정신을 차리자 큰 소리로 아내를 부르고 있었다.

스즈에는 소헤이의 방 한가운데서 험악한 표정으로 떡
버티고 서 있는 남편을 보고 한순간 말을 잃은 모양이지
만, 바로 고개를 숙여 목덜미를 매만지며 "왜 그러세요?"
하고 물어왔다.

"왜 그러고 자시고 할 게 뭐 있어! 소헤이가 없어."

"네."

"왜 그렇게 침착해? 당신 알고 있었던 거야?"

"당신도 알고 계셨잖아요?"

스즈에가 눈을 동그랗게 뜨며 가만히 바라보자, 준페이
는 말문이 막혔다. 그러고 보니 혹 알고 있었는지도 모르
겠다. 내가 깜빡한 것뿐인가? 잠이 덜 깼나?

"대학은 어쩌고 있어?"

준페이의 물음에 스즈에의 눈빛이 흔들렸다. 준페이의
관자놀이 위로 금세 시퍼런 심줄이 불거졌다.

"안 다니는 거야? 설마 그만둔 거야?"

"……당신도 알고."

"난 몰랐어."

준페이는 이번엔 자신 있게 단언했다. 알고 있었다면 내
가 잘도 용서했겠다. 준페이가 눈알을 번득이며 혼신을 다
해 매섭게 노려보자 스즈에는 맥없이 등을 돌렸다. 준페이

는 그 옆을 지나 방에서 나갔다. 잠옷을 벗어 던지며 복도를 걸어 자신의 침실로 돌아왔다.

"빨리 준비해."

"네? 오늘은 오후에 택배가 오는데요."

복도에서 들려오는 스즈에의 태평한 대답에 준페이는 다시 신경이 곤두선다.

"멍청한 여편네! 택배와 아들 중에 뭐가 더 중요해? 소헤이를 데려오는 게 우리 집 최우선 과제야. 가출한 끝에 부모한테 말도 안 하고 대학을 그만두다니 너무 제멋대로야! 용서할 일이 아니잖아!"

준페이가 벗어 던진 잠옷을 주우며 스즈에가 허둥지둥 쫓아왔다.

"아이구, 데려온다고 해도 그 애가 어디 있는지 당신이 알아요?"

"짚이는 데가 있어."

말하고 나서 준페이 자신도 "음?" 하고 고개를 갸우뚱한다.

난 아들의 거처를 알고 있나?

"전에 우연히 봤어."

자연스레 이어진 자신의 말에 스스로 수긍한다. 맞다 맞아, 그랬지. 난 그 녀석을 봤어.

"우미하자마라는 역이야."

말을 하며 역 외관이나 아들 모습을 구체적으로 떠올리려 했지만, 머릿속을 얇은 막이 덮고 있는 것처럼 아무것도 보이지 않았다. 아이구, 이런. 아직 머리가 잘 안 돌아가는 모양이군. 아무리 휴일이라 해도 해가 중천에 뜰 때까지 자면 안 되겠는걸.

준페이는 자신의 옷장을 열며 머리를 절레절레 흔든다. 옆에서 대기하던 스즈에가 손을 내밀어 능숙하게 양말과 옷을 꺼내준다.

그러고서 준페이는 스즈에에게 우미하자마 역에 가는 법을 찾아보라고 시키고는 집을 나와 전철을 갈아타고 한 시간이나 들여 찾아왔다. 스즈에는 전철을 갈아타려고 기다릴 때마다 준페이의 기분을 살피며 몇 번이고 "택시 안 탈래요?" 하고 제안했지만, 당사자인 준페이가 모두 거절했다. 확실히 기다리는 건 싫지만 자동차를 타는 건 그 이상으로 싫었다. 그리고 무엇보다 공업단지와 바다 사이에 있는 우미하자마 역은 전철로만 갈 수 있다고 역무원이 말했다.

소혜이는 자동 개표구 문을 열자 교통카드의 인식 불량을 바로잡아 준페이에게 돌려준 뒤, 준페이와 스즈에를 대합실 옆에 있는 분실물센터 사무실로 안내했다. 옆에 있는 사무실이라 해도 대합실 벽이 옆으로 열리면서 갑자기 모습을 드러내는 비밀의 방 같은 곳이었다.

창문은 없는데도 어디선가 바람이 들어왔고 어딘지 모르게 공기가 비릿했다. 준페이가 일부러 코를 킁킁대며 "냄새가 지독하구먼" 하고 말하는 통에 스즈에가 옆에서 쿡쿡 찔렀다.

"죄송해요. 열심히 청소는 하고 있습니다만."

소혜이는 고개를 움츠리며 면목이 없는 듯 사과했다. 빨간 머리가 찰랑찰랑 흔들린다.

"그런 날라리 같은 머리 색을 하고 말이야, 세상에 무슨 불만 있어?"

"불만 같은 거 없어요."

"없을 테지! 부모 돈으로 설렁설렁 대학에 다니는 팔자 좋은 신분에서 더 팔자 좋은 백수가 됐으니까 말이야. 이런데도 불만이 있으면 냅다 갈겨버릴 테야."

잔뜩 어깨에 힘을 주고 있는 준페이를 스즈에가 말리며, "백수는 아니지요" 하고 말참견을 한다.

"맞지?" 하고 스즈에가 동의를 구하자, 접수대 너머에 서 있는 소혜이가 난처한 듯이 웃었다. 흐물흐물 공기가 빠지는 듯한 얼빠진 미소였다. 호감 가는 이목구비지만 앳돼 보여 남자로서의 위엄은 전혀 느껴지지 않았다.

한심한 녀석이다.

준페이는 뚱하니 입을 내밀며 바로 정면에서 소헤이를 찬찬히 뜯어본다. 머리 색깔이야 빨갛지만 머리 모양은 지극히 평범했고 뭘 발라 세우지도 않았다. 이상한 화장을 한 것도 아니었다. 복장도 흐트러짐 없이 회색 재킷에 모스그린색 바지 차림의 제복을 제대로 입고 있다. 촌스러울 정도로 착실한 차림새를 보고 준페이는 떠올렸다. 그러고 보니 지금껏 소헤이가 반항했던 기억은 없었다. 착한 아이였다. 자랑스러운 아들이었다. 그런데 여기에 와서 왜?

"대학은 왜 그만뒀니?"

소헤이는 대답하지 않았다. 준페이는 관자놀이를 누르며 질문의 방향을 바꿨다.

"여기서 무슨 일을 하고 있니? 역무원이야? 용케도 대학 중퇴자를 채용해줬구나."

"전 야마토기타 여객철도의 역무원이에요. 나미하마선 유실물 보관소에 근무하고 있어요."

"유, 유실물? 뭐라고?"

목소리가 커지는 준페이를 보고 웃으며 소헤이는 검지를 위로 가리켰다. 천장에 매달린 녹색 표찰에 〈분실물센터〉라고 적혀 있다.

"요는 분실물을 취급하는 직장이에요. 승객이나 역을 이

278

용한 분들이 잃어버리거나 주운 물건을 보관했다가 반환
하기도 하고 반환 안 하기도 하는 일이에요."

"반환을 안 하면 어떡해."

준페이가 손바닥을 접수대에 내리쳐도 소헤이는 헤실헤
실 웃으며 아무 말도 하지 않았다. 준페이는 입을 한일자
로 굳게 다물고 콧김을 내뿜으면서 소헤이에게서 눈을 떼
자, 소헤이가 일하는 사무실을 빙 둘러보았다.

천장도 벽도 하얀 사무실은 면적의 반 이상을 크기가 제
각기인 로커가 차지하고 있었다. 특히 접수대를 경계로 안
쪽이 무척 좁아 보였다. 로커 틈새에 꽉 들어차게 나란히
놓여 있는 두 개의 컴퓨터 책상 위에는 각각 얇은 컴퓨터
가 세팅돼 있고, 간단하게 사무를 볼 수 있는 공간도 있었
다. 끝 쪽 벽에는 역 플랫폼에 있을 법한 커다란 시계가 걸
려 있고, 그 대각선 아래로 은색의 커다란 문이 보였다.

냉장고인가? 저 크기면 FR-150ZT 타입인데, 그것치고
는 문이 두 개뿐이잖아. 주문 제작한 건지도 모르겠군.

종잡을 수 없는 생각들 사이로 돌연 낯선 영문자와 숫자
가 섞여 들어와 준페이는 깜짝 놀라며 머리를 절레절레 흔
든다. 결혼한 이래 집안일도 육아도 스즈에게 전부 맡겨
온 자신이 왜 이제 와서 냉장고에 흥미를 보이지? 준페이
는 어이가 없었다.

아무리 해도 신경이 쓰이는 은색 문에서 억지로 시선을 떼며 다시 소헤이를 노려본다.

"여기가 네 녀석 전쟁터군."

"사무실이에요."

"일은 재미있니?"

준페이의 이 질문에 소헤이의 얼굴이 확 밝아진다.

"네, 좋아해요."

바로 대답했다. 준페이는 뜻밖에 기가 꺾여 입만 뻐끔뻐끔거린다. 소헤이가 보고 있는 걸 알고 허둥지둥 엄한 표정을 짓는다. 아버지는 위엄이 전부다.

정말로 내 아들이지만 이 녀석은 힘이 쏙 빠지게 한다. 아버지가 된통 호통을 쳐도 당황하지도 않고 난리를 치지도 않고 변명하지도 않으며 헤실헤실 웃을 수 있는 여유는 어디서 나오는 걸까? 이 녀석과 마주하고 있으면 화내고 있는 게 바보처럼 느껴진단 말이야.

준페이의 기세가 꺾이길 기다린 것처럼 소헤이는 몸을 돌려 벽시계를 손으로 가리켰다.

"저, 앞으로 한 시간 정도면 퇴근할 수 있어요. 근무가 5시 반까지라. 얘기는 그 후에 해도 될까요?"

딱 소리가 날 정도로 호쾌하게 고개를 갸웃 숙이는 소헤이를 보고 저도 모르게 고개를 끄덕이고 만 뒤 준페이는 허둥지둥 덧붙인다.

"난 이런 일은 인정할 수 없어."

"어머나, 분실물센터 직원 어디가 안 된다는 거예요?"

고개를 숙이고 존재감을 지우고 있던 스즈에가 느닷없이 한마디 한다. 준페이는 "그도 그렇잖아, 소헤이한테는" 하고 말을 꺼내다 갑자기 우물거린다.

"좀 더…… 잘 맞는, 아니, 어울리는 일이, 있을…… 거야."

그건 어떤 일이지? 준페이는 순간적으로 생각이 안 나 말끝이 흐지부지 흐려지고 만다. 하지만 소헤이와 스즈에는 준페이에게서 시선을 떼지 않았다. 두 사람이 다음 말을 기다리는 걸 알고 준페이는 일부러 세차게 혀를 차며 발길을 돌렸다.

"아니 여보, 어디 가세요?"

"시끄러워. 난 기다리는 게 싫어. 산책이라도 하고 올게."

"산책이라고 해도 이 역은……"

"저기! 문이 안 열려."

준페이가 문을 잡고 필사적으로 밀면서 외치자, 소헤이가 성큼성큼 접수대에서 돌아 나와 문을 쓱 옆으로 밀었다. 아뿔싸. 맞다. 여기 문은 옆으로 여는 거였지. 준페이는 얼굴이 화끈거리는 걸 느끼면서 심술궂게 입을 툭 내밀며

"이상한 문 좀 만들지 마. 헛갈리잖아!"하고 화풀이를 하
며 나왔다.

"다녀오세요. 그럼 이따가 봬요."

등 뒤로 소헤이의 부드러운 목소리가 들렸지만 준페이
는 오기로라도 돌아보지 않았다.

분실물센터 사무실을 나와 산막 휴게소 같은 대합실을
지나 밖으로 나왔다. 좁은 도로를 끼고 바로 맞은편에 큰
공장이 높이 솟아 있었다. 민트그린색의 평평한 지붕이 안
쪽을 향해 몇 개나 늘어서 있다. 꽤 큰 기업인 모양이다. 전
철 창문에서 본 공업단지 중 하나일 테지.

공장 쪽에서 은은하게 좋은 냄새가 났다. 몸을 구부려
살피자 격자 철제문 사이로 파란 잔디와 형형색색의 꽃들
이 넘쳐나는 화단이 보였다. 스즈에라면 여기서 공장에도
봄이 왔네요라나 뭐라나 하는 너무나 당연해 전혀 재미가
없는 한마디를 몹시 감개무량하게 했을 테지, 하는 생각을
하면서 준페이는 길을 건너 공장 정문으로 다가갔다.

문 앞에는 자동 개표구에서 본 사자머리 파마 남자가 열
중쉬어 자세로 딱 서 있었다. 그러고 보니 조금 전에 뭐라
뭐라 하는 회사의 경비원이라고 했었지. 준페이는 문기둥
에 새겨진 표찰에 시선을 돌려 〈후지사키 전기〉라는 회사

이름을 확인했다.

사자머리는 주저하지도 않고 다가오는 준페이를 보고 허둥지둥 경례를 한다. 예의가 바른 건지, 놀리는 건지, 역시 미묘한 부분이다.

"아직 일은 안 마친 건가?"

준페이가 말을 건네자 사자머리는 당황한 듯이 두리번거리다 작은 소리로 "네" 하고 대답했다.

"왜 그래, 그 목소리는? 감기라도 걸렸나?"

"아닙니다. 저기, 어쨌든 근무 중에 사적인 대화는 규칙에 반하는 거라."

사자머리는 양손 검지를 교차시켜 가위표를 만들자 그대로 입 앞으로 가져다 댄다. 무서운 얼굴을 한 중년의 사내 녀석이 의외로 소심하군, 하며 준페이는 기분이 유쾌해졌다.

"이름은?"

"……"

"자네 이름 말이야."

"몬가, 입니다."

"좋아. 그럼 몬가 군, 날 이 문 안으로 들여보내주지 않겠나?"

준페이는 겉모습과 성격이 크게 다른 중년의 사내를 심

심풀이로 놀려먹을 작정이었지만, 몬가는 즉시 열중쉬어 자세로 있던 손을 풀어 머리를 꾸물꾸물 흔들며 문을 열어 주었다.

"괜찮겠나?" 되레 준페이가 안절부절못했다.

몬가는 크게 고개를 끄덕이자 다시 열중쉬어 자세를 취하며 등을 편다. 경비원 업무로 복귀한 모양이다. 외부인을 선선히 들여보내주는 반면 너무 고지식할 정도로 성실하게 일을 해내고 있다. 뭐지? 엄청 성실하게 놀리고 있나? 그런 거겠지? 좋아. 그쪽이 그렇게 나오면 이쪽도 따라줄게.

"미안하네."

준페이는 가급적 침착한 척하며 의기양양하게 사원 전용 출입문을 지나서 후지사키 전기의 부지로 들어갔다.

우선 길을 따라 안으로 들어가본다. 줄지어 늘어선 공장에서는 드릴 소리도 말소리도 들리지 않았다. 때때로 탕하는 금속음이 시시오도시^{대나무 통의 수력을 이용해 자동으로 음향을 만들어내는 장치}처럼 규칙적으로 울릴 뿐이었다. 준페이는 시간을 확인하려 했지만 손목에 아무것도 없는 걸 깨닫는다. 아이고, 이런, 손목시계 차는 걸 깜빡했군. 뭐, 됐어. 어차피 퇴근 시간이 되면 사이렌이나 음악이 울리겠지. 그럼 귀가하는 공장 직원들 사이에 섞여 돌아가면 돼.

대범하게 마음을 먹은 준페이는 점점 안으로 들어갔다.

각 공장으로 이어지는 길은 모두 인위적으로 구불구불하게 만들어져 있었고, 그 길 양옆으로는 부드러워 보이는 잔디가 빼곡히 심어져 있었다. 서양의 대저택이나 성에나 있을 법한 정원 조망이었다. 잔디 광장 여기저기에 화단도 조성돼 있었다. 화단의 위치는 굽이치는 길을 따라 걷는 사람의 시선에 정확히 맞춰져 있었다. 준페이는 걸으면서 어쩜 이리도 멋진 산책로가 다 있느냐며 감탄했다.

후지사키 전기의 부지는 넓었고 끝없이 펼쳐졌다. 준페이는 한숨 돌리며 길에서 벗어나 잔디 광장에 심어진 한 어린 나무 옆에 앉았다. 준페이의 키보다 살짝 큰 어린 나무는 식수비를 보니 작년 봄에 막 심어진 '니와자쿠라'라는 이름의 벚꽃나무인 듯했다. 올해는 제대로 꽃을 피웠을까? 준페이는 초록빛의 새잎이 불안하게 흔들리는 가느다란 나무를 어루만지며, 그러고 보니 올해는 벚꽃을 한 번도 안 봤구나, 하는 생각이 문득 들었다.

봄이라는 계절을 대표하는 행사인 벚꽃놀이를 저 감성적인 스즈에가 부부 동반으로 같이 가자고 안 했을 리 없는데, 바빴던 걸까?

준페이는 어린 벚꽃나무 옆에서 책상다리를 한 채 머리에 손을 둘러 관자놀이부터 가마에 걸쳐 두피를 주물러 올라간다. 이렇게 하면 조금 머리가 홀가분해진다. 일어나서 줄곧 경악과 분노라는 큰 파도가 번갈아 밀어닥쳐 지쳐버렸다. "이 불효자식" 하고 내뱉으며 준페이는 깊이 숨을 내쉬었다.

두피 마사지를 마치자, 양손을 뒤로 짚고 발을 앞으로 쭉 내밀었다. 잔디는 한낮의 태양을 받아 따뜻했다. 기분 좋구나. 무심코 미소 짓는 준페이의 얼굴을 스치고 지나가는 바람에서 바다 냄새가 났다.

이제 준페이는 아주 기분이 편안해졌다. 자칫하면 여기가 공장 부지라는 걸 잊어버릴 것 같았다. 공원이나 언덕에서 소풍을 즐기는 듯이 기분이 좋았다. 소헤이에 대한 노여움도 조금 가라앉은 것 같았다.

"공장 안에서 이토록 편히 쉴 수 있을 줄이야. 나도 쉬운 남자야."

준페이는 자조적인 어투로 중얼거리다 갑자기 고개를 갸우뚱했다. 이대로 계속 여기에서 바다 냄새를 느끼며 많은 사람들이 일하는 소리를 영원히 듣고 싶다는 자신의 마음을 깨달은 것이다. 충동적이라 할 수 있는 그 기분이 어디에서 온 건지, 준페이 자신도 잘 알지 못했다.

"아이구, 이런. 모르는 새에 공장 마니아라도 된 거야?"

준페이는 쓴웃음을 지으며 잘 정비된 길로 시선을 돌리다, "으음" 이상한 신음 소리를 내며 한참 동안 숨을 쉬는 것도 잊고 만다.

굽이치는 길을 뒤뚱뒤뚱 몸을 흔들며 걸어오는 동물이 보였다.

하얀 배에 검은 등, 새까맣고 동그란 눈동자, 둥실둥실한 몸통, 앞으로 튀어나온 주둥이와 물갈퀴가 달린 발은 새처럼 보이지만 하늘은 날지 못한다. 어쨌든 날개 같은 형태를 하고 있는 플리퍼지만 하늘이 아니라 물속에서 위력을 발휘하게끔 되어 있다. 그런 몸의 요소 하나하나가 호감과 친근함으로 다가오는 동물, 펭귄.

"진짜 펭귄이야?"

준페이는 질끈 눈을 감았다가 다시 크게 뜨는 동작을 수차례 반복한 뒤, "진짜 펭귄이다" 하며 감탄의 소리를 질렀다.

그사이에도 펭귄은 발을 앞으로 내디디며 점점 준페이 쪽으로 다가왔다. 눈앞에서 보는 펭귄의 모습은 귀여움 외에 위엄도 느껴졌다. '턱시도를 입은 것 같다'는 건 진짜 딱맞는 말인데, 하고 준페이는 생각했다.

준페이의 시선을 아는지 모르는지, 펭귄은 여전히 뒤뚱뒤뚱대며 계속 걸어간다. 준페이는 고개를 돌려 펭귄의 뒷모습을 눈으로 좇다, 하늘을 바라보고, 화단에 눈길을 주다, 콧노래를 불렀다. 그러고는 "야, 더는 못 참겠다" 하고 외치며 천천히 일어났다.

"뭐야? 왜 공장에 펭귄이 있어? 이상하지 않아?"

준페이는 다리가 꼬여 비틀대며 도로로 뛰어갔다. 다행히 아직 그다지 멀지 않은 곳에서 뒤뚱대며 걷고 있는 펭귄의 검은 등이 보였다. 풍성하게 난 털은 각도에 따라 반들반들 빛나 보였다. 펭귄은 이따금 멈춰 서서 더운 듯 하늘을 올려다보았다. 봄의 태양은 꽤 기울었지만 아직 눈부신 듯했다.

"사랑스러운데."

준페이는 무의식중에 중얼거리는 자신이 겸연쩍어 "아니야, 아니야, 지금 건 취소야" 하면서 두 손을 허공에 대고 내저었다. 소란스러운 기척에 펭귄은 언뜻 뒤를 돌아봤지만 바로 다시 걸어가기 시작했다. 특별히 놀라거나 당황하는 기색은 없었고, 당당하다고 할까, 초연하다고 할까, 참으로 귀여운 구석이 있는 녀석이군, 하며 준페이는 미소를 지었다.

펭귄이 도망가지 않는 걸 보고 기분이 좋아진 준페이는 뒤를 따라가기로 마음먹었다. 생각지도 못한 산책이 될 것 같다. 바람에 실린 꽃과 바다의 내음을 깊숙이 들이마시며 준페이는 자신이 지금, 마음 깊은 곳에서부터 설렘으로 두근대는 걸 느꼈다. 꽤 오랜만에 맛보는 감각이었다.

펭귄은 능숙하다고는 하기 힘든 발걸음으로 착실하게 발을 떼며 걸어갔다. 당연한 듯이 공장 정문을 나와 우미하자마 역으로 향한다. 준페이는 후지사키 전기의 경비원인 몬가에게 펭귄과 공장의 관계에 대해 물어보려 했지만, 급한 볼일이라도 있었는지, 정문 앞에 서 있어야 할 경비원의 모습이 보이지 않았다.

기대가 빗나간 준페이는 "도움이 안 되는 녀석" 하며 한 차례 몬가에게 욕을 퍼붓고는 펭귄을 뒤쫓아갔다.

펭귄은 산막 휴게소 같은 대합실에서 한순간 멈춰 서더니 몸을 뒤로 젖히는 듯한 자세로 벽을 올려다보았다. 펭귄의 시선 끝에는 한 시간에 한두 대밖에 달리지 않는 지선, 유다라이선의 시간표가 있었다.

시간표를 확인하고 있나? 설마!

준페이가 흠칫 놀라고 있는 사이 펭귄은 본래 자세로 돌아와 자박자박 발소리를 내며 자동 개표구를 빠져나갔다. 문은 닫히지 않았다. 사람은 막으면서 펭귄은 자동 통과? 준페이는 혀를 차며 바지 주머니를 더듬는다. 조금 전에 스즈에에게서 낚아챈 교통카드가 들어 있었다.

"이번엔 닫히지 마."

준페이는 자동 개표구의 인식기에 타이르듯 중얼거리며 살며시 교통카드를 갖다 댔다. 준페이의 기도 반 협박 반의 바람이 이뤄지면서 문은 닫히지 않았고 무사히 통과할 수 있었다.

이때는 정말로 펭귄의 발걸음 끝엔 어떤 세계가 펼쳐지는지, 준페이는 신경이 쓰여 견딜 수가 없었다.

그래서 펭귄의 뒤를 따라 계단을 올라 플랫폼에 오렌지색 전철이 정차해 있는 걸 봤을 때도, 펭귄이 양발을 가지런히 맞춰 폴짝 점프해 그 전철에 올라타는 걸 봤을 때도 특별히 망설이지도 않고 "그럼, 나도" 하며 뒤따라 전철에 올라탄 것 같다.

문 근처에 서서 바다를 바라보는 펭귄을 곁눈질하며 긴 좌석의 정중앙에 앉는 순간 스즈에와 소헤이의 얼굴이 스치고 지나갔지만, 발차음 대신 플랫폼에 흘러나오는 아름다운 멜로디에 마음을 빼앗겨 바로 잊고 말았다.

"그리운 노래군."

혼잣말을 내뱉긴 했지만 준페이는 곡명도 노래를 부른 사람도 생각나지 않았다.

펭귄은 유다라이 역에서 본선 나미하마선과 합류하면서 제법 혼잡해진 전철 안에서도 태연한 얼굴로 자신의 공간을 계속 확보하며 서 있다, 얼마 뒤 많은 승객들과 함께 미슈쿠 역에서 내렸다. 나미하마선은 미슈쿠 역 이후로 도심과 연결되는 노선까지 연장 운행되기 때문에 어디까지 가는지 내심 조마조마했던 준페이는 안도의 숨을 내쉬었다. 그리고 사람들 사이에 섞여 개표구로 향하는 펭귄의 뒷모습을 죽을 둥 살 둥 뒤쫓아갔다.

전철 안에서는 승객 누구도 펭귄을 주목하지 않는 모습이 인상적이었다. 시간이 멈춘 세계에서 자신만 움직이고 있는 기분이 들었다. 준페이는 참다못해 옆에 앉아 스마트폰을 만지작거리고 있는 중년의 회사원에게 얼굴을 들이밀며 "문 근처에 펭귄이 서 있는 것처럼 보이는데 내 눈이 이상한 건가?" 하고 말을 건넸다.

중년의 회사원은 스마트폰에서 얼굴을 떼고 미심쩍게 준페이를 응시했다. 다행히 준페이의 모습이나 분위기가 회사원이 경계해야 할 대상은 아니었던 모양이다. 표정이 부드러워지면서 말투가 정중해졌다.

"아니요, 이상하지 않아요. 진짜 펭귄이에요."

눈이 동그래지는 준페이를 이상한 듯이 다시 보며 회사원은 물었다.

"혹 펭귄철도에 타는 건 처음이신?"

"펭귄철도?"

"네, 야마토기타 여객철도 노선에서는 이런 광경이 다반사인지 언제부턴가 그렇게 부르게 됐어요. 제가 펭귄과 동승한 건 오늘로 네 번째던가?"

준페이는 "그런 거였군" 하고 고개를 끄덕이며 입을 다물어버렸다. 지역사회에 동화된 펭귄에게 감탄하면서도 살짝 헛물켠 기분도 들었다. 펭귄과의 만남을 짐짓 특별하게 생각했던 자신이 겸연쩍게 느껴져 재미가 없어졌다.

우미하자마 역에서처럼 자동 통과로 미슈쿠 역 개표구를 빠져나간 펭귄은 사람의 왕래가 많은 역 광장을 다부지게 걸어갔다. 전철 안보다 훨씬 많은 사람이 모이는 큰 역에서는 펭귄을 알아보고 멈춰 서거나 휴대전화나 스마트폰으로 펭귄의 모습을 찍는 사람도 있었지만, 역시 대부분의 사람들은 아주 당연하다는 듯한 얼굴로 앞질러 가거나 스치고 지나갔다. 펭귄을 눈여겨보던 사람들 중에서도 함부로 만지거나 쫓아오는 사람은 없었다.

"과연 펭귄철도 이용객이군."

준페이는 만족스레 고개를 끄덕였다. 그리고 자신은 호기심을 있는 대로 드러내며 펭귄의 미행을 계속했다.

광장을 빠져나온 펭귄은 서쪽 출구에서 밖으로 나갔다. 역 서쪽에는 지방 백화점과 영화관이 입점한 큰 쇼핑몰이나 볼링장 등의 상업 시설이 늘어서 있고, 이 지역에서 유명한 문구 전문점 〈분바쿠도〉의 커다란 간판이 눈에 띄었다. 서쪽 출구 정면에는 버스 로터리가 있었지만 펭귄은 버스를 이용하지 않는 듯했다. 줄지어 늘어선 사람들을 본 체만체하고 계속 걸어갔다.

버스가 오가는 간선도로를 따라 가로수 길을 5분 정도 걸어가자 〈미슈쿠 수족관〉이라는 간판이 눈에 들어왔다. 설마! 하고 생각했지만 그 설마였다.

펭귄은 뒤뚱뒤뚱 몸을 흔들며 수족관으로 들어갔다.

"여기가 집인가?"

준페이는 믿을 수가 없어 잠시 그 자리에 우두커니 서 있었다. 매일 아침 펭귄이 사람처럼 전철을 타고 공장에 출근하는 모습을 상상하자 점점 재미있어졌다. 준페이는 웃음을 억지로 참느라 힘들어하며 입장권 판매소로 향했다.

판매소 앞까지 와서야 지갑을 놔두고 온 걸 깨닫는다. 봄 외투, 바지, 조끼에서 셔츠까지 주머니란 주머니는 전부 찾아봤지만 나온 건 교통카드 한 장뿐이었다.

"안 돼. 돈이 없어."

준페이가 원통해하며 중얼거리자, 오래 기다린 판매소의 젊은 여직원이 "괜찮을지도 몰라요" 하며 최상의 미소를 띠며 말해주었다. 보조개가 들어가 무척 귀여웠다.

"하지만 지갑이."

"교통카드의 전자화폐도 사용 가능하세요."

"과연."

준페이는 위엄 있게 고개를 끄덕였지만 실은 여직원이 말하는 의미를 전혀 알 수 없었다. 모르는 걸 들키지 않으려고 여직원이 권하는 대로 교통카드를 건넸다.

표정이 바뀔 때마다 쏘옥 쏘옥 보조개가 들어가는 여직원은 준페이의 교통카드를 작은 기계에 통과시킨 뒤, 다시 웃었다. 쏘옥.

"괜찮아요. 잔액으로 계산하실 수 있어요. 어떻게 하실 건가요?"

"계산하지."

무슨 잔액이지? 캐묻고 싶은 마음은 굴뚝같지만 준페이는 헛기침을 하며 고개를 끄덕인다.

애써 뒤쫓아왔다. 여기서 주춤하다 펭귄을 놓칠 수는 없다. 수족관이 집이라면 집인 걸로 됐다. 편안히 쉬는 모습을 보고 싶다.

판매소의 젊은 여직원이 권하는 대로 나이트패스인가 하는 걸 구입했다. 오후 5시부터 입장하면 낮보다 5백 엔 정도 싸지는 모양이다. 준페이는 순간적으로 손목시계를 보려고 하다 손목에 아무것도 차지 않은 걸 떠올렸다.

"미안하네. 지금 몇 시지?"

"오후 5시 45분입니다. 오후 6시부터 경기장 쪽에서 돌고래, 물개 쇼를 시작합니다. 오후 6시 반부터는 어울림 마당에서 '캐러멜 아웃'의 무료 공연이 있어요."

"캐러멜 아웃? 별스러운 이름의 해양 생물이 다 있군."

준페이가 중얼거리자, 판매소 여직원이 깔깔 웃었다.

"해양 생물이 아니에요. 사람이에요. 아이돌 유닛 같은 거예요."

"왜 수족관에 와서 아이돌을 봐야 되지!"

사람들의 웃음거리가 되는 걸 제일 싫어하는 준페이는 성난 얼굴을 숨기려 하지도 않고 언성을 높였다. 판매소 여직원이 입을 떡 벌린 채 놀라는 모습이 역력했지만 개의치 않고 발길을 돌려 수족관으로 향했다.

판매소에서 생각지도 못한 일로 시간을 잡아먹는 바람에 수족관 문을 통과했을 때는 이미 펭귄의 모습은 그림자조차 보이지 않았다.

준페이는 조바심이 나 주위를 빙 둘러보며 어스레한 터널 같은 통로를 걸어가다 벽 한 면이 전부 유리로 된 거대한 수조가 있는 층에 이르렀다. 수조에는 상어, 거북이, 가오리, 정어리 떼 등이 제각기 나름의 코스와 속도로 헤엄쳐 다니고 있었다.

세차게 물을 가르며 나아가는 박력 넘치는 조망에 준페이는 펭귄을 찾고 있다는 사실도 까먹고 한참 동안 입을 떡 벌리고 우두커니 서 있었다. 이윽고 실내의 어둠과 거대한 수조가 눈에 익고 주위를 둘러볼 여유가 생기자, 이 층에 해양 생물 펭귄은 없으며 인간 젊은 남녀만 북적대고 있다는 걸 깨닫게 된다.

아무래도 밤의 수족관은 전형적인 데이트 명소인 모양이다. 플래시를 켜지 않으면 촬영도 가능한 터라 수조 앞에는 해양 생물을 배경으로 여자들이 쭉 늘어서 있고, 한 층 높은 곳에 진을 치고 있는 남자들이 멋진 바다 생물이 다가올 때마다 찰칵찰칵 셔터 누르는 소리를 울려댔다.

"시시해."

준페이는 콧방귀를 뀌며, 기념 촬영을 위해 셔터를 눌러 달라고 연거푸 부탁하는 연인들의 사진사 역할을 "바빠서"라는 말로 사정없이 거절하면서 그 층을 가로질러 갔다.

"거참, 요즘 젊은 사내놈들은 여자 기분 맞추는 데만 급급하단 말이야. 한심하기 짝이 없어."

중얼중얼 말을 내뱉으며 모퉁이를 돌자, 수중 터널 형태의 에스컬레이터가 나타나 다시금 놀라고 만다. 조금 전에 본 거대 수조 안을 에스컬레이터를 타고 올라가는 구조로 돼 있는 모양이다.

준페이는 쭈뼛쭈뼛 에스컬레이터 계단에 올라타서는 두리번두리번 주위를 둘러본다. 천장을 올려다보다 우아하게 헤엄쳐 가는 가오리 배를 봤을 때는 자신도 모르게 "오오오" 하고 소리를 지르고 말았다.

당황해 입을 막았지만 위쪽 계단에 서 있는 사람들이 일제히 쳐다본다. 뭐야? 좀 흥분하면 어때서? 준페이가 뚱하게 고개를 들자, 뒤돌아서서 신기한 듯이 준페이를 내려다보는 초등학생쯤으로 보이는 남자아이와 눈이 마주친다.

준페이의 얼굴이 무척이나 무서웠던 모양이다. 남자아이는 허둥지둥 앞으로 몸을 돌려 옆에 서 있는 아버지로 보이는 남자 손을 꽉 잡는다.

하하하. 패기 없는 녀석 같으니라고.

준페이는 웃음을 참으려고 입을 꾹 다물고 있다 갑자기 다시 정색을 하며 눈을 빠르게 깜빡였다. 손을 잡고 있는 부자의 뒷모습을 예전에 어디서 본 것 같은 기분이 들었기 때문이다.

한데. 어디서 봤지? 준페이가 고개를 갸웃하며 떠올리려 애쓰는 사이, 수중 터널이 끝나고 말았다.

"아, 제기랄."

준페이는 혀를 차며 망설이지도 않고 계단으로 내려와 거대한 수조가 있는 층을 지나 다시 한 번 에스컬레이터를 탔다. 몇 번을 타도 수중 터널은 재미있는지라, 준페이는 주위에 있는 아이들 그 누구보다도 눈을 반짝반짝 빛냈다.

결국 다해서 네 번이나 수중 터널을 지나 겨우 새로운

스위트 메모리스 297

층으로 걸어가던 참이었는데, 경기장에서 쇼가 시작된다는 안내 방송이 흘러나왔다.

판매소 여직원이 얘기한 돌고래, 물개 쇼를 말하는 것이리라. 준페이는 눈을 빠르게 움직이며 펭귄이 주위에 없는 걸 확인하자, 〈경기장〉이라 적힌 안내판을 따라갔다. 절대로 쇼가 보고 싶은 건 아니야, 하고 스스로 자신에게 변명을 했다.

옥상에 자리한 경기장의 딱딱한 벤치에 앉자, 준페이는 자신이 꽤 지친 걸 깨닫는다. 장딴지에서 넓적다리까지 뻐근하게 저려왔고 양말도 좀 꽉 끼는 듯한 느낌이 들었다. 발 전체가 부은 모양이다. 게다가 허리도 아팠다.

"너무 걸었나."

준페이는 허리를 주무르며 경기장을 빙 둘러본다. 경기장 전체는 완전히 두 개로 쪼개진 절구통 같은 형태로, 계단식으로 설치된 관람석 가장 아래쪽에 깊은 풀장과 무대가 있었다. 풀장과 가장 아래쪽 관람석 사이에는 통로가 만들어져 있고, 누가 봐도 물개용 크기인 시상대가 설치돼 있었다. 천장은 절반가량 뚫려 있고 풀장 위로 반쯤 천막이 쳐져 있었다. 천막 천장에는 공과 고리가 매달려 있었다. 쇼가 시작되면 장치물의 위치를 조금 내려 잘 훈련된 돌고래나 물개들에게 묘기를 선보이게 할 것이다.

조금씩 심해지는 허리 통증에 준페이는 눈을 감는다. 통증은 서서히 상반신을 타고 올라오더니 어깨를 타고 넘어 목과 얼굴을 지나 마침내 머리에까지 이르고 말았다. 일어났을 때부터 어렴풋이 느껴지던 두통이 갑자기 확연하게 통증의 형태로 나타나기 시작했다.

준페이는 낮은 신음 소리를 내며 허리를 주무르던 손을 양쪽 관자놀이에 대고 엄지로 있는 힘껏 꾹꾹 눌렀다. 다른 통증을 가하지 않으면 도저히 참아낼 수 없을 것 같은 날카로운 통증이 머릿속을 스치고 지나갔다.

그때 관객들의 박수와 환성 소리가 들리고 아래 무대에서 물개 두 마리와 함께 사육사가 등장했다.

"안녕하세요! 미슈쿠 수족관에 오신 걸 환영합니다!"

마이크를 통해 윙윙 울려 퍼지는 활기찬 목소리에 관객들의 기분은 고조되었다. 곤혹스럽게도 준페이가 어떻게든 진정시키려고 했던 통증도 다시 고조되고 말았다. 준페이는 참다못해 관자놀이를 누르고 있던 손가락을 귓속에 쑤셔 넣었다.

평일 오후 6시라는 시간대 탓인지 경기장 관람석은 그다지 차지 않았다. 한 열에 설치된 벤치당 관람객은 한 팀 정도로 여유 있게 앉을 수 있었다. 준페이도 혼자서 한 열을 차지하고 있었다. 덕분에 몸의 이상을 주위 관람객들에게 들키지 않고 넘길 수 있었다.

준페이에게 있어 생판 모르는 사람이 걱정해주는 일은 모자란 사람으로 보인다는 증거였다. 굴욕적인 일이다. 가능한 한 피하고 싶었다.

결국 준페이는 쓰러지지 않으려고 눈과 귀를 꽉 막고 쇼가 끝날 때까지 버티는 데 온 힘을 쏟는 바람에 물개가 모든 고리를 목에 건 고리 던지기 쇼도, 코끝으로 공을 돌리는 장면도, 앞발로 물구나무를 서서 지느러미를 흔드는 익살스러운 인사도 놓치고 말았다. 돌고래 쇼 차례가 됐을 땐 높은 점프에 호응해 관객이 내지르는 함성 소리밖에 들리지 않았다.

"그럼 여러분, 조심해서 돌아가세요. 수족관에는 아직 더 많은 바다 친구들이 있어요. 꼭 보고 가세요."

기운 넘치는 사육사가 마이크 전원을 끄는 걸 기다리다 준페이가 조심조심 눈을 뜨자, 모든 관객들이 자리에서 일어나 경기장 출구로 가는 참이었다. 출구는 제일 위쪽에 있어 관객들은 줄을 지어 벤치 옆 계단을 올라갔다.

준페이는 간신히 통증이 완화된 관자놀이에서 손을 떼고, 물개도 돌고래도 사육사도 사라진 무대와 풀장을 새삼스레 내려다보았다.

앞쪽에서 소곤소곤 말하는 소리가 들려왔다.

"저기, 미치로 오빠. 펭귄이 걸어 다녀……"

"진짜로 걸어 다니네."

"……쟤, 우미하자마 역에 있던 펭귄 아냐?"

"설마."

"그치만 굉장히 닮았어. 머리에 하얀 줄무늬가 들어간 부분도 그렇고."

"지에…… 저 하얀 아치형 머리띠 같은 무늬는 젠투펭귄이라는 종 전체가 가지는 특징이야. 조금 전 펭귄 코너에 설명돼 있었잖아?"

"그 설명은 나도 읽었어. 그치만 닮은 것 같아."

준페이는 '펭귄'이나 '우미하자마 역'이라는 단어에 귀를 쫑긋 세우고 만다. 내려다보니 두 계단쯤 아래에 있는 벤치에 나란히 앉은 커플이 이마가 닿을 정도로 바싹 붙어 얘기를 나누고 있었다. 둘의 옆모습은 남매처럼 똑 닮았다. 여자의 시선을 따라가자 펭귄을 바로 찾을 수 있었다. 풀장과 관람석 사이의 통로를 몸을 뒤뚱뒤뚱 흔드는 예의 그 걸음걸이로 무대 오른쪽에서 왼쪽으로 자박자박 걸어가고 있었다.

그 형체나 걸음걸이, 주둥이 색이나 머리에 들어간 하얀 아치형 머리띠 같은 무늬는 여자가 말한 대로 준페이의 눈에도 우미하자마 역에서 온 펭귄으로 보였다.

"그 녀석이다." 준페이는 낮은 신음 소리를 내며 벤치에서 몸을 엉거주춤 일으켰지만 같은 타이밍에 앞 커플도 일어나는 바람에 다시 앉고 말았다.

나이 지긋한 사내가 펭귄 꽁무니를 죽을 둥 살 둥 쫓는 모습 따위를, 젊은 사람들에게 도저히 보여줄 수 없었다.

체격도 차림새도 비슷해 남녀 차이가 별로 나지 않는 커플은 쇼가 끝난 경기장 벤치에 딸랑 혼자 계속 앉아 있는 준페이를 보고 한순간 이상하게 쳐다봤지만 바로 시선을 상대에게로 돌렸다.

"지에, 익숙지 않은 일과 때문에 피곤한 거 아냐?"

"응? 괜찮아. 처음 회사에 근무하는 거라 실수도 많지만 신입 사원이니까 어쩔 수 없지 않느냐며 뻔뻔하게 굴기도 하는걸. 펭귄을 잘못 볼 정도로 약해지지 않았다니까."

그렇게 말하며 웃어넘기는 여자를 남자는 믿음직스럽게 바라보며 "그럼, 생선 초밥이라도 먹고 돌아갈까?" 하고 제안한다.

그 뒤 둘이서 좀 둘러볼지, 좀 더 비싼 가게로 갈지, 우선 뭘 주문할지 등등 열심히 생선 초밥 이야기를 하면서 계단을 올라가버렸다.

"수족관 구경하고 가면서 생선 초밥이 목구멍에 넘어가

는 신경을 도통 모르겠단 말이야."

준페이는 투덜거리며 "웃샤" 하고 일어나 그대로 천천히 계단을 내려갔다. 머리 통증이 언제 다시 들이닥칠지 몰라 생각대로 못 뛰는 게 아쉬웠다. 풀장 앞 통로까지 내려가 펭귄이 사라진 왼쪽 방향을 말똥말똥 쳐다보자 목재 여닫이문이 보였다. 자물쇠 앞에는 열쇠가 채워져 있는데도 펭귄의 모습은 보이지 않았다. 어디로 사라진 걸까?

준페이는 문으로 다가가 손잡이를 잡고 덜컹덜컹 소리가 나도록 흔들었다. 그러자 문이 세게 흔들리면서 양쪽 문이 어긋나기 시작하더니 펭귄 정도가 아니라 사람까지도 여유롭게 지나갈 수 있는 틈이 생겼다.

준페이는 마술의 트릭이라도 발견한 것처럼 "이거야" 하고 코를 벌렁거렸다.

"펭귄은 문에 몸을 들이박아 틈을 만들어 밖으로 나간 거야."

그때 문 너머로, 남자 무리들의 굵직한 목소리가 들려왔다.

"뭐지?"

준페이는 조금 망설였지만 보는 눈이 없는 걸 확인하자 과감하게 문을 밀쳐 열고 몸을 비틀어 빠져나갔다. 두통은 이미 잊었다. 요컨대 잊어먹을 정도로 통증이 가라앉았다는 얘기다.

경기장 밖에 설치된 경사진 발판을 따라 내려가자 그대
로 밖으로 나올 수 있었다.

해가 진 쪽빛 하늘 아래로 원형 광장 한 귀퉁이에 세워
진 임시 무대가 보였다. 조명이 휘황찬란하게 빛나고 음향
기기 반주에 실린 음량 조절이 안 되는 새된 소리가 왕왕
메아리쳐 울렸다.

준페이는 순간적으로 관자놀이를 눌러 그곳에 통증이
없는 걸 확인하고는 앞으로 나아갔지만 〈수제 빵〉이라는
깃발 형태의 현수막 간판이 시선 한구석에 들어온 순간 바
로 방향을 틀었다.

〈수제 빵〉을 향해 걸어가면서 바지 뒷주머니에 쑤셔 넣
어둔 수족관 팸플릿을 꺼내 지도를 살펴본다. 지도에 의하
면 준페이가 지금 있는 곳은 수족관 건물과 체육공원 사이
에 만들어진 포석 원형 광장인 〈어울림 마당〉인 듯했다. 핼
러윈 때 가장행렬이 줄지어 행진하거나, 주말에 프리마켓
이 열리거나, 깊은 가을밤 재즈밴드가 연주를 하거나, 여름
방학 때 캐릭터 쇼가 펼쳐지거나 하는 등 꽤 다목적으로 **사
람들이 한데 어울리는** 장소로 쓰이는 듯했다. 구석구석에 벤
치나 테이블이 놓여 있어 이벤트에 참가하지 않고 그냥 느

굿하게 쉴 수도 있을 것이다.

그런 사람들을 위한 건지, 많은 음식 가판대가 어울림 마당 주위를 빙 에워싼 채 좋은 냄새를 사방팔방으로 풍겨대고 있었다. 가판대에는 콘셉트나 통일성은 없었고 케밥, 일본식 볶음국수, 닭튀김, 핫도그, 와플, 사과 사탕, 왕풀빵, 팥빙수 등 간단한 식사거리나 군것질거리를 되는 대로 팔고 있었다.

준페이는 무대를 뒤로하고 어울림 마당을 곧장 가로질러 〈수제 빵〉이라는 깃발 형태의 현수막 간판이 세워진 푸드 트럭으로 척척 다가갔다. 혼잡한 케밥이나 핫도그 가판대와는 판이하게 달리 줄 서 있는 사람이 한 명도 없었다.

"어서 오세요."

트럭 옆에 따분한 듯 서 있던 여자가 머리를 숙인다. '수제 빵'을 각인시키려는 듯이 새하얀 제빵사 모자를 쓰고 하얀 제빵사 복장에 빨간 스카프를 목에 둘러 전문 제빵사처럼 하고 있지만 겉모습일 뿐일 테지.

준페이는 눈인사만 살짝 건네고 돌아서 트럭 뒤 칸으로 갔다. 유리 진열대로 개조된 뒤 칸에는 몇 종류나 되는 빵이 가지런히 진열돼 있었다.

오늘 준페이는 오후까지 자고 그대로 집을 뛰쳐나온 터라 아직 한 끼도 제대로 뭘 먹은 적이 없었다. 한번 공복을 느끼자 참기 어려운 기분이 들었다.

"팥빵은 없나?" 준페이는 여자에게 말을 건넸다.

"있어요."

여자는 고개를 끄덕이는 순간 미끄러져 내린 모자를 한 손으로 누르며 빵 집게로 선반 상단에 놓인 빵을 집어주었다. 쟁반에 올려놓는 빵을 보고 준페이는 "검정깨군" 하고 중얼거렸다.

"네?"

"팥소는 통팥이야, 으깬 거야?"

"음, 그러니까…… 분명…… 통팥, 이었나?"

자신이 만들지 않은 게 빤히 드러나는 대답을 하면서도 여자는 주눅 드는 법도 없이 웃었다.

"취향이 분명하시네요."

"팥빵을 제일 좋아해. 빵을 좋아하는 게 아니야. 팥빵이라 좋은 거야. 무슨 소린지 알겠어?"

"잘 알지요."

여자는 비위를 맞추듯 고개를 끄덕이며 팥빵을 일회용 종이봉투에 재빨리 싸주었다.

"계산은 전자화폐로 부탁해. 교통카드의 전자화폐야. 괜찮나?"

준페이는 이제 막 외운 단어를 이때다 싶게 써본다. "괜찮아요" 하며 여자가 교통카드를 받아주는지라 대범하게 계속 말했다.

"팥소는 통팥으로, 사실은 위에 소금으로 절인 벚꽃을 얹어놓은 타입을 제일 좋아하지만 뭐, 검정깨도 괜찮아."

끝까지 아랫사람 대하듯 말하는 준페이는 여자가 몰래 한숨을 쉬며 어깨를 움츠린 사실을 알지 못했다. 준페이가 본 건 쾌활하게 웃으며 머리를 숙이는 모습뿐이었다.

"고맙습니다" 하는 목소리로 배웅받으며 준페이는 다시 조명을 환하게 밝히고 엄청나게 큰 소리를 내고 있는 장소로 향했다. 걸으면서 덥석 문 팥빵은 팥소도 적당히 달달했고 빵 질감도 촉촉하니 부드러웠다. 기대하지 않았던 만큼 그 맛에 깜짝 놀란다. 이런 종류의 즐거운 놀라움은 대환영이지, 하며 준페이는 만족했다. 눈 깜짝할 새에 다 먹어치우고는 부끄러움을 무릅쓰고 하나 더 사러 갈까 망설이고 있는 사이에 애초 가려고 했던 장소에 도착하고 말았다.

그곳의 공기를 접한 순간 준페이는 뺨을 한 대 맞은 것처럼 우두커니 서서 눈을 크게 떴다. 눈앞에 지금껏 본 적이 없는 광경이 펼쳐졌다. '압도' 같은 간단한 단어로는 표현할 수 없는, 소용돌이 속에 빨려 들어갈 것 같은 기분에 공포마저 느껴졌다.

무대 위에는 무척 화려한 분홍색 세일러복과 고양이 마

스코트 인형, 피투성이 간호사 차림, 치마를 미니스커트처럼 짧게 만든 무녀 의상, 고스로리라 불리는 코르셋이 달린 원피스 등 준페이식으로 말하면 '요상함' 이외에는 그무엇도 아닌 모습을 한 다섯 명의 소녀가 날거나 방방 뛰고 있었다. 그런 소녀들을 무대 밑에서 지켜보는 관객 80퍼센트는 남자였다. 소년도 소헤이쯤 돼 보이는 청년도 이미 중년을 넘긴 사람도 있었지만, 모두 일사불란하게 뜨거운 성원을 무대 위 소녀들에게 끊임없이 보내며, 곡에 맞춰 가지각색의 야광봉을 이것 또한 일사불란한 움직임으로 흔들고 있었다. 곡 사이에는 분위기를 띄울 요량으로 무리 중 한 명을 번쩍 들어 올리기도 했다.

한가운데서 불이라도 피우면 완전 주술 의식인데. 준페이는 무의식적으로 뒷걸음질 치는 발을 멈추고, 한껏 허세를 부리며 콧방귀를 뀌었다.

"기분 나쁜 무리들일세."

그 소리는 운 나쁘게도 곡과 곡 사이에 생긴 한순간의 정적을 가르며 크게 울려 퍼졌다. 무대 위에서도 무대 아래서도 숨을 삼키는 기척이 전해져왔다. 이윽고 그 공기는 분노를 안고 준페이에게 세차게 되돌아왔다.

"뭐야, 이 영감탱이. 감히 누굴 까대는 거야."

"근데, 진짜 완전 웃기는데. 여기 '캐러멜 아웃' 라이브 공연장이거든. 영감, 너무 자기중심적인 거 아냐?"

"맞아, 맞아. '캐러멜 아웃'을 더럽히지 마. 영감탱이, 어이!"

무대 아래에 있던 남자들이 잇달아 성난 목소리를 질러 대자 준페이는 발끈한다.

"시끄러워! 제대로 말을 해! 도통 의미를 모르겠잖아."

"영감들은 당연히 모르겠지."

"영감 취급 할래. 난 아직," 하고 얘기를 꺼내다 준페이는 말문이 막힌다.

어? 난 지금, 몇 살이지?

준페이는 혼란스러워하며 치켜든 주먹을 어디로 가져가야 할지 몰랐다.

그런 가운데 끼이익 하는, 얼음을 가는 소리처럼 머리를 울리는 달콤한 목소리가 마이크에 실려 들려왔다.

"기다리게 해서 죄송합니다! 다음 곡은 제가 캐러멜 아웃으로 유닛 활동을 하기 전에 솔로로 발표한 곡이에요."

그 말이 끝나기 전에 전주가 시작되고 준페이에게 향했던 남자들의 분노는 금세 안개처럼 흩어져 사라졌다. 아무 일도 없었던 것처럼 다시 야광봉을 흔들며 전주 리듬에 맞춰 묘한 가락을 외치기 시작했다.

"데일리, 러블리, 미라클 루루탄! 샐러리, 칼로리, 트러블 루루탄! 그래도 마법소녀를 그만둘 수 없다!"

"뭐, 뭐지? 뭐지? 어떻게 된 거야?"

준페이는 깜짝 놀라며 동요한다. 무대 위에서 달콤한 소리가 한층 더 크게 울렸다.

독특하게 가락을 붙여 외치기 시작한다.

"빗자루가 없어도 날 수 있어! 마법소녀 아이돌 루루탄, 웃음을 찾아 오늘도 떠난다! 러브러브, 두근두근, 루루루루…… 모두 건강해져라."

긴 머리를 위로 바짝 당겨 둘로 묶고는 극단적으로 큰 분홍색 리본을 단 소녀가 마이크를 객석으로 돌려 빙글빙글 돌렸다. 검은 퍼프소매 원피스는 코르셋을 가장 겉에 입은 희한한 디자인이다. 저 애가 마법소녀인가? 마이크가 마법 지팡이라는 건가? 뭐 하는 거야, 저 애는? 그리고 이 무리들은? 집단으로 마법사 놀이? 아직 학교도 안 들어간 애도 아니고, 어디 좀 모자라나?

당혹스럽기 짝이 없어 다시 성을 내기 시작한 준페이의 팔을 누군가가 잡았다.

"지금 도망치는 게 좋아요."

돌아보자, 넓은 이마에 반다나 스카프를 두른 키 큰 남자가 무표정하게 서 있었다. 어두운 밤에 모습을 드러낸 하얀 얼굴은 밋밋해 보였다. 야광봉을 들고 있는 걸 보니 이 녀석 역시 공연인지 의식인지 마법사 놀이인지 당최 알 수 없는 이 이벤트에 참가하고 있는 걸 테지. 조금 전에 있었던 일 때문에 준페이는 자신도 모르게 방어 자세를 취했다. 그런 준페이를 딱하다는 듯이 내려다보며 하얀 얼굴의 남자는 "겁먹지 마세요" 하고 덤덤한 목소리로 말했다.

"겁 같은 거 안 먹었어."

"그럼 됐지만."

"히사메 형" 하고 하얀 얼굴의 남자를 부르며 둘 사이에 끼어든 건 교복 차림의 소년이었다. 고등학생 정도로 보인다.

"무슨 일이에요? 루루탄 노래 시작했어요."

무대 위의 마법소녀를 손가락으로 가리키며 소년은 빠른 어조로 말했다. 그리고 준페이의 얼굴을 보자 당황한 듯이 놀란 표정을 지었다.

"괜찮아. 이대로라면 이분, 루루탄 노래가 끝나는 시점에서 모두한테 반죽임을 당할 거야. 공연 중에 그런 소동이 일어나면 루루탄이 슬퍼할 거야. 나, 잠시 안전한 곳까지 안내해드리고 올게."

히사메라 불린 남자가 침착하게 대답하자 소년은 불만스레 "하지만" 하고 입을 삐죽 내민다.

"모처럼 둘이서 공연에 왔는데."

"바로 돌아올 거야. 게다가 다음 순서는 마히론의 솔로 곡 발표잖아. 겐터스는 여기서 잘 봐두도록 해."

히사메가 무대 끝에서 마법소녀에게 성원을 보내고 있는 미니스커트 무녀 의상을 입은 소녀에게 눈길을 보내자, 겐터스라는 닉네임을 가진 소년의 뺨이 확 상기되었다.

마히론이라 불린 소녀는 멀리서 봐도 팔다리가 훤칠하게 긴 장신으로 그 자리에 있는 소녀들 중에서도 스타일이 좋아 눈에 띄었다. 곧게 뻗은 검은 머리는 젖은 듯이 반짝이고 있어 반듯한 이목구비를 한층 더 숭고하게 보이게 했다. 소위 말하는 미소녀라는 거군, 하며 준페이는 우쭐해하며 턱을 쓰다듬었다.

"마히로…… 가 아니라 마히론, 잘할지 모르겠네."

걱정스레 중얼거리는 겐터스에게 히사메는 엄숙하게 고개를 끄덕였다.

"마히론에겐 첫 야외무대니까. 라이브 하우스 데뷔 다음으로 긴장하는 건 당연해. 하지만 겐터스, 아이돌이 긴장감을 떨쳐버릴 때까지 응원에 응원을 거듭하는 게, 집요할 정도로 응원하는 게 우리 팬들의 역할이야."

"네, 알겠습니다. 히사메 형!"

준페이는 겐터스와 히사메의 마치 연극 대사를 읊조리는 듯한 대화를 건성으로 흘려듣고, 조금 전에 나왔던 '반죽임'이란 말이 신경이 쓰여 불안스레 눈을 여기저기 굴렸다.

그런 준페이가 눈에 들어와 히사메가 힘껏 팔을 잡아당겼다.

"그럼, 갈까요."

"잠시만, 잠시만, 잠시만. 이건 대체 무슨 소동이야?"

팔을 잡힌 채 걷기 시작하면서 준페이는 있는 대로 위엄을 가장한다.

"'캐러멜 아웃'이라는 인디 아이돌 유닛의 무료 공연이에요. 우리는 캐러멜 아웃의 팬으로 순수하게 라이브를 즐기고 있었을 뿐이에요. 소동을 일으킨 건 어르신이에요."

히사메의 입바른 소리에 준페이는 끙끙대는 것 말고는 아무 소리도 할 수 없었다. 히사메의 얼굴을 올려다보자, 무대를 밝히는 조명에서 멀어진 하얀 얼굴 위로 커다란 검은 그림자가 생겨나 있었다.

"자신이 이해 못 하는 것이나 사람을 부정 안 했으면 좋겠어요. 부정당하면 당한 쪽도 다시 어르신을 부정할 거예요. 교류는 거기서 끊어져버려요."

준페이는 어두운 그림자로 덮인 히사메의 움직이는 입을 물끄러미 바라보고 있었다. 관자놀이 안쪽에서 철썩철썩 파도가 밀려오듯이 통증이 도지기 시작했다.

아프다. 머리가 아프다. 하지만 그 이상으로 마음이 아프다. 어째서?

준페이는 동요하며 시선을 이리저리 돌린다. 조금 전 팥빵을 샀던 푸드 트럭이 마칠 준비를 하는 게 보였다. 더 이상 식욕은 생겨나지 않았다.

준페이는 고개를 숙이며 지면에 드리워진 히사메의 긴 그림자를 바라본다. 꽤 키가 크구나, 이 아이는. 준페이는 히사메와 엇비슷하게 키가 큰 남자를 이 아이 외에도 알고 있는 것 같았지만 도무지 얼굴이 떠오르지 않았다.

'난 아버지를 부정하고 싶지 않고, 아버지한테 부정당하고 싶지도 않아.'

문득 생생한 목소리가 머릿속에서 되살아나 준페이는 번쩍 얼굴을 든다. 소헤이?

"……무슨 일 있으세요?"

히사메의 하얀 얼굴이 굳어지면서 준페이를 본다. 준페이의 거동을 수상쩍게 생각하는 게 훤히 보였다.

"아니야" 하고 준페이는 힘없이 머리를 가로저으며 목덜미 아래를 주물러 풀었다.

"미안하다."

내친 김에 흘러나온 자신의 말에 스스로 놀란다.

뭐지, 지금 한 말은? 내가 누구한테 사과한 거야?

준페이는 혼란이 극에 달했다. 히사메는 어안이 벙벙해 입을 다물었고 얼마 있다 걸음을 멈추었다. 어느새 둘은 어울림 마당을 벗어나 다시 수족관 앞까지 와 있었다.

히사메는 바지 주머니에서 꺼낸 스마트폰으로 시간을 확인했다.

"공연은 앞으로 30분도 채 안 돼 끝날 거예요. 캐러멜 아웃 팬들은 그대로 멤버들과 악수를 나눌 수 있는 회장으로 이동할 거예요. 쓸데없는 사소한 시비를 피하려면 그 전에 돌아가시든지, 아니면 수족관 안에서 시간을 때우면서 귀가 시간을 늦추세요."

"알겠네."

준페이가 고개를 끄덕이자 히사메도 살짝 고개를 숙이고는 그대로 사라지려 했다. 그 순간 옥외등 불빛에 비춰지면서 스마트폰 대기화면이 보였다. 펭귄 사진이다. 그것도 머리에 아치형 머리띠를 한 것처럼 한 줄의 하얀 줄무늬가 들어간 펭귄이 클로즈업된 사진이었다. 준페이는 반사적으로 황급히 히사메의 등에 대고 말을 건넸다.

"난 그저 펭귄을 찾고 있었을 뿐이네."

히사메는 발을 멈추며 천천히 돌아보았다. 밋밋하게 생긴 히사메의 얼굴엔 역시 거의 표정이 없었지만 당황하는 기색은 느낄 수 있었다.

"펭귄이면······ 수족관에 있는 거 아닐까요?"

히사메의 너무나 당연한 조언을 듣고 준페이는 한 줄기 희망을 발견한다.

"그렇겠지. 친구 곁으로 돌아간 건지도 몰라."

관자놀이 안쪽이 아직 욱신거렸지만 목소리는 활기찼다. 준페이는 히사메에게 손을 들어 보이더니 자신이 먼저 재빨리 발을 돌려 수족관으로 다시 들어갔다.

펭귄 코너는 3층에 있었다. 조금 전엔 수중 터널에 정신이 팔린 데다 쇼가 시작된다는 안내 방송까지 나와 허둥지둥 이동하는 바람에 못 보고 지나친 층이다. 펭귄을 배려한 건지 절전 대책인지 몹시 조명이 어두침침했다. 드문드문 흩어져 있는 관람객들 얼굴도 서로 잘 안 보일 정도였다.

한편 유리벽 너머는 휘황하게 밝은 형광등 불빛이 밝혀져 있었다. 펭귄들은 그 밝은 세계에서 바위산에 올라가기도 하고, 넓고 깊은 풀장으로 잠수하기도 하고, 주둥이로 날개를 가다듬기도 하고, 선 채로 고개를 기울여 주둥이를 겨드랑이에 묻고 자기도 했다. 까아 까아 하는 울음소리도 들렸다. 어느 녀석이 울고 있지? 준페이가 유리벽에 달라붙어 열심히 쳐다보자 바위산 구석에서 펭귄에게 먹이를 주던 사육사가 유리벽 너머로 꾸벅 가볍게 인사를 건넸다. 머리와 수염에 털이 텁수룩하게 난 산 사나이 같은 풍채다. 꽤 상냥한 사육사군, 준페이는 당황하며 애매하게 인사를 돌려주고 나서 펭귄들에게 눈을 돌렸다. 머리에 닭볏 같은 깃털 장식이 달린 녀석, 몸집이 작은 녀석, 큰 녀석, 검은 눈 주위가 하얗고 항상 놀란 표정을 짓고 있는 녀석, 배에 얼룩무늬가 있는 녀석, 그리고 준페이가 뒤쫓아온 펭귄처럼 머리에 하얀 아치형 머리띠를 한 것 같은 무늬가 들어간 녀석 등 몇 종류나 되는 펭귄을 확인할 수 있었다.

"이 속에 섞여버리면 더 이상 못 찾겠는걸."

준페이는 맥이 풀려 자신도 모르게 혼잣말이 나왔다. 수족관에 걸려 있는 시계를 올려다보자 어느새 저녁 7시가 지나 있었다.

슬슬 가도 되는 시간인가, 하며 준페이가 유리벽 앞을 떠나려던 그때 해맑은 목소리가 들려왔다.

"귀여워."

"응, 귀엽구나."

옆을 보자 유리벽 앞에 서서 열심히 펭귄을 보는 부자가 있었다. 아이 얼굴은 낯이 익었다. 수중 터널에서 준페이를 무서워했던 남자아이다.

실내가 어두운 탓에 두 사람은 준페이가 조금 떨어진 곳에서 자신들을 엿보고 있는 걸 눈치채지 못한 채 대화를 계속 이어나갔다.

"황제펭귄, 훔볼트펭귄, 아델리펭귄, 왕관펭귄, 쇠푸른 펭귄, 그리고 또 뭐냐면."

"젠투펭귄?"

"맞아! 난 이 녀석이 제일 귀여워."

"머리에 하얀 무늬가 보기 좋은데."

아버지가 고개를 끄덕이자, 아들은 머뭇거리다 이윽고 결심한 듯이 "아빠" 하고 얼굴을 들었다.

"나, 펭귄 키우고 싶어."

아들의 진지한 호소에 아버지는 머리를 긁적였다.

"그렇게 쉽게는 못 키워."

"어려워도 괜찮아. 어떻게 하면 키울 수 있어?"

"으음, 펭귄은 수족관에 사는 동물이라서 말이야. 집에서는 무리야."

"뭐? 왜? 왜? 그럼, 집에 수족관 만들면 되잖아."

"그거…… 굉장한 아이디어인데. 집에 수족관을 말이지."

"여기 수족관 안으로 우리가 이사 와도 돼."

준페이 얼굴에 미소가 번진다. "이거 어쩐다" 하고 아주 난처해하는 아버지를 마음속으로 꾸짖으며 격려했다.

이봐, 제대로 대답해. 아들은 진심이야. 나라면…… 아니, 난…… 이렇게…… 대답…… 했어.

"'아버지가 더 출세해서 수족관을 통째로 사주마. 그러니까 너도 열심히 공부해서 훌륭한 사람이 되거라.'"

혼잣말이 무의식중에 그것도 꽤 크게 나와버렸다. 부자가 깜짝 놀라 입을 다문다.

아뿔싸, 하고 생각했을 때는 이미 늦었다. 지면이 갑자기 크게 흔들린 것 같은 느낌은 현기증 때문이다. 안 돼, 있는 힘을 다해 버텼지만 기력이 없었다. 준페이의 몸은 그대로 실이 끊어진 꼭두각시 인형처럼 땅에 푹 쓰러졌다.

아이가 아버지 등 뒤로 숨으며 울음을 터뜨리는 게 비스듬해진 시야로 들어왔다. 뭐지? 무섭니, 꼬마야? 미안해. 초등학생 정도로 보였지만 실은 더 어릴지도 모르겠는걸. 난 아이에 대해선 잘 몰라. 내 아들 일조차 아무것도 모르고 있어.

동동거리며 뛰어다니는 발소리와 "괜찮으세요?"라든지 "구급차!"라든지 하며 다급하게 외치는 소리가 들렸지만 그다지 자세히 기억나지 않는다. 그저 '왜 이리 시끄러운 거야' 하고 생각했다.

이제 난 됐어. 자게 해줘. 이대로 끝내게 해줘.

흐릿해지는 시야 속에 수조 유리벽에 비친 자신의 얼굴만 아주 선명하게 보였다. 움푹 팬 볼, 깊게 주름진 눈꼬리와 입가, 쑥 꺼진 이마, 듬성듬성해진 머리, 이 모든 게 현재 자신의 모습이라는 걸 알게 될 때까지 조금 시간이 걸렸다.

"하하, 뭐야. 난 이미 폭삭 늙은 영감탱이였잖아. 그렇구나…… 그날 이후로 벌써 제법 시간이 흘렀구나."

준페이는 잠긴 목소리로 중얼거리며 '그날'이 뭘 뜻하는지도 모른 채 조용히 눈을 감았다.

얼마나 시간이 흘렀을까? 갑자기 확 등을 미는 느낌이 들고 준페이는 엎드린 채 뻗어 있던 자신이 옆으로 눕혀지는 걸 느꼈다. 뭘 하는 거지? 하고 묻기 전에 시원시원한 목소리가 위에서 들려왔다.

"교코! 베개 대신으로 쓸 만한 물건을 어르신 어깨 밑에 받쳐. 맞아. 평평한 것도 상관없어. 머리 위치가 너무 높아지지 않게 해."

"아, 알았어. 내 가방으로 괜찮을까?"

준페이가 어렴풋이 눈을 뜨자 힘차게 올라간 눈썹과 현명해 보이는 눈동자가 인상적인 여자가 큼직한 숄더백을 들고 웅크리고 앉던 참이었다. 고급스러워 보이는 그 백을 망설이지도 않고 준페이의 머리 밑에 받친다. 그렇게 하면 가방 형태가 망가질 텐데, 하며 준페이는 미안하게 생각했다. 다른 사람에게 폐를 끼치고 있는 자신에게 화가 났다. 벌떡 일어나고 싶지만 몸이 움직이지 않는다. 난 도대체 어떻게 된 거야?

"미치! 이분, 눈을 떴어!"

교코라 불리는 현명해 보이는 여자가 외치자, 교코와는 전혀 다른 타입의 여자가 옆으로 다가왔다. 준페이의 얼굴 앞에서 손을 흔들며 "보이세요?" 하고 천천히 물었다. 준페이가 고개를 끄덕이자 부드러워 보이는 얼굴에 미소를 띠며 교코에게 말했다.

"다행이야. 눈도 떴고 의식도 있어."

그리고 이번엔 준페이를 보며 한 마디 한 마디 딱딱 끊어서 말해주었다.

"지금, 구급차를, 불렀어요. 조금만 더, 기다리시면 돼요."

구급차라는 말을 듣자 준페이는 식은땀이 쏟아졌다. 필사적으로 고개를 옆으로 저었다.

"싫, 어. 차에는 안 타."

"하지만 구급 **전철**은 없어서요."

교코가 조심조심 말참견을 한다. 그런 교코의 무릎에 살며시 손을 얹으며 미치가 고개를 갸우뚱했다.

"왜 차가 싫으신 거예요?"

왜? 그거야 당연하지 않겠어? 준페이는 입을 열려다 당황하고 만다. 이유가 전혀 떠오르지 않았다. 글쎄. 왜 난 차를 싫어하지?

미치는 처음부터 준페이에게서 대답을 알아내는 게 목적이 아니었던 모양이다. 특별히 신경 쓰는 기색도 없이 정색을 하며 물어왔다.

"셔츠 단추, 풀어도, 될까요?"

멍청한 소리 하고 있어. 그런 건 나 혼자 할 수 있어. 준페이는 스스로 단추를 풀려고 했지만 손은 힘없이 축 늘어져 움직이지 않았다.

입술을 깨무는 준페이의 얼굴을 본 미치는 살짝 미소를 지었다.

"저는, 다치바나 미치, 라 해요. 간호사, 자격증을 가지고 있어요. 옆에는, 친구, 사소 교코. 친구는, 간호사는 아니지만, 기댈 수 있는 친구, 예요."

옆에서 교코가 망설이며 머리를 숙이고는 작은 목소리로 "힘내세요"라고 말했다.

힘내라고? 뭘?

미치는 "죄송해요" 하고 양해를 구하고 나서 척척 준페이의 셔츠 단추를 세 개쯤 풀었다. 그리고 물었다.

"어르신, 이름을, 가르쳐줄 수 있으세요?"

"후…… 지."

목구멍이 타들어가듯이 뜨거워 준페이는 몇 번이고 헛기침을 하며 고쳐 말했다.

"후지사키 준페이."

어디선가 사이렌이 울리고 있었다. 그 소리가 불쾌해 준페이는 얼굴을 찡그렸다. 뜨거운 건 아무래도 목구멍이 아닌 모양이다. 열이 나는 곳을 이리저리 찾아보자 머리였다. 이건 열이 아니다, 아픈 거다, 하며 준페이는 겨우 깨닫는다. 그러자 그 통증이 돌연 저울추를 더한 것처럼 견디기 힘든 고통으로 변했다.

준페이가 발작하듯 몸을 번쩍 일으키더니 부들부들 떨기 시작했다.

"아, 후지사키 님! 후지사키 준페이 님!"

"후지사키 어르신! 정신 차리세요!"

미치가 "경련이야" 하고 외치며, 혀를 깨물지 않도록 준페이의 입 안에 자신의 손수건을 쑤셔 넣어준 건 기억하고 있다. 하지만 준페이의 의식은 급속히 멀어져갔다. 눈을 감은 뒤에도 미치와 교코가 번갈아가며 이름을 부른 건 알고 있었지만, 두 번 다시 눈을 뜰 마음은 생기지 않았다. 이윽고 준페이의 기억이 빠져나가면서 생겨난 망각의 바다 속으로 그녀들의 이름도 얼굴도 고마움도 풍덩 가라앉으며 사라지고 말았다.

지금까지 그런 식으로 많은 걸 잊어버린 것처럼 준페이는 다시 잊어버렸다. 자신이 잊어버린 사실조차 잊어버렸다.

완전히 의식을 잃은 준페이의 눈 끝에서 눈물이 한 방울 흘러내렸다.

주위가 온통 하얗다. 눈은 올해도 역시 아연해질 정도로 계속 내렸다. 달력상으론 봄이 왔지만 준페이가 사는 마을은 아직 한동안은 눈에 갇혀 있을 것이다. 마을에서 하얀 물체가 사라지는 건 훨씬 뒤의 일이다. 짧은 여름. 거의 느끼지 못하고 지나가버리는 가을. 그리고 다시 겨울이 온다. 길고 무거운 겨울이. 설국이란 그런 곳이다.

준페이는 보스턴백 하나만 달랑 들고 장화를 신은 발로 눈을 꼭꼭 밟으며 역으로 향했다. 배웅해주는 사람은 없었다. 가족 누구도 준페이의 진로를 축복해주지 않았다.

"일껏 나사나 돌리려고 도쿄에 가다니, 네 녀석은 바보야."

그리 말하며 등을 돌리던 아버지의 등은 굽어 있었다. 조상 대대로 밭을 물려받아 사과 농사를 지어 일가를 먹여 살려온 남자의 혼란과 슬픔이 그 등을 잔뜩 굽어지게 한 것처럼 보였다. 준페이는 아무 말도 못 하고 절을 한 번 하고는 다다미방을 나섰다. 누구도 알아주지 않았고 부정하기만 했다. 한숨이 나왔다. 미래를 향해 가는 자신에게는 아버지도 어머니도 형제도 친척들도 모두 장애물이었다. 그들이 사는 고향 마을 전부가 적이었다.

도쿄에 도착하면 우선 구두를 사자. 밥을 굶더라도 고급스러운 가죽 구두를 살 테다. 준페이는 하얀 입김을 토해 내며 그리 마음먹었다. 눈과 진흙으로 더럽혀진 낡은 장화는 마치 자신의 고향 마을처럼 어둡고 무겁고 촌스러웠다. 도쿄에는 어울리지 않는 신발이라고 생각했다.

야간열차를 탔다. 신칸센은 아직 존재하지 않았다. 열차 창문으로 깜박이는 무수히 많은 별을 올려다보며 준페이는 고향과 결별했다. 두 번 다시 돌아오지 않을 거야. 돌아올 필요 없어. 자신에게 그렇게 호되게 타일렀다. 그렇게라도 하지 않으면 도쿄 공장에서 일하다 힘들어지면 분명 냅다 도망칠 거라는 걸 잘 알고 있었기 때문이다.

겁쟁이는 되고 싶지 않았다. 패배자는 사절이다. 나는 출세할 거야. 엄청 출세할 거야.

준페이는 고졸로 일을 시작해 착실하게 기술을 갈고닦았다. 촌놈이라 업신여겨도 지쳐 주저앉지도, 앵돌아지지도, 알랑대지도 않고 웃으며 흘려 넘겼다. 몸을 낮추고 순박하게 배움을 청하는 촌놈을 깔보는 사람은 있어도 싫어하는 사람은 없을 거라 여기고 그렇게 했다. 집에 돌아오면 말린 오징어를 안주 삼아 술 대신 물을 마시며 묵묵히 신문과 책을 읽었다. 휴일에는 지하철로 도쿄 여기저기를 돌아다녔다. 어설픈 도쿄 토박이보다 도쿄가 좋아 도쿄의 살아 있는 정보를 손에 넣기 위해 노력했다. 줄곧 싱글벙글 웃고 다녔고, 실제로 즐거운 추억도 많았지만 20대가 끝날 무렵 어금니가 깨져 의치를 해야 했던 것도 사실이다. 모르는 사이에 이를 악물어야 했던 때도 많았던 것이리라.

이윽고 몸속에서 완전히 고향 사투리가 빠져나갔다고 느꼈을 즈음엔 준페이는 누구에게도 지지 않는 기술을 가지고 아무도 생각지 못한 아이디어를 내는 회사의 에이스로 성장해 있었다. 잡다한 대화에도 교양이 배어 있고, 도쿄 맛집을 누구보다도 잘 아는 다방면으로 뛰어난 남자는, 회사 내에서도 인기가 많아져 상사들 사이에도 부하들 사이에도 인맥이 넓어졌다. 출세는 동기 중 누구보다도 빨랐고 선배를 몇이나 차례로 제쳤지만 평소에 노력한 보람이 있어 준페이를 질투해 험담하는 동료는 아무도 없었다.

가족들이 '나사나 돌리는 일'이라며 업신여겼던 작은 공장도 일본 고도 경제성장기의 큰 물결을 타고 점점 커지더니, 이내 사과 농가가 아무리 발버둥 쳐도 대적할 수 없는 액수의 이익을 창출하게 되었다.

사원이 크게 늘어난 회사는 준페이의 능력에 걸어보기로 했다. 사원을 포함해 회사 한 부분을 통째로 맡기는, 자회사 설립을 허락한 것이다. 준페이는 그 작은 회사를 소중하게 키웠고 버블 경제기에 모회사가 도산한 뒤에도 끈질기게 살아남아, 15년에 걸쳐 업무용 주방 관련 기기 업계에서 점유율 일등 자리를 줄곧 차지했다.

'후지사키 전기'라는 회사 이름을 오늘날 모르는 사람은 없을 것이다.

후지사키 전기의 사원 수가 늘어나 공장 확장이 불가피해지면서 본사째로 도쿄를 벗어나 임해 공업단지 우미하자마로 이전할 즈음에는, 준페이의 마음속에 있던 도쿄 예찬도 콤플렉스도 사라지고 없었다.

눈길은 멀다. 가도 가도 아득히 계속된다. 자박자박 눈길을 힘차게 걸으며 준페이는 열여덟 소년에서 청년으로, 이윽고 중년으로 변해가는 자신을 실제로 체험하고 있었다.

나는 열심히 살았다. 겁쟁이도 패배자도 되지 않았다. 출세도 했다. 회사 안에서 두각을 나타내 순조롭게 출세했고, 회사를 일으켜 세웠고, 마지막엔 회사에서 가장 높은 사람이 되었다. 시골에서 상경한 고졸 꼬마가 사장 정도가 아니라 회장이 되었다. 최고다. 최고의 인생이다. 후회는 없다.

그리 몇 번이나 자신에게 말했는데도 전혀 마음이 들뜨지 않았다. 왜지?

준페이는 무릎까지 올라온 눈길 속에 멈춰 서서 허리를 펴고 주위를 둘러보았다.

"여기는 어디지?"

이제 와서 버렸던 고향으로 돌아왔단 말인가? 아니, 달라. 우리 마을 눈하고는 종류가 달라. 이곳의 눈은 고향의 눈보다 훨씬 보슬보슬하고 가벼워.

"마치 날개가 돋쳐 날아가버릴 것 같은 눈이군."

준페이는 혼자 중얼거리다 혼자 웃었다. 이거 마치 스즈에 같은데. 스즈에? 스즈에는…… 누구지?

시선을 떨군 눈 위로 오렌지색 빛이 비치고 있었다. 준페이가 천천히 앞으로 다가가자, 삼각 지붕의 자그마한 집이 보였다. 오렌지색 빛은 동화 속에서 빠져나온 듯한 그 집의 창문에서 새어 나오고 있었다. 준페이는 무거운 발을 채찍질하며 눈 속을 헤쳐 나아갔다. 삼각 지붕의 집에 가까워지자 점점 좋은 냄새가 났다. 달콤하고 구수해서 그냥 지나칠 수 없는 냄새.

"빵집인가?"

준페이는 발을 힘껏 치켜들어 오렌지색 불빛이 새어 나

오는 방 안을 목을 길게 빼고 들여다보았다. 그곳은 조리실인 모양으로, 커다란 오븐이나 빵판이 몇 개나 쌓아 올려져 있는 부엌이 보였다. 장신의 남자가 방 한가운데 놓인 조리대에 열심히 빵 반죽을 치대고 있었다.

빵 반죽을 온몸으로 치댈 때마다 가는 두 팔에 알통이 튀어나왔다. 숨소리가 들리기라도 할 것처럼 옆모습이 진지했다. 반다나를 두른 머리에서 검은 머리카락이 몇 가닥 흘러내렸다. 머리카락은 몹시 곱슬곱슬했다. 곱슬머리다.

그러고 보니 저 녀석이 태어났을 때 스즈에가 미안해하며 말했다.

"아이 머리, 엄청 곱슬인 데다 숱도 많아요. 저 닮았어요."

확실히 스즈에도 숱이 많은 데다 곱슬머리라 묶을 때 힘들어했다. 하지만 나이가 들면서 곱슬기가 줄어들고 숱도 적당해져 보기 좋은 은발이 되었다. 그러니까 저 녀석도 조금 더 나이가 들면…… 나이가 든다? 아니, 들지 않아. 왜냐면 저 녀석은……

거기까지 생각하고 준페이는 관자놀이를 눌렀다.

생각났다. 스즈에는 내 아내다. 그렇다면 아내가 '아이'라 부른 저 녀석은 내 아들인가? 아아, 맞다. 아들이다. 내 아들 소헤이다.

머리가 욱신욱신 쑤셔오기 시작했다. 깊숙이 쑤셔놓고

뚜껑을 닫아버린 준페이의 기억이 혈관을 깨고 뛰쳐나오
려 했다.

"후지사키…… 후지사키 소헤이. 저 녀석은 내 아들이
야. 왜 후지사키 전기의 회장 아들이…… 빵 따위를 만들고
있지?"

공부 열심히 해서 훌륭한 사람이 되거라, 하고 아들에
게 귀가 닳도록 얘기했다. 참고서, 학원, 넓은 공부방, 멋진
공부 책상, 자신이 받지 못했던 걸 아들에게는 모두 해주
었다. 좋은 학교에 들어가 대기업, 가능하면 후지사키 전
기에 입사해 출세하길 바랐다. 인생과 일이 사슬처럼 서로
연결돼 성공해가는 경험을 자신처럼 아들도 맛보길 원했
다. 그거야말로 남자 인생의 진정한 묘미다, 라고 준페이는
믿어 의심치 않았다.

그런데도 저 녀석은 왜 이런 눈에 파묻힌 곳에서, 내가
버린 마을과 아주 닮은 촌구석에서 설렁설렁 빵 반죽 같은
걸 치대고 난리야? 뭐 하는 거야, 소헤이?

"어이, 소헤이!"

발끈 화가 나 호되게 호통치려던 준페이의 눈앞에 있는
건 새하얀 눈으로 된 벽이었다.

"……소헤이?"

당황해서 주위를 둘러봐도 삼각 지붕의 집도 오렌지색

불빛도 사라지고 없었다. 준페이의 눈앞에는 눈 이외에는 아무것도 없었다. 정말 아무것도.

준페이는 추위로 곱아진 두 손을 천천히 치켜들며 하늘을 올려다보았다. 떨림이 멈춰지지 않았다. 눈물이 멈춰지지 않았다.

"소헤이, 돌아와!"

외친 순간 그게 무리한 소원이라는 걸 몸이 가르쳐주었다. 머리에서 지웠던 기억을 몸이 끄집어냈다.

준페이는 계속 외쳤다. 기억을 떠올린 것과 기억을 받아들이는 건 또 다른 일이다. 전혀 다른 일인 것이다.

난 도저히 인정할 수 없다. 몇 년이 지날지언정 인정할 수 없다.

내 하나뿐인 아들, 후지사키 소헤이가, 더 이상 이 세상에 살고 있지 않다는 사실을.

다시 눈을 뜬 준페이의 눈에 바로 들어온 건 새하얀 눈, 이 아니라, 새하얀 천장이었다.

"으음."

잠이 덜 깨 멍한 것처럼 평온한 목소리가 새어 나왔다. 점차 선명해지는 시야 사이로 사방에 둘러쳐진 커튼과 네모난 공간이 들어왔다. 머리 밑의 베개와 등 아래에 놓인 매트리스 감촉으로 자신이 침대에 누워 있다는 걸 알 수 있었다. 준페이는 머리 위에 놓인 링거병에서 내려온 튜브 끝의 바늘이 자신의 왼손에 꽂혀 있는 걸 보고 저도 모르게 신음 소리를 냈다.

당황해서 들여다보는 스즈에의 눈에 눈물이 어렸다.

"당신? 아셨군요."

"여긴?"

"시오다이타 병원이에요. 당신 구급차로 미슈쿠 수족관에서 여기까지 실려 왔어요. 쓰러졌을 때 마침 근처에 간호사 여자분과 그분 친구가 있어서, 두 분이서 응급처치를 해주셨대요. 정말, 정말, 정말 운이 좋았어요, 당신은."

스즈에는 몹시 감동한 것처럼 딱딱 끊어서 말하며 코를 풀었다. 항상 출랑대는 스즈에가 이 정도로 이성을 잃은 걸 보며, 준페이는 자신의 상태가 꽤 심각했다는 걸 알게 된다. 스즈에에게 어떤 말을 해야 할지 몰라 준페이는 잠자코 고개를 끄덕였다. 그리고 스즈에 옆에 서 있는 빨간 머리 청년을 물끄러미 쳐다보았다.

"수족관에서 사모님 휴대전화로 전화가 들어와 달려왔어요. 저희는 갑자기 역에서 사라지신 후지사키 회장님의 행방을 찾아 회장님이 가실 만한 곳에는 먼저 연락을 해두었답니다."

빨간 머리 청년은 조용히 그리 말하면서 입꼬리를 올리며 웃었다. 긴 앞머리 사이로 엿보이는, 유달리 검은 눈동자가 큰 눈이 인상적이다. 아들과 닮은 구석은 어디에도 없는데도 소헤이라 굳게 믿고 싶어 하는 자신의 마음을 어떻게든 억누르며 준페이는 입을 열었다.

"자네는 아마 우미하자마 역의 역무원이었지."

근무시간이 지난 듯한 청년은 철도회사 제복을 벗고 면바지에 청재킷 차림의 사복으로 갈아입었지만 준페이는 정확히 알 수 있었다. 통증이 사라진 머리는 맑아져 기억을 잇는 줄을 더듬어가듯 술술 떠올랐다. 이 빨간 머리, 기억난다. 준페이는 초점을 맞추듯 눈을 가늘게 뜨며 청년을 응시했다. 후지사키 전기로 출근하던 시절엔 우미하자마 역에서 몇 번이나 보았고 얘기를 나눈 적도 있는 청년이었다.

청년은 쑥스러운 듯이 눈을 내리깔며 고개를 끄덕였다.

"네, 모리야스 소헤이입니다. 야마토기타 여객철도 직원으로 나미하마선 유실물 보관소에서 일하고 있어요."

"내가 몇 번 잘못 보던가?"

"네?"

"자네를 아들 후지사키 소헤이라고 내가 몇 번이나 잘못 알아보던가?"

소헤이는 헤실헤실 나사가 하나 빠진 것처럼 웃더니 머

리를 긁적였다.

"음, 그러니까, 몇 번이었더라?"

요컨대 그 정도로 빈번히 잘못 봤단 얘기군. 준페이는 살짝 한숨을 쉬었다. 그래서 '소헤이는 우미하자마 역에 있다'고 생각했던 거로군. 아이구, 이런.

"면목이 없네" 하고 소헤이에게 말한 뒤, 준페이는 옆에 있는 스즈에를 쳐다본다.

"저기…… 내 머리는 어떻게 된 거야?"

물으면서 무의식중에 목소리가 떨렸다. 아들과 다른 사람을 몇 번이나 잘못 보고, 아들을 잃은 기억을 잃고, 인생을 바쳐 일한 회사도 잊고, 자신의 나이도 현재 자기 얼굴도 모르더니 결국엔 아내도 종종 못 알아보고 있다. 도저히 정상이라 여겨지지 않았다. 몇 번이나 겪은 관자놀이 안쪽의 격심한 통증을 떠올리며 준페이는 질끈 눈을 감았다. 그런 준페이에게 이불을 다시 덮어주며 스즈에가 선뜻 말한다.

"종양이 생겼어요. 양성이에요. 기억장애도 의식이 흐려지거나 혼란스러운 것도 종양 탓일 거라고 주치의 선생님이 말씀하셨어요."

"종양……"

"양성이에요. 수술하면 제거할 수 있어요."

스즈에는 원래부터 큰 눈을 더 크게 뜨며 어린아이를 타이르듯 천천히 되풀이해 말했다.

"수술하면 아무 문제도 없어요."

"수술은 안 해."

이불을 뒤집어쓴 채 준페이는 작게, 하지만 강한 어조로 말했다. 스즈에가 겁먹은 듯이 얼굴이 딱딱하게 굳어졌지만 앞서 한 말을 철회할 생각은 없었다.

"난 이제 됐어. 살 만큼 살았어. 이 세상에서 내가 해야 할 일은 이제 아무것도 없어."

위엄을 지키려고 그만 허세를 부려 멋들어진 말을 내뱉는다. 사실은 아들의 죽음이라는 엄청난 좌절감에 지금 준페이에겐 후회밖에 남아 있지 않았다. 이렇게 괴로울 바엔 한시라도 빨리 저세상에 가길 원하는 나약한 마음이 어딘가에 분명 있었다.

병실에 무겁고 답답한 침묵이 흘렀다. 어디선가 째깍 째깍 째깍, 시간이 지나가는 바늘 소리가 들려왔다. 그러자 갑자기 스즈에가 발길을 돌려 병실에서 뛰쳐나갔다. 준페이는 "이봐" 하고 소리쳤지만 침대에 누운 상태로는 아내의 손을 잡아 세우는 일조차 가능하지 않았다.

병실 안에서 생판 모르는 남과 둘만 있게 되자 준페이는 어색하게 눈길을 돌렸다. 하지만 바로 다시 소헤이의 빨간

머리와 입을 툭 내밀어 오리 주둥이처럼 하고 있는 애교
있는 얼굴을 보고 만다.

보기에 따라선 조심성이 없어 보일 정도로 소헤이는 느
긋하게 있었다.

소헤이가 주는 이상한 안정감이 어색함보다 더 커서인
지 준페이의 입에서 말이 술술 나오기 시작했다.

"아들 소헤이는 서른둘에 죽었네."

어느 날 갑자기 아내 스즈에게서 전화로 전해 들은 아
들의 부고는 먼 나라의 뉴스처럼 현실감이 없었다.

"뭐, 난 그 녀석과 부자의 연을 끊은 이래 12년간이나 안
보고 살았지만. 하지만 '안 보는' 것과 '못 보는' 건 다르잖
아?"

준페이의 힘없는 물음에 소헤이는 고개를 끄덕이며, 침
대 옆에 세워놓은 접이식 철제 의자를 펴서 앉았다. 얘기
를 들어주는 그 자세에 망설이며 고백했던 준페이의 마음
이 가벼워졌다.

"소헤이는 어릴 때부터 공부도 스포츠도 남들보다 잘하
는 녀석이었네. 스포츠 대회에서 받은 상장이나 트로피가
집에 가득했고, 대학도 들어가기 어렵다는 국립대학에 한
방에 들어갔네. 나를 안 닮아 성격도 좋았고 친구도 많았
다고 아내가 그러더군. 내 자식이라서 그런 게 아니라 우

수한 인재였다고 생각하네."

노크 소리와 함께 "실례합니다" 하며 중년의 여간호사가 들어오는 바람에 준페이는 말을 멈춘다. 간호사는 준페이의 링거 잔량을 확인하고 나서 바늘을 뺐다.

"네, 다 됐습니다. 기분이 괜찮아지면 돌아가셔도 됩니다."

간호사의 태평스러운 말을 듣고 준페이는 화를 낸다.

"돌아가도 된다고…… 난 뇌종양이 생긴 거잖아?"

"네. 하지만 후지사키 회장님, 종양 적출 수술은 안 하시는 거죠? 그럼, 이런 대증요법과 약으로 진정시킬 수밖에 없어요."

간호사는 흰자위가 잔뜩 보일 정도로 눈을 치켜뜬 채 준페이를 매섭게 쏘아보며 "수술 안 하실 거면 돌아가주세요" 하고 거듭 말했다. 말투나 표정을 보니 그녀와 벌인 이런 언쟁이 처음이 아닌 것 같은 기분이 든다. 준페이의 감이 맞는다면 분명 그녀는 스즈에와 마찬가지로 지금껏 몇 번이나 준페이에게 수술을 권했다 거절당했을 것이다. 증상을 걱정하는 마음이 있기에 더 준페이의 완고함에 정나미가 떨어져 진절머리 치고 있는 것이다.

척척 링거를 치우며 성큼성큼 병실을 나가는 간호사를 보는 둥 마는 둥 배웅하고 나서 준페이는 저도 모르게 한

숨을 쉬었다.

"……음, 어디 보자, 내가 어디까지 말했지?"

"아드님이 우수한 인재였다는 것까지."

"맞아, 맞아. 거기까지였어." 준페이는 고개를 끄덕이며
마른 입술에 침을 적셨다. 얘기가 전부 끝날 때까지 절대
로 보내주지 않을 태세로 열을 내며 정색을 했다. 험악해
진 감정은 예전에 소헤이에게 품었던 노여움을 되살아나
게 했다.

"그런데도 그 녀석이 말이야, 갑자기 대학을 그만두고
제빵사가 되겠다는 말을 꺼내지 뭔가."

"하고 싶은 일을 찾은 거군요."

"아니야! 연상의 여자한테 속은 거야. 얼이 쏙 빠져서는
진짜 한심하기 짝이 없어!"

'빵집을 하고 싶어.'

아버지에게 말대꾸조차 한 적이 없었던 소헤이가 지금
당장 대학을 중퇴하고 제빵사 공부를 시작하겠다는 계획
만은, 준페이가 아무리 혼내고 호통을 치고 타이르고 슬퍼
해도, 완고하게 포기하려 들지 않았다.

오랜 대화 끝에 겨우 준페이가 "적어도 대학은 졸업하
고 나서 하면 안 되겠니?" 하고 양보하자, 소헤이는 쑥스러
운 듯 얼굴을 붉히며 대답했다.

'여자 친구 배 속에 아이가 있어요. 그래서 하루라도 빨리 어엿한 어른이 되고 싶어요.'

꿈꾸는 듯한 표정으로 '아버지도 언젠가 제 빵을 먹어줬으면 좋겠어요' 하고 말을 잇는 소헤이의 뺨을 힘껏 후려갈긴 뒤의 일은 그다지 기억나지 않는다. 거세게 매달리며 말리는 스즈에에게 손발이 묶여 꼼짝을 못 하면서도 분노와 슬픔으로 떨리는 몸은 진정되지 않았다.

'멍청한 녀석! 그런 만만한 생각으로 살아갈 수 있을 만큼 세상은 만만치 않아.'

소헤이가 태어난 지 20년, 육아는 스즈에에게 일임했다. 그래도 일요일에는 둘이서 낚시를 하러 가거나 신문 사설을 읽고 토론을 하거나 여행에 데리고 가거나 하며, 준페이 나름대로 소헤이에게 아버지로서의 모범은 보여왔다고 생각했다. 그 나날은 뭐였단 말인가, 하는 생각이 들었다. 소헤이와 함께 서툴렀지만 차곡차곡 쌓아온 나날은 이런 미래로 가기 위한 다리였단 말인가? 그런 생각이 들자 참을 수가 없었다. 입이 제멋대로 움직였다.

'어디든 꺼져버려! 그 대신 두 번 다시 집에 돌아오지 마! 너도 너랑 결혼할 거라는 여자도 네 자식도 나와는 아무런 관계도 없어. 전혀 상관없는 남이야!'

스즈에의 흐느끼는 소리와 소헤이가 잠긴 듯한 목소리

로 말하는 '죄송해요'라는 소리, 그리고 문이 조용히 닫히는 소리가 귓전에서 어제 일처럼 되살아나, 준페이는 질끈 눈을 감았다.

이불로 얼굴을 가리며 천천히 숨을 쉰다. 전부 끝난 일이다. 되돌릴 수 없는 시간이다. 이제 와서 무슨 생각을 한들 이미 늦었다.

소헤이는 더 이상 없으니까.

"시시한 얘기를 듣게 했네."

이불 안에서 우물대며 말하는 준페이에게 소헤이는 "아니에요" 하고 대답한다.

투명한 목소리라 어이없어 놀라고 있는지 당황하고 있는지 잘 모르겠다. 하지만 이불 안에서 얼굴을 내밀며 소헤이의 안색을 살필 용기는 없었다.

"……혹시 내가 자네한테 이 얘기를 몇 번 했었나?"

"훨씬 전에 딱 한 번 들었어요."

소헤이의 솔직한 대답에 준페이는 아이구 이런, 하며 한숨을 내쉬었다. 한숨은 그대로 규칙적인 숨소리로 변했다. 툭 구멍에 빠지듯 준페이에게 깊은 잠이 찾아들었다.

다음에 눈을 떴을 땐 새벽이었다. 꿈은 꾸지 않았다. 아니, 기억을 못 하는 건지도 모르겠다. 뺨은 젖어 있었으니까.

"어차피 시시한 꿈이야."

준페이는 툭 내뱉듯 말하며 이불을 젖혔다. 집과는 다른 하얀 천장에는 더 이상 놀라지 않았지만 철제 의자에 앉아 꾸벅꾸벅 졸고 있는 소헤이를 보자 저도 모르게 "어째서?" 하는 소리가 나왔다.

소헤이는 어제와 마찬가지로 사복을 입은 채 졸음에 겨운 듯한 눈을 비볐다.

"안녕히 주무셨어요."

"자네, 안 돌아간 건가?"

"역시 좀 걱정이 돼서."

그리 말하며 헤실헤실 웃는 소헤이에게 준페이는 무심코 그만 언성을 높인다.

"그렇게까지 할 정도로 돈독한 사이는 아닐세."

"돈독한 사이, 말이지요."

준페이가 한 말을 반복하며 소헤이는 살짝 슬픈 표정으로 고개를 갸웃했지만, 바로 다시 해맑게 벌쭉 웃었다.

"몸은 좀 좋아지셨어요?"

준페이는 소헤이의 물음에 대답할 요량으로 침대 위에서 일어나 고개를 돌리고 관자놀이를 주무르다 내친 김에 팔도 돌려보았다. 어깨에서 우두둑 소리가 났다.

"어깨가 결리는 것 말고는 문제없는 것 같네."

"다행이에요."

헤실헤실 웃은 뒤 소헤이는 일어서서 크게 기지개를 켰다. 하품까지 나와버려 "죄송해요" 하며 어깨를 움츠린다. 준페이는 불쾌한 기분은 들지 않아 "아아" 느긋하게 고개를 끄덕였다.

"그럼, 돌아가시기 전에 잠시 우미하자마 역에 들러주시면 안 될까요?"

"왜?"

우미하자마 역은 여기서 준페이 집 인근 역과는 정반대 방향에 있었다. 준페이의 의문은 당연한 것이었다.

소헤이는 주저주저하면서도 똑바로 준페이를 쳐다보았다. 그리고 말했다.

"벚꽃놀이 철이니까요."

"벚꽃? 무슨 그런 멍청한 소리를. 오늘은 4월 22일이잖아? 열흘도 안 돼 5월이 찾아와. 간토 지방의 벚꽃놀이 철은 훨씬 전에 끝났어."

준페이의 말을 못 들기라도 한 것처럼 소헤이는 "이거, 사모님께서" 하며 준페이에게 종이백에 든 갈아입을 옷을 건네고는 한발 먼저 병실을 나섰다.

준페이는 영문을 몰라 하며 집 냄새가 배어 있는 깨끗한 셔츠에 목을 집어넣었다.

병실을 나온 뒤 소혜이와 나란히 복도를 지나 몇몇 입원 환자와 넓은 엘리베이터를 같이 타고 1층으로 내려갔다. 발걸음은 느렸지만 이건 마음이 진중해져서 그런 것뿐이고, 몸에 이상이 느껴지는 곳은 없었다.

내 머릿속에 종양이 있다니 도저히 믿을 수가 없다.

준페이는 의기양양하게 가슴을 쫙 폈지만 바로 고개를 숙였다. 머리에 새하얀 붕대를 감은 소년이 링거 걸이를 밀면서 눈앞을 지나갔기 때문이다. 나약한 소리가 밉살스럽게 튀어나왔다.

"병원은 싫어."

"좋아하는 사람은 없어요."

준페이의 혼잣말을 주워듣고 소혜이가 대답한다. 농담 삼아 얘기했나 싶어 뒤돌아봤더니, 뜻밖에도 소혜이의 얼굴은 진지했다.

"하지만 좋아지지 않는 병원에서 몇 번이나 수술을 받고 힘든 치료를 참아내며 다음 날도 그다음 날도 새하얀 천장을 올려다보는 시간을 보내지 않으면 생명을 유지할 수 없고 밖에도 나가지 못하는, 그런 사람도 있어요. 이 넓은 세상에는."

투명한 목소리로 조용히 늘어놓는 소혜이의 말은 준페이 마음속에 조금씩 스며들었다. 소리도 없이 열린 자동문으로 병원 밖을 나온 준페이는 봄의 아침 햇살 아래에서 두 손을 크게 펼치고 깊이 숨을 들이마셨다. 그대로 드러난 뺨이나 목덜미에 닿는 공기가 '따뜻하다'기 보단 '덥다'고 말하고 싶은 계절로 접어들었다.

"자, 보게나. 어디에도 벚꽃 같은 건 피어 있지 않네."

그리 말하며 준페이는 뒤돌아서서 시오다이타 병원을 올려다보았다. 5층짜리 하얀 건물은 한가운데 커다란 시계를 걸면 흡사 학교 같을 것이다. 손을 모자의 차양처럼 받쳐 들고 빙 둘러보던 준페이의 시선이 옥상 위에서 멈춘다. 사람 모습을 본 것 같았다.

"어이, 옥상에 사람이 있어."

준페이는 눈을 가늘게 떴다가 크게 떴다가 하면서 어떻게든 초점을 맞추려고 했지만 마침 아침 해를 마주 보고 있는 통에 눈이 부실 뿐이었다.

그런 준페이 옆에서 고개를 갸우뚱하던 소헤이는 아직 젊은 눈에 옥상 위에 있는 사람이 똑똑히 보였던 모양이다. 살짝 고개를 끄덕이더니 준페이 쪽으로 돌아서며 말했다.

"사모님이세요."

"뭐라고?"

"사모님이 옥상에 계세요."

"왜?"

준페이는 눈이 부신 것도 잊은 채 눈을 크게 뜨고 다시 한 번 옥상 위를 올려다보았다. 그러자 확실히 난간을 잡고 몸을 앞으로 쑥 내밀며 아래를 내려다보는 자그마한 형체가 눈에 확 들어왔다. 소헤이가 말한 게 정확하다면 저건 스즈에일 것이다. 준페이의 시력으로는 얼굴 형태까지는 알 수 없었지만 말을 듣고 보니 확실히 어깨에서 허리로 내려오는 부드러운 몸의 선이 낯설지 않았다.

"참 내, 저런 곳에서 뭐 하는 거야. 남편은 한참 전에 퇴원했구먼."

준페이는 코웃음을 치다 표정이 싹 사라졌다. 돌연 마음 깊은 곳에 있는 상자 안에 꼭꼭 쑤셔 넣어뒀던 공포가 뚜껑을 확 열어젖히고 덮쳐왔다.

"……뛰어내릴 작정인가?"

목이 멨다. 발이 떨려 서 있을 수가 없었다. 자신의 상태가 이상한 걸 충분히 알았지만 준페이는 공포를 떨쳐버릴 수가 없었다. 머리는 아프지 않았지만 잇달아 떠오르는 기억이 감당이 안 돼 혼란스러웠다.

준페이는 발길을 돌려 병원으로 달려갔다. 그렇게라도 하지 않으면 소리를 지를 것만 같았다.

엘리베이터에 올라탄다. R와 닫힘 버튼을 동시에 눌렀다.

"후지사키 회장님, 왜 그러세요?"

발소리도 없이 숨도 헐떡이지 않고 그림자처럼 준페이의 뒤를 바싹 따라붙은 소헤이가 조금 전과 전혀 다를 바 없는 차분한 분위기로 물었다. 준페이는 제대로 설명도 못하고 그저 숨을 헐떡이며 거듭 말했다.

"난 본 적이 있네."

예전에 누군가가 저런 식으로 자살을 시도하는 장면을 분명히 보았다. 나는 그 현장에 공교롭게도 같이 있었다. 그때 옥상에 있었던 사람은 누구였지?

엘리베이터 위에 숫자와 나란히 있는 R 문자가 깜빡이며 문이 열린다. 준페이는 구르듯 뛰어내렸다. 옥상으로 연결되는 문에는 〈입원환자 출입금지〉라는 종이에 적힌 안내문이 붙어 있고 자물쇠가 채워져 있었다. 하지만 준페이가 망설이지도 않고 손잡이를 잡아 힘껏 당기자 어디 걸리는 데도 없이 활짝 문이 열렸다.

긴 앞머리 사이로 보이는 눈만 깜빡깜빡하고 있는 소헤이를 돌아보며 준페이는 혀를 찼다.

"그때와 마찬가지로 자물쇠가 안 맞아. 아직 수리 안 한 모양이야."

난 이 문을 전에도 이렇게 억지로 열었다. 준페이는 확신했다. 자신의 손에 그때의 감촉이 선명한 기억으로 새겨져 있었다. 맞다. 처음이 아니야.

그때도 이렇게 문을 열고 옥상으로 나와서, 난간에 기대어 부들부들 떨고 있는 누군가의 등을 죽을 둥 살 둥 찾아, 그리고 나서, 그리고 나서…… 준페이는 필사적으로 머리를 가로저었다. 기억이 쏟아졌다. 시야에 몇 개의 광경이 겹쳐져 사물이 두 개로 보였다. 아니면 모든 게 종양 때문에 생긴 환영인 건가?

준페이는 바싹 마른 목을 억지로 열어 난간을 잡은 채 이쪽을 돌아보는 사람을 향해 큰 소리로 꾸짖었다.

"어이, 죽으면 안 돼!"

맞다. 나는 전에도 이렇게 외쳤다.

"사람은 태어나면 살아야 할 의무가 있어. 멋대로 죽으면 안 돼. 포기하지 마. 살아야 해."

눈물범벅이 된 얼굴이 준페이를 응시하다 난간을 잡은 손을 뗐다. 목숨을 끊으려고 했던 몸은 난간 밖이 아니라 안쪽, 힘껏 내민 준페이의 팔 안으로 떨어졌다.

너무도 가볍고 하얗던 몸을 기억하고 있다. 팔에는 링거 바늘 자국이 보랏빛 멍이 되어 수없이 남아 있었다. 그리고 그 사람의 머리는 그가 얼마 남지 않은 생명력을 죽을 힘을 다해 그러모은 듯이 새빨갰다.

준페이는 뚜뚜뚜, 몸에서 녹슨 소리라도 날 것 같은 어색한 몸짓으로 소헤이를 돌아보았다.

소헤이는 준페이의 눈을 들여다보다 빨간 머리를 북북 긁으며 머리를 숙였다.

"10년 전에는 감사했습니다."

듣고 싶은 얘기가 너무 많아 뭐부터 물어야 할지 몰랐다. 준페이가 입만 뻐끔거리고 있자 스즈에가 다가왔다. 역시 지금 옥상 난간에 기대고 있던 사람은 스즈에였다.

소헤이 일은 일단 제쳐두고 준페이는 스즈에 쪽으로 몸을 돌려 추궁했다.

"당신도 죽으려고 한 거야?"

"'당신도?'"고개를 갸웃하며 스즈에는 근심 어린 표정을 지었다. 그리고 "어머 왜 그래요" 하고 웃으며 준페이의 팔을 가볍게 쳤다.

"내가 왜 죽어야 돼요?"

"그렇지만 난간에서 몸을 쑥 내밀고……"

"소헤이 씨한테서 연락이 와서 당신 마중 나왔어요. 하지만 살짝 늦는 바람에 병실로 갔더니만 당신과 소헤이 씨가 나가자마자 바로 제가 왔다고 간호사님이 말씀하셔서. 병원 안에서는 휴대전화를 쓸 수 없으니까 옥상에 나와서 전화하려고 했는데, 마침 당신과 소헤이 씨가 보여서 불러 세울 생각이었지요."

하지만 스즈에의 목소리는 전해지지 않았고 난간에서

몸을 쑥 내밀던 그 모습을 본 준페이가 멋대로 과거의 기억과 겹쳐 생각하는 바람에 불온한 상상을 했던 모양이다.

"멍청한 여편네가."

준페이는 소리를 지르며 스즈에를 호되게 나무랐다. 그렇게라도 해서 힘을 집중시키지 않으면 안도한 나머지 그 자리에 털썩 주저앉아버릴 것만 같았다.

당연히 불끈 화가 나 있는 스즈에에게 소헤이가 차분하게 물었다.

"옥상에 나오는 방법을 용케도 알고 계셨네요. 저 문 자물쇠가 안 맞는다는 사실을 전부터 알고 계셨군요?"

스즈에는 장난칠 거리를 발견한 초등학생처럼 어깨를 으쓱하며 겸연쩍은 표정을 지었다. 시선을 이리저리 돌리는데 특히 준페이를 피하는 모습이 역력했다.

"뭐야, 당신 옥상에 가끔 왔었군?"

준페이의 물음에 마지못해 고개를 끄덕였다. "뭣 때문에?" 하고 거듭 묻는 말은 무시했다.

"먼저 내려갈게요."

스즈에는 그리 말하며 정말로 냉큼 사라져버렸다. 발끈하며 불러 세우려는 준페이의 귓전에 소헤이가 혼잣말인 양 중얼거렸다.

"병실에서 울음을 보일 수는 없는 노릇이지요."

놀라 돌아보는 준페이를 소헤이는 동그랗고 귀여운 눈
으로 물끄러미 쳐다보았다. 어린 동물처럼 천진하게 빛나
는 동그란 눈에 준페이는 빨려들 것만 같았다.

스즈에가 엘리베이터를 타는 걸 확인하고 나서 소헤이
는 조용히 말했다.

"제 어머니도 자주 옥상에서 울고 계셨던 터라 잘 알아
요. 입원 생활이라는 게 본인도 물론 힘들겠지만 간병하는
가족도 고생이지요."

"……자네 입원 생활은 길었나?"

준페이의 물음에 소헤이는 희미하게 고개를 끄덕였다.
빨간 머리가 찰랑찰랑 흔들린다.

"중학교와 고등학교 6년을 전부 까먹었어요."

그 연령대의 6년이 얼마큼 농밀한 시간인지 청춘이라
불리는 시간을 보낸 사람이라면 누구나 다 알 것이다.

"그건…… 힘들었겠군."

준페이가 단어를 고르며 말하자, 소헤이는 "네, 힘들었어
요" 하고 전혀 힘들지 않은 듯이 말하며 헤실헤실 웃었다.

"수술을 몇 번이나 반복했고, '이번에야말로 다 나았어'
라는 말을 들은 다음 검사에서 다시 처음부터 치료를 새
로 해야 하는 일도 부지기수였고, 몸은 살이 쏙 빠지고, 키
는 안 크고, 머리가 빠져 빨간 가발을 써야 했고, 팔에는 주

사 자국투성이고, 점점 이제 자신이 살았는지 죽었는지도 잘 모르게 되면서 죽은 뒤의 일 같은 것도 생각하게 되고, 뼈는 뿌리는 게 좋겠어, 왠지 자유로워질 것 같아, 따위의. ……그래서 옥상에 가서 그만 무심코."

소혜이는 거기서 말을 끊으며 격식을 차려 다시 한 번 "죄송해요" 하고 머리를 숙였다.

준페이는 고개를 숙이며 가죽 구두 바닥으로 옥상 콘크리트를 딱딱 쳤다. 어느 날 정기 건강검진을 마치고 돌아가려던 준페이는 오늘처럼 병원 밖을 나와 무심코 뒤돌아서 옥상을 올려다보다, 막 난간을 타고 넘어가려는 사람 형체를 보고 안색이 변했다. '내가 옥상에 도착하기 전에 뛰어내리면 어쩌지' 하던 초조한 마음과 공포가 생생히 되살아났다. 그랬구나. 그건 벌써 10년도 전의 일이었구나.

"저, 그날 들었어요. 후지사키 회장님의 아드님 소혜이 씨 이야기. 얼마나 멋진 아드님이었는지, 그 아드님과 후지사키 회장님이 어떤 식으로 엇갈렸는지, 회장님은 전부 저에게 말씀해주셨어요."

"자네 이름이 아들과 같은 소혜이라는 걸 알았거든. 아들을 막 잃었을 때라서 난 무슨 일이 있어도 자네는 죽지 않기를 바랐어. 죽게 내버려두지 않겠다고 마음먹었지."

준페이가 이를 악물 듯이 말하자 소혜이도 입술을 깨물

며 고개를 끄덕였다.

"전 살아났어요. 살아 있으니까 영원히 계속될 것 같던 무서운 수술도 치료도 분명히 끝이 찾아왔어요. 살아 있으니까 머리도 자라고 체중도 늘고 키도 조금이지만 컸어요. 살아 있으니까 두 번 다시 나갈 수 없다고 생각했던 바깥 세계에 나와 여행을 하고 일을 하고 매일 해와 달과 바다와 전철과 공업단지를 바라보고 있어요. 살아 있으니까 후지사키 회장님과 다시 만났어요. 그래서 전 회장님께 말씀 드리고 싶어요."

소헤이는 문득 표정을 누그러뜨리며 투명한 목소리로 속삭였다.

"살아주세요. 사람은 태어나면 살아야 할 의무가 있어요. 멋대로 죽으면 안 돼요. 포기하지 마세요. 수술을 받아주세요. 회장님이 사시길 모두가 바라고 있어요."

"모두? 호들갑스럽게 얘기하지 마."

"정말인데요."

상냥한 얼굴로 미소를 짓는 소헤이를 눈앞에 두고 준페이는 슬슬 머리를 긁었다. 듬성해진 머리 밑 어딘가에 종양이 있다. 양성이라고는 하지만 종양은 무섭다. 의사도 간호사도 스즈에도 이 청년도 한시라도 빨리 수술을 하길 바라고 있다. 수술을 하면 계속 살 수 있기 때문이다. 그런 건 알고 있다. 하지만 수술은 무섭다. 머리통을 잘게 자르다니 분명히 말해 무섭다. 아들을 잃은 이래 완전히 무미건조해진 이 세상을 그런 무서운 일까지 겪으면서 살아야 할 이유가 어디에 있나, 하는 생각을 하고 만다. 이제 됐다, 포기하자. 회장직을 포함해 50년간 이어온 회사 생활 중에서 이런 공포를 느낀 적은 한 번도 없었다. 불황의 여파를 입고 회사 주식이 대폭락했을 때도, 해외 기업에 빼앗길 뻔했던 교섭 자리에서도 강경한 태도로 태연하게 타개책을 생각할 수 있었던 나였는데 한심하다.

"주제넘은 참견이야."

준페이는 말을 뱉고 나서 10년 전 자신은 어쩜 그리 무책임하고 잘못된 격려를 이 청년에게 했나 싶어 몹시 후회되었다. 아이의 치료, 아이의 수술, 그런 것들이 얼마나 무섭고 괴로운 건지 아무것도 모르면서, 아이가 어떤 사정을 안고 있는지도 생각지 않고, 그저 '살아야 한다' 같은 말을 하다니 주제넘었다.

준페이는 작은 목소리로 사과했다.

"미안하네. 난 자네보다 훨씬 나약하다네. '살고 싶다'고 마음 깊은 곳에서 원할 때까지 아직 좀 더 시간이 걸릴 것 같네."

준페이가 다른 사람 앞에서 자신을 스스로 '나약하다'고

인정한 건 아마 이게 처음일 것이다.

소헤이는 달래듯이 준페이 어깨에 손을 얹고 "어쨌든"하고 온화하게 말한다.

"벚꽃을 보러 가시죠."

"진짜 피어 있으면 좋겠지만 말이야."

준페이는 밉살스럽게 입을 놀리며 고개를 끄덕였다. 항상 쓸데없는 한 마디를 더한다.

우미하자마 역은 오늘 아침에도 한산했다.

준페이는 세 개 차량으로 편성된 오렌지색 전철에서 내리자마자 플랫폼 앞에서 새까만 물체를 발견하고는 큰 소리로 외쳤다.

"여보! 좀 봐, 펭귄이야. 수족관에서 무사히 돌아왔어."

배를 플랫폼 아스팔트 바닥에 찰싹 붙이고 언뜻 보기엔 고양이 같은 자세로 웅크리고 있는 건 분명 펭귄이었다. 스즈에는 어깨를 으쓱하고는 접이식 양산을 준페이에게 씌워주었다. 준페이는 그런 건 신경도 쓰지 않고 펭귄에게 달려갔다. 플랫폼에 드리워진 펭귄 그림자의 완만한 곡선을 구두 끝으로 짚어가며 살며시 손을 내민다. 펭귄은 한참 동안 준페이의 손을 물끄러미 바라봤지만 얼마 안 돼 일어나서 플리퍼 끝으로 살짝 만져주었다. 촉촉한 감촉과 비릿한 냄새를 맡으며 준페이는 미소를 짓는다. 왜일까? 펭귄을 보면 기운이 난다.

개표구를 나와 대합실까지 오자 소헤이는 "여기서부터는 두 분이서 가세요" 하며 준페이와 스즈에를 향해 머리를 숙였다.

"어이, 제멋대로 얘기하고 있어. 난 벚꽃이 핀 장소 같은 건 몰라."

"이미 안내를 부탁해놨어요. 저는 일을 하나 끝내놓고 나중에 합류할게요."

안달하는 준페이를 소헤이는 끝까지 모른 체한다. 준페이는 바보가 된 기분에 흥 하며 고개를 옆으로 돌렸다.

스즈에가 달래듯이 준페이의 어깨에 손을 얹어 살며시 앞으로 떠밀었다.

"가요, 당신."

"당신은 장소를 알고 있는 거야?"

"안내인이 있다고 소헤이 씨가 말했잖아요?"

"어디에 있어? 펭귄이야? 펭귄한테 안내를 시킬 작정이야?"

준페이는 동네방네 떠나갈 듯 소리를 지르면서도 스즈에가 떠미는 대로 대합실에서 밖으로 나와 좁은 도로를 건너 후지사키 전기의 정문으로 향했다.

준페이가 '펭귄'이라 계속 외쳐서 그런지 펭귄도 착실하게 뒤뚱뒤뚱 따라온다.

준페이와 눈이 마주치자 가만히 있지 못하고 플리퍼를 치켜들고는 딱딱 소리를 내면서 머리를 이쪽저쪽으로 꺄웃꺄웃한다.

정문 앞에는 여느 때와 마찬가지로 사자머리 파마 경비원이 딱 자세를 바로잡고 서 있었다. 준페이가 "몬가 군" 하고 부르자 전문 청부살인업자에게나 어울릴 법한 날카로운 눈이 사라질 정도로 활짝 웃으며 기쁜 듯이 얼굴을 빛냈다. 개라면 틀림없이 꼬리를 흔들었을 것이다.

"회장님! 제 이름을 불렀다는 건 혹시 기억이?"

"아아, 돌아왔네. 지금 난 회장이 아닐세. 전 회장이라고 정정할 정도로는 돌아왔네. 아직 기억 못 하는 것도 많지만 말이야."

준페이의 그 말에 몬가는 무서운 얼굴을 부자연스럽게 일그러뜨린다. 무서운 얼굴이 무섭고 형편없는 얼굴이 됐지만, 아마 애처롭게 생각하는 것이리라. 준페이는 떠오르는 밉살스러운 말을 삼켰다.

몬가는 준페이와 스즈에, 그리고 준페이의 뒤에 오도카니 달라붙어 있는 펭귄을 차례대로 보더니 긴장된 표정을 짓는다.

"벚꽃놀이 오셨네요."

정면을 보고 있던 몸을 반대로 빙 돌려 손수 문을 열어주었다.

"어째서 몬가 군이 알고 있나?"

"소헤이 씨한테 들었습니다. 두 분을 벚꽃나무까지 안내해달라고 부탁받았습니다. 음, 그러니까 만약 후지사키 회장님, 아, 아니, 전 회장님이 그 장소를 모르시면, 말입니다."

"알 리 없잖아" 하며 가슴을 떡 버티고 선 준페이를 우는 듯 웃는 듯한 복잡한 얼굴로 내려다보며 몬가는 살짝 고개를 끄덕였다.

"그럼, 제가 안내하겠습니다."

긴 다리로 문을 빠져나가 후지사키 전기의 부지로 들어가는 몬가에게 준페이는 허둥지둥 말을 건넸다.

"저기, 잠시만 기다려. 벚꽃이라면 작년에 심었다는 '니와자쿠라' 말인가? 그건 안 피었던데."

"니와자쿠라가 아닙니다."

당연한 듯이 부정을 당하자 준페이는 "으음" 신음 소리를 낸다. 설마 자신이 맨손으로 일으켜 세우고 마지막에 가선 회장으로 전 사원을 거느렸던 회사 부지에서 벚꽃놀이를 할 줄은 꿈에도 생각지 못했다.

업무 시작 시간이 지난 공장에선 오늘도 역시 여러 종류의 소리가 났다. 고막을 직격할 것 같은 드릴 소리나 금속음을 들으며 걷자 준페이는 회장 시절부터 습관처럼 걸었던 부지 내 산책 코스가 떠올랐다. 근무시간 중에 현장 시찰을 겸해 자주 어슬렁어슬렁 걸어 다니곤 했다.

푸른 잔디의 색이 짙어지다 이윽고 누렇게 말라간다. 형형색색의 꽃이 피고 진다. 철새가 찾아왔다 사라진다. 매미 소리가 온종일 시끄럽게 울리다 어느 날 딱 그친다. 봄 여름 가을 겨울, 스즈에가 좋아할 만한 계절의 변화를 준페이는 자신의 회사 안에서 감상해왔다.

어느 사이엔가 준페이는 선두에 서서 산책 코스를 따라 걸어가며 고개를 갸웃했다.

"이런 시기에 피는 벚꽃이라니, 역시 들어본 적이 없는데."

준페이의 혼잣말에 대답하는 사람은 없었다. 대신 준페이 옆을 자박자박 걷고 있는 펭귄이 하늘을 우러러보며 "까악아아아, 까아" 하고 울었다.

선두의 준페이가 펭귄에게 보조를 맞추고 있는 터라 일행의 움직임은 느렸다. 그래도 불만을 말하는 사람은 아무도 없었다.

"바다 냄새가 여기까지 나요."

스즈에가 감개무량해 말하자 몬가가 미안한 듯이 사자 머리를 긁적였다.

"아, 그 바다 냄새는 어쩌면 펭귄 냄새일지도 모르겠어요."

"어머, 그래요?"

몬가와 스즈에의 얼빠진 대화에 준페이는 소리 높여 웃고 만다. 그런 준페이를 보고 스즈에와 몬가도 마음이 놓이는 듯 미소 짓는다.

굽이치듯 이어지는 길을 따라가는 사이에 정문에서 딱 대각선 끝이 되는 지점까지 오고 말았다. 여기에 오기까지 여러 차례 사원들과 스치고 지나갔지만, 경비원 몬가는 그렇다 치더라도 펭귄과 노부부라는 명백한 외부인에게까지 모두 예의 바르게 인사해주었다. 준페이가 이곳의 전 회장이라는 걸 모를 것 같은 젊은 사람까지 대외적인 매너가 확실히 몸에 배어 있어 준페이는 우쭐해졌다.

역시 후지사키 전기 사원들이라는 생각에 기분이 좋아진 준페이는 툭 튀어나온 부지의 끝 단에 빙 둘러쳐진 울타리에 몸을 기댄다. 울타리 너머는 바다였다. 밀물의 파도 소리가 들려온다. 울타리에서 몸을 내밀면 바로 아래 방파제까지 하얀 파도가 밀려오는 게 보였다.

울타리 밖에 만들어놓은 계단 아래로 전용 포구가 마련

돼 있는 걸 보고, 저건 내가 만든 거네, 하며 준페이는 기억을 떠올렸다.

정박해 있는 하얀 요트도 후지사키 전기 소유다. 준페이가 사장이었을 때 업무적으로나 업무 외적으로 사원의 노고를 치하할 목적으로 자주 사용했다. 모두가 기뻐할 거라 생각했지만 자신도 선박 면허를 딸 정도로 요트에 빠져 있던 사장에게 사원 모두가 같이 어울려준 것뿐인지도 모르겠다.

울타리에 기대고 있는 준페이의 넓적다리 뒤쪽을 펭귄이 오렌지색 주둥이로 쿡쿡 찔렀다.

"아야. 뭐지?"

준페이가 자기를 쳐다보는 걸 확인하자 펭귄은 플리퍼를 사뿐히 들고 그 자리에서 아장아장 주위를 빙빙 돌기 시작했다. 하지만 우스꽝스러운 춤으로밖엔 보이지 않았다. 준페이가 웃음을 터뜨리며 시선을 들자 몬가와 스즈에가 조금 떨어진 곳에서 손짓을 하는 게 보였다.

둘 사이로 나무 한 그루가 보였다. 크기는 몬가의 키보다 살짝 작았지만 낮은 곳에서 가지가 여기저기로 뻗어 있고, 양옆으로 쭉쭉 펼쳐진 가지들과 거기에 달린 활짝 핀 하얀 꽃 덕분에 꽤 멋들어지게 보였다. 게다가 그 하얀 꽃은 사람들이 봄을 즐길 때 반드시 떠올리는 바로 그 벚꽃이었다.

"설마." 준페이는 감탄하며 신음 소리를 냈다.

이제 곧 5월이라는데 이렇게 따뜻한 땅에 아직 피어 있는 벚꽃이 있다니.

몬가가 휘파람을 불자 펭귄은 빙글빙글 도는 걸 멈추고 몬가를 향해 자박자박 걸어가기 시작했다. 준페이도 뒤처질 수 없다는 양 펭귄을 쫓아간다. 뒤뚱대며 걷고 있는 하얗고 검은 투톤 컬러의 펭귄 너머로 보이는 철 지난 벚꽃이 자아내는 풍경은 완전히 현실 세계를 벗어나 있었다.

벚꽃 근처까지 오자 나무 밑둥치에 식수비가 놓여 있는 게 보였다. 식수비에 묻은 진흙을 털어내고 글자를 눈으로 좇으며 '쿠릴 벚꽃'이라는 이름과 간단한 설명을 확인했다.

"쿠릴 벚꽃…… 늦게 피는 벚꽃인가. 처음 듣는 이름인데."

"홋카이도산 벚꽃이에요."

스즈에가 대수롭지 않다는 듯 가르쳐주었다. 꽤 잘 아는데, 하며 준페이는 눈썹을 치켜 올렸다.

바닷바람에 가지가 흔들릴 때마다 잎이 팔랑팔랑 떨어져 내렸다. 그게 즐거운지, 기분이 좋은지 펭귄은 고개를 갸울어뜨리고 가만히 벚꽃을 올려다보았다. 하얀 아치형 머리띠를 한 것 같은 무늬가 들어간 둥근 머리통이 눈앞에

있는 터라 준페이는 저도 모르게 쓰다듬고 싶어졌다. 손을
내밀려고 한 순간 귓전에서 귀여운 목소리가 울려 퍼졌다.

'펭귄, 진짜 귀엽다. 펭귄, 키우고 싶어. 저기, 아빠. 나도
펭귄 키우고 싶어.'

어쩜 이리도 억지스러운 부탁이 다 있나, 하며 쓴웃음을
지으면서 준페이는 그 귀여운 목소리의 주인공이야말로
어린 시절의 아들 소헤이라는 걸 기억해낸다.

예전에, 예전에, 아주 오랜 예전에, 어제 수족관에서 봤던
남자아이처럼 소헤이도 아버지인 자신에게 사정을 했다.

'나도 펭귄 키우고 싶어' 하며.

그건 수족관…… 맞다, 바로 미슈쿠 수족관에 데리고 갔
다 돌아오는 전철 안에서 들었다.

나는 "아버지가 좀 더 출세하면 수족관을 통째로 사주
마. 그러니까 너도 열심히 공부해서 훌륭한 사람이 되거
라" 하고 되는 대로 대충 약속하고는 그런 부탁을 받은 일
은 바로 깡그리 잊어먹었다. 그 녀석도 두 번 다시 입에 올
리지 않았다.

그런데 어째서일까? 그 녀석이 죽고 난 뒤 내가 제일 먼
저 떠올린 게 그 부탁이었다. 일단 한번 생각나자 이번엔
잊을 수가 없었다.

돌이켜 생각해보니 소헤이가 그 짧은 생애 동안 아버지

에게 한 부탁은 '나도 펭귄 키우고 싶어'와 '제빵사가 되고 싶어' 정도밖에는 없었다.

아버지인 나는 둘 다 들어주지 못했다. 찬성해주지 못했다. 그저 무조건 '무리다' '멍청한 소리 하고 있어' 하며 호되게 꾸짖었고 나중엔 그냥 무시했다.

나는 그 일을 줄곧 후회하고 있었던 게 아닐까?

넘쳐나는 생각에 준페이는 무릎을 꿇었다. 펭귄의 동그란 머리통과 쿠릴 벚꽃을 몇 번이나 번갈아 본다. 눈앞이 가물가물 희미해졌다. 안 돼. 이런 모습을 스즈에나 몬가에게 보이고 싶지 않았던 준페이는 이를 꽉 깨물었지만 두 사람은 이미 한참 전부터 보지 않는 척하고 있다는 걸 깨닫는다. 완패다.

펭귄이 빙그르 돌아 준페이 옆으로 자박자박 다가온다.

"아, 생각났어. 넌……"

준페이가 떨리는 손을 내밀자 펭귄은 플리퍼를 들어 조심스레 한 발을 뒤로 물리더니, 그러고 나서 다시 천천히 다가왔다. 오렌지색의 긴 주둥이로 준페이의 마음을 확인하려는 듯 살며시 손바닥을 쿡쿡 찔렀다.

그 감촉이 간지러워 준페이가 몸을 비틀고 있는데 시야 한구석으로 사람 형체가 들어왔다.

시선을 들자 바닷바람에 빨간 머리가 찰랑찰랑 흔들리

는 소헤이와 그 뒤로 상고머리라 해도 좋을 만치 투박한 짧은 머리를 한 청년이 다가오는 게 보였다.

스즈에가 작게 "아" 소리를 지른다. 준페이는 영문을 몰라 펭귄과 함께 고개를 갸우뚱했다.

소헤이와 또 다른 청년은 빠르지도 느리지도 않은 걸음걸이로 쿠릴 벚꽃이 있는 곳에 도착하자 나무를 둘러싸고 있는 준페이와 스즈에와 몬가에게 가볍게 고개를 숙여 인사했다.

"피어 있네요" 하며 쿠릴 벚꽃을 보고 웃는 소헤이는 철도회사의 직원 제복으로 갈아입고 손에는 작은 양동이를 들고 있었다. 살짝 비릿한 냄새가 나는 건 안에 들어 있는 냉동된 날생선 때문일 것이다. 오늘만치 초여름에 가까운 햇볕이 내리쬐면 슬슬 회색 재킷이 몹시 덥게 느껴진다. 그리 생각한 건 준페이만은 아닌 모양인 듯 옆에서 스즈에가 "재킷 같은 건 벗는 게 나을 텐데" 하고 중얼거리는 게 들려왔다.

그런 소헤이와 대조적으로 또 다른 청년은 티셔츠에 청바지를 입은 가벼운 차림이다. 이쪽은 이쪽대로 너무 여름으로 앞질러 가 있어 추워 보였다.

청년 둘이 대조적인 건 복장만이 아니었다. 성인 남자

의 평균을 아마도 밑도는 신장에 가냘픈 골격을 지녔고 어느 쪽인가 하면 살결이 하얀 소헤이가 중성적인 부드러운 인상을 주는 것에 비해, 티셔츠 차림의 청년은 거무스름한 피부에 날쌔고 다부진 얼굴로 짧은 머리는 빳빳하게 서 있어 찔리면 아플 것 같았다. 게다가 몬가에 육박할 정도의 장신으로 딱 솟은 어깨에다 가슴팍도 두툼해 럭비 선수같이 용맹함이 넘쳐났다.

준페이의 시선을 비로소 알아챈 듯 소헤이는 청년을 돌아보며 앞으로 나오라고 재촉했다.

"오늘 벚꽃놀이에 오신 손님이에요."

"내가 불렀어요."

스즈에가 곧바로 덧붙였다. 준페이는 입을 딱 벌리고 스즈에를 보았다. 아직 사정이 잘 이해가 안 됐다. 도대체 누구지?

티셔츠 청년은 준페이와 막상막하의 빳빳한 얼굴로 한 발 앞으로 나온 것까지는 좋았는데, 시선은 펭귄에 쏠린 채 몸이 굳어버렸다.

소헤이가 헛기침을 하며 귓속말을 하는 게 그대로 다 들렸다.

"펭귄이에요. 진짜 펭귄이에요. 아무쪼록 신경 쓰지 말고 계속하세요."

"아, 네."

청년은 허둥지둥 준페이에게로 시선을 돌리자 짧은 머리를 북북 문지르듯 긁적이며 허리를 90도로 꺾어 인사를 했다. 체격과 분위기에 비추어 상상했던 것보다 훨씬 가늘고 미덥지 못한 목소리가 흘러나왔다.

"처, 처음 뵙겠습니다. 나, 아니, 전 후지사키 다이치라 합니다."

후지사키?

"오늘은 저기 스즈에 님, 아니, 할머니…… 한테 초대받아 홋카이도 네무로에서 왔습니다."

할머니? 홋카이도? 네무로? 잠시만, 잠시만, 잠시만.

준페이는 머리로 확 피가 쏠리는 걸 느꼈다. 관자놀이가 욱신욱신 요동치기 시작했다.

안 돼. 참아야 해.

네무로라는 지명은 10년 전에도 들은 적이 있었다. 전화로 스즈에에게서 들었다. 소헤이가 네무로 집 부근에서 교통사고를 당해 근처 병원으로 옮겨졌는데 그대로 돌아오지 못했다고.

"꽤 먼 곳이지."

준페이는 중얼거렸다. 홋카이도 네무로 시. 멀리 떨어진 그 마을 이름을 준페이는 그때까지 입에 올린 적도 없었던 것 같다. 물론 간 적도 없었고 아는 사람도 없었다. 그저 아들이 죽었어도 바로 달려갈 수 없을 정도로 먼 동네라고 절절히 느꼈을 뿐이다.

다이치는 미간을 찌푸리며 준페이가 한 말의 의미를 골똘히 헤아리고 있는 듯했지만 곧 포기했는지 큰 입을 헤벌쭉 벌리고 웃어 보였다. 다이치의 얼굴은 아무리 뜯어봐도 소헤이와 완전히 딴판이었다. 머리도 곱슬머리가 아니다. 키는 소헤이만치 커 보였지만 체격이 너무 달랐다. 그 때문인지 어떤지 몰라도 준페이는 눈앞에 있는 날쌔고 다부져 보이는 청년이 자신과 피를 나눠 가진 손자라는 사실이 전혀 실감 나지 않았다.

"아, 이거, 선물이에요."

다이치는 어색한 분위기가 참기 힘들었는지 갑자기 스스럼없는 말투로 말하며 짊어진 배낭에서 플라스틱 용기를 몇 개나 꺼냈다. 몬가가 허둥지둥 자기 배낭에서 꺼낸 휴대용 돗자리를 잔디밭에 펼치자 다이치는 용기들을 그 위에 착착 올렸다.

스즈에가 환성을 지르며 서둘러 다가간다.

"빵이네?"

준페이가 바로 앞에 있는 용기 뚜껑을 열자 비닐봉지에 싸인 얇은 갈색 빵이 정갈하게 나란히 들어 있었다. 비닐봉지를 풀자 이제 막 구운 빵 냄새가 확 올라왔다.

"어제저녁에 구운 뒤 가능한 공기에 접촉하지 않도록 조심해서 들고 왔어요. 아직 신선할 거예요."

불안스레 입을 삐죽 내미는 다이치의 옆얼굴이 한순간 소헤이와 겹쳐 보였다. 준페이는 눈을 깜박였다.

뭐지? 이렇게나 다른 얼굴인데 왜 닮아 보였지? 생각하고 생각한 끝에 겨우 표정 짓는 법이나 사소한 몸짓이 닮았다는 답이 나왔다.

"어서 드세요." 다이치가 자신 없는 듯이 고개를 갸우뚱하며 플라스틱 용기를 내미는 그 몸짓에서 준페이는 소헤이를 보고 말았다. 제대로 못 하니. 남자라면 가슴을 펴야지. 사사건건 호되게 꾸짖었던 모자란 자신이 후회되었다.

그 녀석은 상냥한 남자였다. 그것뿐이었다. 자신이 없었던 게 아니다. 정의가 하나가 아니라는 것도 왕도 따위 없다는 것도 잘 알고 있었다. 그런데도 융통성 없고 편견 많은 아버지를 항상 받들어주려고 했다.

눈에 띄지 않으려고 큰 키를 잔뜩 구부려 그곳을 떠나려는 몬가를 불러 세우며, 준페이는 다 함께 휴대용 돗자리에 앉자고 권했다.

"하지만 모처럼 회장님 가족분들끼리 오붓하게 모이셨는데."

"그러니까 하는 말 아닌가? 난 더 이상 회장이 아니네. 게다가 가족분들끼리가 아니지. 역무원이 끼어 있네. 경비원이 있다 한들 뭐 어때서?"

"맞아요."

소헤이는 약삭빠르게 돗자리 제일 한가운데에 앉아 치즈 데니시를 입이 미어지도록 먹으며 고개를 끄덕였다. 그 주변을 펭귄이 바라는 게 있는 듯이 어슬렁어슬렁거리고 있다. 눈이 마주치자 새까만 눈동자가 촉촉한 게 보였다. 배가 너무 고파 울고 있는 건가? 설마.

펭귄에게 정신이 팔려 있는 준페이의 어깨를 딱 치는 듯한 말을 소헤이가 했다.

"벚꽃놀이는 떠들썩하게 해요. 아드님을 위해서라도."

"아아, 오늘은 그 녀석 기일이니까."

준페이는 허를 찔린 충격으로 평소보다 몇 배나 온순하게 고개를 끄덕이고 말았다. 번쩍 얼굴을 드는 스즈에와 눈이 마주친다. 준페이는 다시 한 번 고개를 끄덕였다.

소헤이가 죽은 뒤 10년 동안 한 번도 기일을 잊은 적이 없다. 단지 수긍할 수 없고 인정하고 싶지 않아 그냥 지나쳐온 것뿐이다. 그 녀석이 죽다니, 난 인정 못 해. 평생 인정 못 해. 아들의 죽음을 받아들이지 않은 건 다름 아닌 자신의 나약함 때문이라고 여기며 준페이는 한숨을 쉬었다.

오늘이야말로 인정해야 하지 않겠나. 받아들여야 하지 않겠나.

소헤이가 죽은 사실을. 내 오직 하나뿐인 아들이 더 이상 이 세상 어디에도 없다는 사실을.

아들이 자신의 삶을 인정해주지 않는 아버지를 원망하고 있었을 거라는 사실도.

두려워하지 말고 받아들일 수밖에 없다.

"뭐 하고 싶은 말이 있는 게 아니냐? 뭐든 들어주마."

준페이의 솔직한 질문에 다이치는 눈을 크게 떴다. 거무스름한 피부인데도 뺨이 어렴풋이 빨갛게 물든 게 보였다.

뭐든 좋아. 원망이든 분노든 억울함이든 슬픔이든 뭐든. 어깨에 힘을 주며 바라보는 준페이를 향해 다이치는 "그럼" 하며 자세를 고쳐 앉는다.

"그 빵 빨리 드세요."

"빵?"

맥이 풀린 나머지 준페이의 목소리가 갈라졌다. 다이치의 눈은 진지했다. 재촉하듯이 몇 번이나 플라스틱 용기와 준페이의 얼굴을 번갈아 보았다.

"알겠어. 알았다니까."

준페이는 어쩔 수 없이 플라스틱 용기 뚜껑에 손을 가져갔다. 몬가가 곧바로 모두에게 종이컵을 나눠주며 가져온 뜨거운 커피를 돌아가며 부었다. 몬가 배낭에는 소풍 꾸러미가 들어 있는 모양이었다. 준페이는 우선 커피를 한 모금 마신 뒤 플라스틱 용기 안을 들여다보았다. 비닐봉지에 싸인 엷은 갈색의 부드럽게 잘 부푼 빵을 보자 무심코 그만 "허어" 하는 소리가 나와버렸다.

동그란 빵 위에 아주 작은, 소금에 절인 분홍 빛깔의 벚꽃이 얹어져 있었다.

"팥빵이군. 팥소는? 으깬 거냐?"

"통팥이에요."

다이치는 준페이의 안색을 살피듯 보다 가슴을 앞으로 쫙 내밀었다.

"할아버지가 좋아하시는 빵을 만들겠다며 아버지가 정한 레시피예요."

팥소는 통팥이 최고지. 겉은 딱딱해도 안은 촉촉한 빵이 좋아. 빵 위에 소금에 절인 벚꽃이 얹어져 있으면 금상첨화지.

준페이가 팥빵을 좋아해서 휴일 간식이나 아침밥 대신으로 자주 먹던 모습을 소헤이는 보며 자랐다. 그래서 팥빵? 날 위해? 설마.

"그 녀석이 그렇게 말하더냐? 소헤이가?"

마지막까지 포기하지 않고 원망하지 않고 앵돌아지지도

않고 자신의 삶의 방식을 인정받으려 했단 말인가?

"네, 빵 가게를 하는 이상 수긍하실 만한 팥빵을 들고 아버지를…… 아, 제 쪽에서 보면 할아버지를 만나러 갈 거라고. 드셔주시면 기쁠 거라고 자주 말씀하셨어요."

드셔주시면 기쁠 거라고. 그 강하고 부드러운 말은 준페이의 귀에 소헤이의 목소리로 바뀌어 들려왔다. 그리고 준페이는 자신이 오랫동안 소헤이의 목소리를 잊고 있었다는 사실을 깨달았다.

"……멍청한 녀석이. 결국 늦어버렸잖아."

준페이는 가냘프게 중얼거리며 플라스틱 용기에서 팥빵을 하나 집어서 꺼낸다. 그러자 옆에서 두 손을 내밀어 양손에 하나씩 덥석 집어가는 사람이 있었다. 스즈에였다.

"늦지 않았어요. 거의 다 왔었어요."

말을 하며 스즈에는 왼손에 든 팥빵과 오른손에 든 팥빵을 번갈아 우걱우걱 볼이 미어지도록 입에 넣었다.

"그날 소헤이는 마침내 완성했어요. 자신 있게 당신에게 내놓을 만한 팥빵을. 그래서 오늘 다이치처럼 팥빵을 배낭에 가득 집어넣고 집을 나왔어요. 그리고 공항으로 향했어요."

팥빵이 목에 걸렸는지 가슴이 벅찼는지 스즈에는 거기서 말을 끊으며 커피를 들이켰다. 다이치가 뒷얘기를 계속

해주었다.

"하지만 큰길로 나와서 택시를 잡으려고 했을 때……
한눈팔며 운전하던 트럭에……"

사고 현장에는 튕겨 나간 소헤이의 배낭에서 떨어진 팥
빵이 몇 개나 나뒹굴고 있었다. 그런 광경이 다이치 말보
다 먼저 되살아났다.

"그랬구나." 준페이는 고개를 끄덕였다. 분명 나는 슬
퍼서 차마 끝내지 못하는 이 얘기를 전에도 들었다. "그래
서," 하며 쿠릴 벚꽃을 바라본다.

"내가 심었구나, 이 벚꽃을."

소헤이가 집을 나가고 나서 스즈에는 준페이 몰래 소헤
이와 소헤이 아내와 연락을 주고받으며 아들 일가의 생활
에 대한 여러 정보를 얻었다. 스즈에는 말하지 않았고 준
페이도 언급한 적은 없지만 아마 이쪽에서 먹을거리나 잡
다한 생활용품이나 돈 등을 기회가 있을 때마다 보냈을 것
이다.

스즈에의 성격상 자기가 보내면서 보내는 사람은 준페
이 이름으로 했을 게 틀림없다. 그리고 소헤이의 성격상
엄마의 작은 지혜를 알고 있었을 것이다.

그래서 팥빵을 들고 가려고 마음먹었던 것이다. 자신의
삶의 방식과 성과를 아버지에게 가슴을 펴고 보여주기 위

해서.

　소헤이가 죽었을 때 스즈에가 혼란스러운 와중에 흘린 아들 일가가 사는 마을 이름을 준페이는 귀에 새겨두고 몰래 찾아봤다. 그리고 그 북쪽 마을에 늦게 피는 벚꽃 명소가 있다는 걸 알게 되었다. 아들이 남긴 가족이 살고 있고 아들 무덤이 있는 그 마을을 찾아갈 용기는 생기지 않았지만 대신 벚꽃 묘목을 주문해 회사 부지 맨 끝에 몰래 심었다. 아들이 생각날 때면 언제든 올 수 있게, 누구에게도 들키지 않고 울 수 있게 바다를 향해 심었던 것이다.

　준페이는 코를 훌쩍이며 휴대용 돗자리 한쪽 구석에서 소헤이에게 먹이를 받아먹고 있는 펭귄에게로 눈을 돌렸다.

　"펭귄도 내가 들여왔어."

　소헤이가 몇 개째인가 먹고 있던 뱅 오 쇼콜라의 마지막 한 입을 입에 던져 넣고는 손을 탁탁 털었다. 그리고 옆에서 주둥이를 벌리고 해동된 작은 물고기를 통째로 삼키려는 펭귄에게 살며시 말을 걸었다.

　"좋겠네. 널 기억해내서."

　준페이의 가슴이 뜨끔 아파왔다. 작은 물고기를 다 먹은 펭귄은 준페이를 새까만 눈으로 바라보며 "까악아아아아" 하고 쾌활하게 울었다.

3년 전 좀처럼 보기 드문 임시 화물열차가 우미하자마 역에 도착했다. 준페이 앞으로 온 짐 안에서 펭귄이 나왔을 때 신입사원으로 이 역에 막 배속되었던 소헤이가 눈을 동그랗게 뜨고 준페이에게 물었다.

"후지사키 회장님, 펭귄 키우시게요?"

같은 질문을 이후 후지사키 전기의 사원들에게도 경비원인 몬가에게도 도시락을 주러 온 스즈에게도 들었다. 그때마다 준페이는 뚱하게 입을 내밀며 "맞아" 하고 대답했지만 사실은 스스로도 자신에게 묻고 싶었다.

정말로 펭귄 키울 작정이야, 내가?

펭귄을 들여온 기억이 없는데도 동봉된 계약서 서명은 틀림없는 자신의 필체였다. 자신의 기억이 가끔 사라지는 사실을 인지한 건 이 건이 처음이었다. 그때는 심각하게 받아들이지 않았다. 그렇게나 과음했나, 하고 고개를 갸웃했을 뿐이다. 오히려 눈앞에 나타난, 검고 흰 투톤 컬러가 눈부신 아장아장 걷는 펭귄을 어쩌면 좋을지 머리가 터질 것 같았다.

무를 새도 없이 시작한 펭귄과의 생활은 대기업 회장직에 지장을 초래할 정도로 눈이 팽팽 돌아갔다. 익숙지 않은 인터넷 검색이나 책을 보면서 먹이와 사육 환경에 대해 찾아보고, 사흘 동안 가는 곳마다 풍기고 다니는 똥오줌 냄새와 비릿한 동물 냄새를 참아야 했고, 짬도 없이 먹이를 달라고 보채는 펭귄을 돌봐야 하는 등등 갖은 고생을 한 끝에 준페이는 회사에서 가장 가까운 미슈쿠 수족관으로 달려가 울며 사정했다.

"길 잃은 펭귄을 잡았는데 맡아줄 수 없겠소?"

용케도 그런 황당무계하고도 빤한 거짓말을 했구나 싶어 지금은 어이가 없지만, 당시엔 후지사키 전기 회장으로서의, 그리고 칠십을 넘긴 남자로서의 위엄을 지키려고 필사적이었다.

하지만 준페이의 어설픈 계획은 금방 들통이 났다.

머리와 수염에 털이 텁수룩하게 난 산 사나이 같은 펭귄 담당 사육사는 동물 먹이 조리실에 나타난 준페이를 보자마자 "슬슬 오실 거라 생각했습니다" 하며 기가 찬다는 듯이 웃었다.

듣자니 준페이는 이전에도 몇 번이나 이 수족관을 오가며 사육사에게 "펭귄을 넘겨주게나" 하며 몹시 다그쳤다고 한다.

"펭귄과 사는 게 아들 꿈이라 꼭 키워야 한다고 끈덕지게 말씀하셨잖아요."

머리를 북북 긁으며 말하는 사육사의 얘기에 준페이는 눈을 부라렸다.

"아들이라고?"

"네, '아들을 기쁘게 해주고 싶네' 하시며."

준페이의 어깨가 축 처졌다. 소헤이가 죽은 지 벌써 7년이다. 죽음의 충격도 슬픔도 예전에 아물어 정리가 되었다고 믿었건만 내가 모르는 나는 집착하고 있었던 모양이다. 죽은 아들에 대한 참회 대신 오래전에 어린 소헤이가 한 '부탁'을 들어주려 했던 건가? 준페이는 머리를 감싸 쥐었다.

사육사는 펭귄 먹이가 되는 작은 물고기 아가미 안에 비타민제를 집어넣는 작업을 계속하며 흥흥 코웃음을 쳤다.

"그렇기로서니 '난 후지사키 전기의 회장이야' 따위로 으름장을 놓으셔도 말이지요. 곤란하거든요."

"그런 말을…… 내가?"

준페이는 아무리 기억을 못 한다고 해도 자신이 한 꼴사나운 짓에 얼굴이 화끈거렸다.

"그래서 자네가 이 펭귄을 넘겨준 건가?"

"설마요. 거절했어요. 펭귄은 애당초 개인이 키우기엔 부적합한 생물이에요."

사육사는 불쑥 어깨를 으쓱하며 준페이가 데리고 온 펭귄을 내려다보았다.

"젠투펭귄이군요, 이 아이. 아직 어린 녀석이네요."

한눈에 알아보는 건 사육사라면 당연한 일인가? 준페이

는 그런 것도 알지 못했다.

"수족관 외에 펭귄을 손에 넣을 수 있는 곳이 있는 건가?"

"있지요. 젠투펭귄은 아마 준멸종 위기종이니까 정상적인 애완동물 가게에는 좀처럼 유통되지 않을 테지만, 딱히 개인 가정에서 사육하는 게 법률로 금지돼 있는 건 아니니까요. 일본에서 번식시킨 개체를 후지사키 회장의 연줄을 이용해 손에 넣으신 게 아닐까요?"

빈정대며 내뱉는 가시 돋친 말이 가슴을 찔렀지만 준페이는 화나지 않았다. 그저 당황스럽고 어떻게 해야 할지 몰랐다. 준페이의 그런 모습에 사육사의 태도도 조금 누그러져 "수족관에서 맡아 키우는 건 안 되지만" 하고 미리 양해를 구하고 나서, 돌보는 방법이나 먹이 주는 방법, 사육 환경에 대해 일일이 친절하게 가르쳐주었다.

준페이는 그 뒤에도 회사 일을 마치면 빈번히 미슈쿠 수족관의 펭귄 담당 사육사를 찾아갔다. 회사 로고가 들어간 수첩에 일일이 메모를 해가면서, 모르는 부분은 머리 숙여 질문하기를 반복하다 겨우 지식만은 어엿한 사육사 수준에까지 이르게 되었다.

모르는 부분을 솔직하게 털어놓으며 자기보다 나이 어린 사람에게 배움을 청하는 건 꽤 오랜만으로 일단 허세를 벗어던졌더니 미열이 날 정도로 자극적인 경험이 되었다. 준페이는 몇 번이나 도쿄로 막 상경했을 무렵의 자신을 떠올리며 몸이 뜨거워졌다.

집에서는 스즈에에게도 머리를 숙여 밤이나 휴일에는 회사에서 집으로 펭귄을 데려오는 걸 승낙받았다.

스즈에는 준페이가 데려온 펭귄이 짧은 다리로 머리를 긁으려다 그대로 탈싹 엉덩방아를 찧는 걸 보고 "어머, 귀여워라" 하며 손뼉을 치며 즐거워했다.

"나, 펭귄이 정말 좋아요. 예전에 펭귄이 노래하는 맥주인가 뭔가 하는 광고 있었잖아요? 그거 진짜 좋아했거든요."

만화 그림의 펭귄이 나오는 광고와 진짜 펭귄을 키우는 게 무슨 연관성이 있는지, 준페이는 짜증이 났지만 어떻게든 화를 삼켰다. 성가시게 하는 건 자신이었기 때문이다.

전철을 타고 통근하는 후지사키 전기 회장님과 펭귄의 신기한 조합은 전철 승객이나 후지사키 전기 사원들에게 대체로 호의적으로 인식되었고 '명물'이 되기까지 했다. 우미하자마 역이 종점인 지선이나 본선 전철이 '펭귄철도'라 은근히 불리기 시작한 것도 그 무렵이었다.

모든 게 순조롭다고 준페이는 믿고 있었다.

설마 1년도 안 돼 자신이 쓰러질 줄은 꿈에도 생각지 못했다.

준페이는 회사에서 쓰러져 구급차에 실려 시오다이타 병원으로 옮겨졌다. 그 무렵에는 펭귄을 들여왔을 때처럼 이따금 자신의 기억이 사라진다는 걸 눈치채고 있었다. 나중에 생각해보니 믿기 힘든 착각도 했었다. 스스로 제어가 안 되는 감정이나 행동으로 주위를 당황스럽게 만드는 일도 눈치채고 있었다. 슬슬 회장직을 은퇴해야 한다고 각오하고 있었다. 병원에 가지 않은 건 확실한 결과를 듣는 게 두려웠기 때문이다.

'양성 뇌종양이 발견됐습니다. 종양 자체가 작고 성장도 느릴 걸로 예상돼 일각을 다투지는 않지만 수술을 하시는 게 좋습니다. 기억장애가 심해지고 간질 발작을 일으킬 경우에는 바로 입원해주세요.'

두려워했던 결과를 듣고 맨 처음 준페이의 머릿속에 스친 건 펭귄이었다. 스즈에게는 미안하지만 혼자서는 살아갈 수 없는 펭귄 쪽이 마음에 걸렸다.

앞으로 준페이의 간병으로 온몸이 상할 정도로 고생할 스즈에게 이 이상 부담을 줄 수는 없었다. 회장직을 사임하고 회사와 관계가 없어지는 이상 사원들의 선의에도 기대고 싶지 않았다.

준페이는 생각다 못해 미슈쿠 수족관에 말을 붙여봤지

만 예의 펭귄 담당 사육사에게 거절당했다.

"그런 사정이라면 실은 한 마리 정도는 맡아드리고 싶지만, 규칙입니다. 죄송해요."

사육사는 잘못이 없다. 살아 있는 생물과 사는 데 필요한 당연히 해야 할 준비와 각오를 자신이 소홀히 했던 것뿐이다, 하며 준페이는 이를 악물고 참았다.

자신이 처한 상황을 아는지 모르는지 짧은 다리로 자박자박 소리를 내며 준페이 뒤를 죽을 둥 살 둥 따라오는 펭귄을 보고 있으니 준페이는 돌연 모든 게 다 싫어졌다.

모든 것에서 도망치고 싶어졌다. 죽음, 치료, 수술, 아내에 대한 의무, 회사에 대한 책임, 죽은 아들을 향한 후회, 그런 모든 굴레가 펭귄의 볼록 솟아오른 배 주위에 달라붙어 있는 것 같아 무서워졌다.

평소처럼 펭귄과 같이 탔던 전철이 역에 들어서고 문이 닫히는 순간 준페이는 도망쳤다. 펭귄에게서. 모든 것에서.

움직이기 시작하는 전철에 남겨진 펭귄은 멍하니 준페이를 보고 있었다. 그 모습이 순식간에 멀어지던 순간, 준페이는 자신이 얼마나 나약하고 하찮은 인간인지 통감했다.

낯빛이 변해 분실물센터로 뛰어든 준페이를 소혜이는 침착하게 맞았다.

"무슨 일이라도 있으세요, 후지사키 회장님?"

"멍청한 녀석! 무슨 일이 있으니까 왔지. 여기는 유실물 보관소고 네 녀석은 여기 직원이잖아? 일 제대로 안 할래!"

소헤이는 준페이의 호통을 가볍게 받아들였다. 그리고 빨간 머리를 살랑대며 "네" 하고 고개를 끄덕였다.

"잃어버리신 건 뭐예요?"

"펭귄이야! 조금 전에 놓쳤어."

"놓쳤다고요?"

소헤이가 긴 앞머리 사이로 보이는 펭귄과 쏙 닮은 눈으로 가만히 바라보자, 준페이는 저도 모르게 눈을 피하고 말았다.

"그…… 어쨌든, 이대로는 도저히 안 돼."

"알겠습니다. 틀림없이 찾으실 거예요. 괜찮아요."

소헤이는 준페이에게 아무것도 캐묻지 않고 해맑게 고개를 끄덕이며 입을 오리 주둥이처럼 내밀고는 헤실헤실 웃었다.

준페이는 소헤이가 우미하자마 역에 배속된 이래 줄곧 그의 연약해 보이는 겉모습을 보고 얕잡아 봤지만 이때 처음으로 지독한 편견이었다는 걸 깨달았다.

가까이에서 마주하고 보니 헤실대는 미소 안에 자신의 일에 대한 자긍심과 자신감이 넘쳐난다는 걸 잘 알 수 있었던 것이다.

그렇기에 준페이는 "잘 부탁하네" 하고 푹 머리를 숙이면서 마음 어딘가에서 확신했다.

틀림없이 이 분실물센터로 펭귄은 전해질 거라고.

"그래서 펭귄은 전해져 왔나요?"

다이치가 눈을 빛내며 긴 얘기 도중에 잠시 숨을 돌리는 준페이를 향해 몸을 쑥 내밀었다.

준페이는 몇 잔째인가 들이켜고 있던 커피를 입 안에 머금고 흥흥 웃었다.

어느새 플라스틱 용기 안에 있던 빵이 거의 다 사라졌다. 모두 엄청 먹었다. 준페이는 하나 남은 팥빵을 쥐자 한쪽 무릎을 세우고 휴대용 돗자리 한구석에서 어색하게 웅크리고 앉아 있는 몬가에게 손수 건넸다.

"이봐, 먹게나."

"아닙니다. 전 진짜 더 이상."

"내내 사양만 말고 어서. 몬가 군한테는 고맙게 생각하네. 쿠릴 벚꽃에 물 주는 일도 펭귄 뒤치다꺼리도 자주 부탁했었지. 입 무거운 자네한테 꽤나 도움을 받았어."

준페이의 말을 듣자 몬가는 사자머리를 얼뜨게 흔들며 고개를 숙이고는 팥빵을 덥석 물었다.

"웃샤" 힘을 돋우는 소리를 지르며 원래 자리에 앉자 준페이는 다시 다이치에게 눈길을 보냈다. 처음 보는 손자는 할아버지보다 펭귄에게 정신이 팔려 있었다. 펭귄 역시 즐거운 듯이 다이치의 넓은 등이나 다부진 넓적다리를 주둥이로 콕콕 찌르며 빙빙 돌고 있었다.

준페이는 자신처럼 다이치와 펭귄이 어울려 노는 모습을 지긋이 바라보는 소헤이를 곁눈질로 슬쩍 보고 난 뒤 커피로 목을 축였다.

"전해져 왔다기보단 펭귄 스스로 돌아왔단다."

다이치는 눈을 크게 뜨고 펭귄을 향해 휘파람을 분다.

"이 녀석 대단한데."

아아, 다이치가 말한 대로다. 펭귄은 자력으로 어떤 역에서 전철을 갈아타고 플랫폼으로 이동해 우미하자마 역까지 돌아왔다. 정말로 대단한 녀석이다. 준페이는 흐뭇하게 웃으며 펭귄을 본다.

펭귄의 움직임이 살짝 둔해지자 소헤이가 잽싸게 일어났다.

"잠깐 실례할게요."

펭귄을 재촉해 휴대용 돗자리에서 내려오게 한 뒤 바다쪽으로 유도해간다. 고개를 갸우뚱하는 다이치에게 준페이는 "화장실 가는 거야" 하고 가르쳐준다.

"아, 그렇구나. 펭귄은 똥오줌을 못 가리지요?"

다이치는 말을 뱉고 나서 팥빵을 볼이 미어터지게 먹고 있는 몬가의 시선을 알아채고 "아, 죄송해요"하며 입을 손으로 가렸다.

"맞아, 똥오줌을 못 가려. 단 소헤이 군이라면 그 조짐을 알아차리기도 한단다. 지금처럼."

"어떻게 소헤이 씨는 알아차리죠?"

"펭귄 어미 대신이니까 알지 않겠니? 세상 모든 어미는 십중팔구 제 자식 똥오줌 마려울 때를 안단다."

스즈에가 쾌활하게 딱 잘라 말한 뒤 몬가 얼굴과 먹고 있는 팥빵을 보고서 "어머, 식사 중에 실례했어요"하며 날름 혀를 내밀었다.

준페이는 고개를 끄덕였다. 엄마인지 친구인지 동료인지 잘 모르겠지만 펭귄과 소헤이는 확실히 끈끈한 유대 관계로 이어져 있는 것처럼 보였다.

그런 관계가 돼준 것이다, 나를 위해서.

"분실물센터에서 연락을 받고 펭귄을 넘겨받으러 간 나는 소헤이 군한테 전부 털어놓았단다. 소헤이 군이 너무나 온화해서 그만 얘기하고 싶어지더구나. 왜 펭귄을 들였는지, 내가 앓고 있는 병, 앞으로의 걱정, 그런 걸 모조리 털어놓으며 꼴사납게 매달렸지."

어떻게 좀 안 되겠나? 그리 말하며 한숨을 쉬는 준페이에게 소헤이는 웃으며 말했다.

"후지사키 회장님, 분실물은 돌려드릴까요? 아니면 맡아둘까요?"

"맡아…… 주는 건가?"

얼떨떨해 되묻는 준페이에게 소헤이는 고개를 끄덕였다.

"네, 책임지고 맡아둘게요. 여긴 분실물센터니까요."

그 대신, 하고 빨간 머리를 쓸어 올리며 소헤이는 헤실 헤실 웃었다.

"돌보는 방법을 제대로 가르쳐주세요."

준페이는 고맙다고 말하며 몇 번이나 고개를 숙이면서 이 역무원 청년이 왜 일개 승객의 부탁을 이렇게까지 들어주려고 하는지 이상하게 생각했다. 사람이 너무 좋아 조만간 나쁜 놈에게 사기당하는 거 아닌가 하고 걱정조차 되었다.

겨우 자란 머리를 빨갛게 염색한 앳돼 보이는 청년이 설마 예전에 자신 앞에서 자살하려고 했던 소년이라고는 전혀 알아차리지 못했다. 아니, 그렇다기보다 그 사건은 작은 종양 때문에 준페이의 기억의 서랍 틈 사이로 떨어져 보이지 않았다.

전 회장 준페이가 중간에서 말을 넣어 펭귄은 후지사키

전기의 넓디넓은 부지에서 산책하는 걸 허락받았고 그에 따라 소혜이도 회사 정문을 자유롭게 드나들 수 있게 되었다. 마찬가지로 준페이가 자금과 철도회사와의 교섭을 책임지고 도맡아 우미하자마 역 분실물센터 사무실에 펭귄용 냉동 방이 생겨났다. 준페이의 지휘하에 후지사키 전기가 키워온 업무용 주방 관련 기기 기술을 있는 대로 쏟아부은 초대형 냉장고라 불릴 만한 방이었다. 승객에게는 보이지 않는 사무실 뒤쪽에 작은 풀장도 만들었다. 차후 펭귄의 사육에 드는 비용을 후지사키가에서 전액 부담하는 것도 스즈에와 의논해 결정했다.

이후 펭귄은 계속 분실물인 채로 있다. 소혜이는 약속대로 책임지고 확실히 계속 맡아주고 있다.

당사자 준페이가 모든 기억을 잃어버린 뒤에도 줄곧 변함없이.

무사히 볼일을 봤는지 펭귄이 개운한 얼굴로 돌아왔다. 몸을 양옆으로 흔들며 플리퍼를 사뿐히 들어 올려 균형을 잡으면서 뒤뚱뒤뚱 걸으며 돌아왔다. 그 뒤를 소혜이가 손을 뒤로 잡은 채 느긋하게 따라오고 있었다. 봄의 바닷바람이 부드러워 보이는 빨간 머리를 휘익휘익 너울지게 했다.

그런 한 마리와 한 사람을 지긋이 바라보다 다이치가 느닷없이 준페이 쪽으로 몸을 돌렸다. 그러고는 무릎을 꿇고 자세를 고쳐 앉았다.

"뭐냐? 왜 그러냐?"

"할아버지, 수술받으세요."

그리 말하며 다이치는 딱 손을 짚으며 머리를 숙였다.

스즈에와 몬가가 숨을 삼키는 모습이 보지 않아도 느껴졌다. 준페이는 헛기침을 했다.

"왜 그래야만 하니?"

"아버지가 만든 가게에서 갓 구운 빵을 드셔주시길 바라니까요. 팥빵도 치즈 데니시도 크루아상도 블루베리 머핀도 바게트도 오늘 들고 오지 못한 빵들도 전부 드셔주시길 바라니까요."

"나한테 네무로까지 날아오라고?"

"네."

힘차게 올라간 다이치의 눈썹 두께와 형태가 자신과 닮은 걸 깨닫고 준페이는 허둥지둥 눈을 내리떴다.

"아버지가 맛있는 빵을 잔뜩 만든 덕분에 레시피를 잔뜩 남겨주셨어요. 그 레시피에 의지해 엄마가 열심히 가게를 계속해주셨어요. 오늘도 아침부터 가게를 열고 빵을 굽고 있을 거예요. 저도 고등학교를 졸업하고 나서 일하기 시작했어요. 아버지가 처음 시작했고 엄마가 지켜온 가게를 제가 제대로 이어받을 거예요. 지금은 아직 미숙하지만 언젠가 아버지가 가슴을 펴고 자랑스러워할 제빵사가 될 거예요. 그러니까 할아버지는 건강하셨으면 좋겠어요. 저를 지켜봐주셨으면 좋겠어요."

다이치의 날쌔고 다부지게 생긴 거무스름한 얼굴에서 젊은 시절 특유의 미숙함이 물씬 풍겨났다. 준페이는 소헤이가 완전 빼다 박은 듯한 미숙함을 내보이며 자신 앞에 섰던 날을 어제 일처럼 떠올렸다.

'빵집을 하고 싶어.'

그리 털어놓는 젊은 소헤이의 뺨을 때린 손바닥을 준페이는 가만히 내려다보았다.

"여보, 수술받으세요." 스즈에가 빌 듯이 중얼거렸다.

"나도 당신과 같이 북쪽 마을에 가보고 싶어요. 우리 아들 가게에서 우리 아들 레시피로 만든 빵을 잔뜩 먹고 싶어요. 홋카이도 하늘은 분명 예쁠 거예요."

하늘? 빵과 하늘이 무슨 관계가 있다고? 변함없이 뚱딴지같은 소릴 하는 여편네야. 준페이는 스즈에를 노려보다 훅 하며 한숨을 돌리듯이 웃었다.

겨우 휴대용 돗자리에 다다른 펭귄과 소헤이에게로 눈길을 돌렸다. 어디서부터 듣고 있었는지 소헤이는 천천히 고개를 끄덕였다.

"후지사키 회장님, 빨리 건강해져서 분실물을 인수하러 와주세요."

하얀 아치형 머리띠 같은 무늬가 들어간 펭귄의 둥근 머리통이 이리저리 흔들렸다. 한번 자신을 전철에 내버리고 도망간 준페이를 응시하는 눈은 한없이 정직하고 해맑았다.

준페이는 손바닥을 펴 천천히 들어 올리자 그대로 다이치의, 머리털이 빳빳하게 솟은 짧은 머리를 쓰다듬었다. 북북, 북북, 문지르듯 다소 거칠게 마구 쓰다듬었다.

"알았어."

바다에서 바람이 세차게 불어와 쿠릴 벚꽃 잎이 흩뿌려지듯 떨어지고, 휴대용 돗자리 끝이 들썩들썩 말려 올라갔다. 다이치가 들고 온 빵을 담았던 플라스틱 용기는 전부 깨끗하게 비워졌다. 전날 구웠는데도 충분히 맛있었다. 갓 구운 빵은 필시 최상의 맛일 것이다. 그리고 그 맛은 소헤이가 생각했던 맛일 것이다.

"가마. 건강해져서 '영감 적당히 뒈져버려' 하고 네 녀석이 생각할 정도로 몇 번이고 찾아갈 거야. 각오해둬."

가장 먼저 박수를 친 건 몬가였다. 몬가의 커다란 손바닥이 내는 소리에 이끌려 스즈에와 다이치도 손뼉을 쳤다. 소헤이가 따라 하는 바람에 무심코 준페이 자신도 손뼉을 치고 말았다.

"다이치 군, 가게 이름은 뭐예요?"

소헤이가 묻자 다이치는 기쁜 듯이 손가락으로 코 밑을 문질렀다.

"펭귄 베이커리. 아버지가 지었어요."

모두 아연해져 말을 잃고 있는 공간을 메울 듯이 쿠릴 벚꽃 잎이 쏟아져 내렸다. 그 안에 있던 꽃잎 몇 개가 펭귄 머리 위로 살포시 쌓였다.

이 세상은 아름다워.

준페이는 소헤이가 죽고 난 이래 오늘 처음 그리 느꼈다. 이 세상에서 좀 더 살고 싶다고, 지금 진심으로 빌었다.

펭귄과 떠나는 내 안으로의 여행

철도에 대한 이미지는 사람마다 다르겠지만 철도가 여타 다른 교통수단과는 확연히 다른 이미지를 가지고 있다는 데 이의를 제기할 사람은 없을 것이다.

교통수단이 발달하지 않았을 때 철도는 오랫동안 지역과 지역을 이어주는 중요한 역할을 맡아왔다. 그래서인지 아직도 기차를 타면 무언가를 찾아 새로운 곳으로 향하는 설렘을 느끼는 사람이 많다. 그리고 이것이 철도가 우리에게 주는 가장 큰 특별함이 아닌가 싶다.

그런 철도가 도심으로 들어왔다.

도쿄 도심.

그곳에 사는 사람 수만큼 늘어난 도심의 철도는 이제 학교로 일터로 집으로 사람들을 실어 나르며, 다람쥐 쳇바퀴 돌 듯 반복되는 사람들의 일상을 대변하는 곳으로, 거미줄처럼 얽히고설킨 수많은 철로 위에서 자신의 자리를 찾지 못하고 헤매는 현대인의 고독한 단면을 보여주는 곳으로, 그래서 설렘은커녕 삭막함마저 느껴지는 곳으로 변해버렸다.

그런 도심 철도에 펭귄이 나타났다.

오렌지색 주둥이, 동그란 머리, 아무리 발버둥 쳐도 하늘은 날지 못할 것 같은 날개, 아니 손, 의외로 두툼하고 거친 발, 까맣고 하얀 투톤 컬러의 털이 풍성하게 잘 자란 등 실둥실한 몸통…… 펭귄.

수족관에서나 보았던 펭귄이 왜 도심 철도에 있는지 의문을 품으면서도 사람들은 펭귄을 보며 잃어버렸던 설렘을 되찾게 된다.

그리고 잃어버린 무언가와 자신과 이어진 누군가를 찾아 내 안으로의 여행을 시작한다. 펭귄과 함께.

이 책은 잃어버린 물건을 찾아 전철 분실물센터에 들른 네 사람의 이야기를 담고 있다.

1년이나 가방에 넣고 다녔던 고양이 유골 단지를 잃어

버린 여자, 초등학교 때 받았던 러브레터를 잃어버린 은둔형 외톨이 남고생, 잃어버린 물건을 좀처럼 밝히려 들지 않는 거짓말쟁이 젊은 주부, 그리고 아들과의 불화로 힘들어하며 소중한 무언가를 찾고 있는 노년의 남자.

이들은 어떤 간절함에 이끌려 잃어버린 것을 찾으려, 마치 그들의 마음을 대변하는 듯한 텅 빈 전철과 창밖으로 보이는 공업단지의 삭막한 풍경, 끝없이 이어지는 바다를 보면서 흔들리는 전철에 몸을 싣고 분실물센터로 향한다. 그리고 그곳에서 빨간 머리 훈남 역무원과 무슨 일인지 그곳에 있는 펭귄과 만나면서 예상치 못한 일들이 전개되고 그 과정에서 자신들이 단절된 길 위에 서 있다는 걸 깨닫게 된다.

문명의 이기는 육로와 바닷길과 하늘길 그리고 인터넷에 이르기까지 수많은 길들을 우리에게 선물했다. 우리는 매일 이 길들 위에서 수많은 사람들을 만나지만 이 소설의 등장인물들처럼 아이러니하게도 눈앞에 놓인 수많은 길 위에서 자신과 이어진 길을 잃을 때가 있다. 작가는 이런 주인공의 심리나 상황을 영상언어 같은 생생한 묘사와 마치 시나리오를 소설로 옮긴 듯한 독특한 작법으로 담담히 전하고 있다. 이런 작품의 경향은 작가의 이력과 무관치 않다.

이 책의 저자 나토리 사와코는 게임과 드라마의 시나리오를 쓰다 소설가가 된 케이스다. 작가의 첫 작품은 일본에서 화제가 됐던 게임 '99의 눈물^{게이머의 기분 상태에 따라 제공되는 눈물 나는 단편소설을 듣고 울면서 스트레스를 해소하는 게임}'에 집필진으로 참여하면서 쓴 단편소설이었다. 이후 이 게임에 제공됐던 단편소설들은 소설집으로 출간돼 누계 250만 부의 판매고를 올리게 되고, 이를 계기로 나토리 사와코는 본격적으로 소설을 쓰기 시작한다.

이 책은 국내에 처음 소개되는 나토리 사와코의 작품으로 이런 작가의 지난 이력이 진하게 묻어 있다고 할 수 있겠다. 특히 언뜻 보면 네 편의 독립적인 이야기인 것 같지만, 작가가 하나씩 툭툭 던져주는 퍼즐 조각을 한 구역 한 구역 맞춰가다 마지막에 이르러서야 여기에 실린 네 편의 이야기가 얽히고설킨 도심의 철로 위에 서 있는 사람들을 한 장에 담은 그림이라는 걸 보여주며, 반전의 묘미를 더하는 구성은 마치 한 편의 영화를 보는 듯하다.

나는 이 책을 덮으면서 분실물센터가 있는 우미하자마 역으로부터 카메라가 줌아웃 되면서 그 일대를 거미줄처럼 잇고 있는 철로와 사람들이 한 컷에 담기는 느낌을 받았다.

그리고 거미줄처럼 얽혀 있는 도심의 철로처럼 나도 모르게 누군가와 어떤 식으로든 이어져 있다는 생각이 들었다.

누군가가 소중히 여겨지면 손을 내밀어야 한다. 그러면 그곳에 새로운 길이 생긴다. 그리고 그 길들이 우리 인생을 좀 더 풍요롭게 해줄 것이다.

끝으로 옮긴이의 말부터 읽는 독자도 있다고 하니 펭귄이 왜 분실물센터에 있는지 이 지면을 통해서는 밝히지 않겠다. 도저히 있을 수 없을 것 같은 펭귄이 전철에 왜 있는지, 이 책을 끝까지 읽고 거미줄처럼 얽혀 있는 도심의 철로와 사람들이 한 컷에 담기는 경험을 독자 여러분도 마지막에 꼭 해보길(해봤길) 바란다.

펭귄철도 분실물센터

초판 1쇄 펴낸날 2017년 5월 10일
초판 4쇄 펴낸날 2022년 4월 28일

지은이 나토리 사와코
옮긴이 이윤희
펴낸이 김영정

펴낸곳 (주)현대문학
등록번호 제1-452호
주소 06532 서울시 서초구 신반포로 321(잠원동, 미래엔)
전화 02-2017-0280
팩스 02-516-5433
홈페이지 www.hdmh.co.kr

ISBN 978-89-7275-817-4 03830

* 책값은 뒤표지에 있습니다.
* 파본은 구입처에서 교환해 드립니다.